AM I FAMOUS YET?☆

我會紅！

勇闖好萊塢

蜜兒 MIER LIU——著

目錄

推薦序

勇敢追夢的追夢者們，Cheers！

杜文・沃爾（Dwain Worrell）

《我會紅！勇闖好萊塢》不僅是一本書，更像是一段旅程。它帶我們深入了解一位亞裔年輕女演員在好萊塢的真實生活。這本書以半自傳的形式，提醒年輕讀者：生活不總是像童話那樣完美，但面對挑戰時的堅強和勇氣是不可或缺的；風雨過後，陽光還是會出現。

蜜兒，我們的主角，就是這樣一個例子。她從滿懷夢想成為明星的新人，逐漸成長為一位在電影界站穩腳跟的專業人士，這個過程不僅引人入勝，還激勵人心。和大多數人一樣，面對現實和複雜的人與事，她一開始傷心害怕、不知所措，但她不退縮，勇敢面對，逐漸掌握到應對的方法，同時體認並接受自己的文化背景。這段過程真的讓人印象深刻，我們知道，不少人在這樣的挑戰中認輸、退怯了。

蜜兒對好萊塢的描繪既真實又全面。不僅展示了演藝圈的魅力，也揭露了其中不那麼光鮮的一面。特別是在 #MeToo（我也是）和 #StopAsianHate（停止仇恨亞裔）的背景下，她對行業壓力和競爭的探討，更顯得獨具意義。

故事中兩位重要人物：海蒂和阿俊，他們是蜜兒的摯友，而他們的行業也為好萊塢展現不同的視角，拓展了此書的範圍。阿俊是位時尚攝影師，海蒂是位有抱負的音樂家，他們在自己的追夢路上，克服了年齡歧視、定型化等一系列的障礙，讓整個故事更加豐富多彩。他們與蜜兒的友誼尤為珍貴，他們有哭有笑，重要的是，無論遇到什麼挑戰，他們總是團結、樂觀、勇敢面對。這種友誼成為他們三人困境中的希望，就像是黑暗中的一盞明燈，彼此支持，共同成長。

蜜兒的愛情故事也很精采。蜜兒跌宕起伏的感情經歷，為讀者提供了寶貴的一課：識別警示信號（red flag）的智慧、人際關係中自我價值的重要、以及在必要時放手的豁達。對年輕讀者來說，這個主題尤為深刻，因為它顯示了，無論遇到何種引誘或困境，都要頭腦清醒，堅守個人原則，相信自己的價值和力量。

蜜兒樂觀風趣，她的性格生動地表現在書中的文字中，幾乎每一章節都是幽默感點綴著敘事，讀起來輕鬆愉快。蜜兒遇到不少挑戰和挫折，但她都能以自我解嘲和哈哈大笑來化解，保持積極的態度和心裡的平衡。

總的來說，這本書不僅是蜜兒的故事，也是所有追夢人的故事。它告訴我們，無論遇到什麼困難，都要保持希望，忠於自己，勇敢地面對挑戰。對於追逐夢想的年輕人來說，這本書特別鼓舞人心。

・本文作者為好萊塢電影製片、編劇、小説家，目前住在洛杉磯。作品包括漫威系列的《鐵拳俠》（*Iron Fist*）、CBS的《烈焰國度》（*Fire Country*）、亞馬遜工作室的《危牆狙擊》（*The Wall*）、以及迪士尼的《國家寶藏：歷史揭密》（*National Treasure*）等。

推薦序

每勇敢一次，就會更勇敢

湯昇榮

這是一個亞裔女孩勇闖好萊塢影視圈的真實故事。

二〇二三年，美國奧斯卡頒獎典禮上，我們看見關繼威、楊紫瓊接連上台獲獎，他們激動地陳述自己半生演藝生涯的各種經歷，觀者莫不感動萬分。在這之前，細數亞裔演員得獎著僅有三人，包括一九五三年以《櫻花戀》獲獎的日本歌手、演員梅木三吉，一九八五年《殺戮戰場》獲獎的華裔演員吳漢潤、二〇二一年以《夢想之地》獲獎的韓裔演員尹汝貞。當然，好萊塢為數不多的亞裔演員也有幾位仍有亮眼的表現，這些優秀的亞裔演員給了年輕的後進追夢的勇氣。

蜜兒也是其中追夢的一位。

常聽人說「美國夢」是成功成名的目標，洛杉磯好萊塢是主導全球影視娛樂的重鎮，美國引領的影視工業，吸引無數懷抱理想的年輕人前仆後繼來此尋求機會。根據曾經演出《茶金》的美國演員 Brandon Nevins 表示，在美國可能有超過一萬五千位演員，參與三到五個角色的試鏡，除非各種條件俱足你才有可能被甄選上。這可能無關才華，亞裔青年相對於其他人種想要在影劇圈安身立命、進而揚名立萬，要爭取一個角色、一個表現舞台、一個投資案、一個話語權都更為困難。

不得不提到李安導演，他在紐約大學的畢業作《分界線》獲得了最佳導演與最佳影片，即使得到美國公司的簽約，仍然沒有表現機會，在家寫劇本，當了六年家庭主夫，反而是回到台灣拍攝《推手》、《喜宴》、《飲食男女》受到國際矚目之後，才又重新獲得歐美電影公司的青睞。

想要在世界一級的影視戰場出人頭地，也許都要有一番類似李安的經歷。

蜜兒就是要說這件事。

一年多前，蜜兒從美國回來，在母親郭岱君老師與妹妹寶兒的陪同下到瀚草辦公室找我，一開口就聽到她充滿能量的追夢熱情，她當時已經著手撰寫這個故事，並且給我看了幾個章節，個人覺得非常有趣，我鼓勵她完成這本書，或許之後有機會合作，改編成影視作品。

這本書就是想打破西方人對亞裔的刻板印象，也以自身經歷揭露亞裔演員在美國娛樂圈面臨的困境。過去幾年，她一邊在餐廳當女侍、Uber eats 外送等等打工兼差，一邊丟出她的履歷，等待試鏡的機會，友情、親情、愛情以及不怕挫折奮鬥的人格特質，讓蜜兒的追夢旅程有不少溫暖、溫馨、有趣的片段，也讓閱讀這本書時可以跟著她一起回到她每一次磨難與刻骨銘心的場景。

蜜兒在這本書中說有一段話，應該可以體現這本書的核心，對於每一個追夢的人應該都會有很大的啟示：

在追夢的過程中，不一定要快跑，有時可以放慢步伐，以我們自己的速度爬行、行走、奔跑或是飛翔，只要不輕言放棄，把所有拒絕轉化成靈感和動力，總會有結果的。

這是一本滿滿正能量的書，這段跌跌撞撞在好萊塢找機會出頭天的心路歷程，相信可以讓那些面對生命困境的人，產生極大的鼓舞！

恭喜蜜兒！

・本文作者為瀚草文創董事長，曾任製作人、導演、記者、唱片監製、詞曲創作、樂評和電台主持人。工作領域擴及影視音樂出版與劇場界。製作影集作品《誰是被害者》、《火神的眼淚》、《茶金》、《模仿犯》等。

寫在前面

我記得很清楚，三年前，當我跟家人說我在寫劇本時，他們口中的飲料立刻噴了出來。每個人又驚又喜，不敢相信這個事實。

我家算是書香世家，我的祖父、媽媽、阿姨都是大學教授，妹妹也是學霸。我卻是從小對學習過敏，老師是天敵，考試是災難，一翻開書我的眼睛就打轉。在學校課堂裡，我幻想著白馬王子帶我去最美的派對；在家裡，我盯著電視做著明星大夢。好萊塢所代表的耀眼星光、觀眾的掌聲、以及自我創意的實現，是我不能抗拒的目標。對此，我的家人一直無法理解。六年前，我把從小就定下的夢想裝進行李箱，踏上好萊塢之路。滿懷希望和衝勁，準備實現自己即將到來的明星夢。

實話說，像我這樣的亞裔女孩闖蕩好萊塢，就像雙腳拴著鐵錨，一步一步朝天上的星星邁進。這條路彎彎曲曲，充滿了高山和低谷；但是，無論有多少挑戰和挫折，我不曾停止腳步。六年轉眼就過去了，我從沒後悔。

疫情時期，好萊塢停工了一年多，閒閒在家，回想著我在好萊塢經歷的事情，我當時的情感，一件件滾滾而來，塗滿了我的本子（是的，我初稿是手寫的）。我不是什麼文學家，但我每天都在學習，強大自己。我天生就無法靠書本學習，教導我的是我自己每天所遭遇的人和事。這本書是受我生活啟發的，書中的點點滴滴都與我的生活息息相關。沒有華麗的辭藻，也沒有繁重的說教，我希望真實、輕鬆地分享我的感受和靈感。為什麼？因為當年的我，在被迫上課和補習的每天下午，會很想看到這麼一本書。

很多人以為好萊塢到處是光鮮亮麗的明星，其實不是。在好萊塢要出人頭地太難了！好萊塢及附近的幾個城市，住著數萬名演員（包括渴望成為演員的），他們每天汲汲營營，不知何年何月才能拿到一個像樣的角色。這些人中，只有不到百分之一能成為明星；大約百分之七的人能拿到電視或電影的角色；剩下的百分之九十二則是到處打工、跑龍套，掙扎努力數年，仍拿不到一個角色。不好意思，我就屬於這百分之九十二。

我還沒紅，但一定會紅！

在接下來的三百多頁中，我將揭露好萊塢追夢人在登上聚光燈前，在幕後忍受艱辛、默默努力的真實情況。這本書記述了我與好萊塢——La La Land——的六年共舞：夢想、心碎、高潮、低潮，以及愛情。

所以，放鬆心情，找個舒服的地方坐下。讓我帶你步入好萊塢，它也許混亂，但永遠閃亮。

序曲

二〇二一年十月

嗶……嗶……嗶……我盯著單調的白色天花板，腦子裡煩人的嗶聲沒完沒了，我隨著嗶聲節奏眨著眼睛。洛杉磯某醫院的大門打開了，鋪著紅地毯迎接我。我坐在輪椅上被人推進去，手裡捏著棕色紙袋，不停吸氣、吐氣。

我抓住離身邊最近一個穿醫院制服的人，連他或她的臉都沒來得及看清楚。

「我怎麼了？」

「親愛的，你恐慌症發作啦。發生什麼事，告訴我好嗎？」

溫柔聲音的主人是個有點年紀的女人，一頭銀髮光潔俐落的紮成髻。她彎著腰跟我說話，棕眼珠很溫暖，裡面的綠色斑紋看得很清楚。

「到底發生什麼事呢？」她追問。

我呆呆看著她的粉紅色制服。我一點都不想說真話，不過還是說了出來。

「就像坐在雲霄飛車上，本來好好的一直往上升，可是突然間卻莫名其妙猛然掉下來。」

「蛤？雲霄飛車？」

我皺了皺眉，點點頭，不解為什麼護理師要重複我的話。

「對啊，自由落體式的雲霄飛車，迪士尼樂園星際異攻隊主題區的那種。當然啦，沒有可愛的樹人寶寶，也沒有大帥哥克里斯・普瑞特（Christopher Pratt）。」

她像我一樣地皺起眉頭。我不知道哪部分讓她聽不懂。是直上直下的自由落體？還是我夢想有朝一日一起主演電影的那個大帥哥克里斯・普瑞特？

醫院幫我做了多項檢查，叫我待在病床上吊點滴，期間完全不理會我的抗議。搬到洛杉磯後，這是我第一次進醫院。就像其他醫院，這裡也有刺鼻的消毒水和肥皂味。

我的視線重新回到單調無聊的天花板，卻瞥見病床邊的電子鐘上鮮紅的數字：晚上十一點。我的腦中立即出現色彩鮮豔、F開頭的四字母單字。再過一小時，就是我的生日了！來洛杉磯好幾年了，一事無成，怎麼辦？

一年又過了，我又老了一歲，沒什麼值得驕傲的成就。對我自己、對家人來說都是如此。

我翻身向右邊躺，轉換視線盯著病床隔簾，至少上面的簡單花朵圖案讓我稍微分心。挺有用的，我整整看了……三分鐘，然後心思就飄到了我的過去。

第一章

我的夢想是演員

1. 家人反對我當演員

二〇一四年十月

我的表演老師說過，在好萊塢，只有百分之一的名人能成為明星，拿到電視、電影固定角色的人約百分之七，這些人也很優秀，只是必須歷經數不清的多次拒絕，才能交上這種好運，剩下的百分之九十二則混不出個所以然。這些倒楣的傢伙千辛萬苦的奮鬥了幾年，才勉強得到電影或電視的一個小角色。我就是這種人，我屬於這百分之九十二。

愛小孩的媽媽當然不願意孩子過這種生活，所以我媽一直跟我抬槓也是意料之中。儘管我淡然處之，仍然放感情真心投入每次吵架。

「我要搬去洛杉磯。」我正式宣告。我們全家正在享用感恩節晚餐。

「不行，你不能搬去洛杉磯。我不可能讓你當演員！」我媽語氣堅定的說。

室內溫度突然升高，我的血液瞬間沸騰。如果要具體一點，可以想成我變成一個耳朵冒煙的卡通人物。我全身發抖，血管陣陣跳動，這種感覺非常陌生。我猛然站起，餐具往桌上一丟，還推倒椅子。

「我飽了，不吃了！」我大喊，跑回樓上房間。

對於搬去洛杉磯當演員這件事，我跟我媽幾乎每個禮拜都會吵上一次。我從小就一直懷抱演員夢，但是我的家庭卻是傳統又保守。我的曾外祖父母、外祖父母到我媽，三代都是讀書人。外祖父是大學教授，外婆是中學老師，大姨媽也是大學教授，小姨媽是著名鋼琴老師。至於我媽就更厲害了，她是史丹佛大學教授，著名的學者。

我是家裡第一個也是唯一的異類。本來，我的夢想只是在台灣成為演員，但當我們全家移民美國時，夢想也跟著一起移民了。二〇〇一年的奧斯卡頒獎典禮上，我目不轉睛地看著小螢幕，那裡面的亞洲面孔和我如此相似，《臥虎藏龍》與楊紫瓊的閃亮登場讓我心跳加速。那一刻，我確信，好萊塢將會是我真正的舞台！

我家不缺有出息的小孩，我妹妹寶兒就是被寄予厚望的孩子，這個角色她扮演得很好。她求學時每科拿A，但另一方面，她是異類俱樂部的祕密成員。她隱藏得很好，八年來一直偷偷經營社群媒體，希望有朝一日變成美妝網紅。

寶兒能若無其事的兩者兼顧，實在令我佩服不已。天還沒亮，她就起床讀書，補上前一晚因為看美妝教學影片而沒寫完的功課。她讀書和工作都一帆風順，我跟她不一樣。我不喜歡讀書，但從我會講話開始，就喜歡表演，每個人都知道我的抱負就是當演員。演員？這在我們這個「書香世家」可是叛逆，不過，我很堅持，暗中行事不適合我。

我躲在房間，臉埋在鬆軟的枕頭堆裡，依稀聽得見寶兒和我媽在說話。

「媽，你就讓蜜兒去吧！」寶兒說。

「演藝圈環境不好，太危險了。」我媽回答。

寶兒輕輕地嘆了口氣，她連嘆氣都那麼溫柔可愛，大人絕對不會因此不爽。「哪一行沒有危險？現在又不是八〇年代，好萊塢的情況已經好多了。」

「蜜兒一直都想當演員，讓她去試試看嘛，不行的話再回來就好了。」寶兒繼續說。

「如果人家占她便宜呢？」我媽問道。

我彷彿可以看到她把頭埋進雙臂、肩膀拱起，這個姿勢我非常熟悉。畢竟，我從小看到大。

「蜜兒有她的優勢，她有街頭生存的智慧跟高 EQ。」寶兒說。

「那些東西沒什麼用吧?!」我媽嘆氣。

我感覺得出來，持續爭吵讓我媽也不好過。雖然我一副叛逆的樣子，吵架還是讓人心累，而且，我不希望我媽生氣。我媽大概跟我的感覺差不多，因為她常常吵幾分鐘就沒力了。

寶兒的聲音打斷我沉思。「如果你不讓她去，她一輩子都會遺憾，而且很可能會恨你。」

「我只是想要她快快樂樂、平平安安。」我媽說。

「為什麼當演員就不能快樂平安？」寶兒仍不放棄。

我沒吃晚餐，又餓又累，昏昏欲睡。寶兒跟我媽開始討論前天晚上的《決戰時裝伸展台》（*Project Runway*）應該淘汰誰。雖然我喜歡時尚，卻沒興趣繼續聽，我有更重要的事情要考慮。

★

第二天早上。我醒了但仍然躺在床上，以示對我媽的抗議。我心不在焉地滑著推特，忽然，某行字跳入眼簾，那是我從小到大的偶像——喬瑟夫・高登-李維（Joseph Gordon-Levitt）發的。

喬瑟夫．高登—李維

想演出我的新電影嗎？如果X年X月X日到X日期間你人在洛杉磯，又有興趣在我的電影當臨演，請把個人資訊寄到以下email：xxxx@gmail.com

請附上以下資料：

年齡

近照

電話號碼

快點寄email來，名額很快就要滿了。

<3（愛心）

J

哇！不會吧！

2. 拿到好萊塢群演通知

我什麼也沒多想，馬上從床上一躍而起，動作快得就像被追捕的瞪羚。我打開電腦，寄出申請email。可是，要怎麼跟我媽說？「也許跟她說要去朋友家小住幾天？」我小聲地自言自語。會不會錄取都還不知道，我就開始盤算脫身之道。

話說回來，如果不能跳出框架，大膽突破，怎麼能成為那百分之一呢？我現在經歷的一切不是很像知名人士會分享的那種鼓舞人心的故事嗎？

手機的刺耳鈴聲冷不防地響起。我嚇了一跳。會這麼早打電話給我的人只有一個。我沒看來電號碼就接起來，果然是我最好的朋友香黛兒，她的聲音中氣十足。

我嘴角上揚。「喂！」

「你看到喬瑟夫．高登-李維的推特嗎？」她喘著氣說。

「看到了，我剛才還在寄資料呢。你幹麼喘得那麼大聲？」

「不重要。你要怎麼跟你媽說？」

她大概正跑上樓。

「我打算跟她說，我要在你家住幾天。你媽應該會配合我們，對吧？」

「那還用說。她的退休金就靠你的法拉利，你說成名後就要送她的。」

看來是我多此一問。自從答應送香黛兒的媽媽法拉利以後，她就開始幫我掩護行蹤。只要不危及人身安全，她會毫不遲疑地配合我。

「你自己不是也說，紅了以後要送她藍寶堅尼？」

「她兩個都要啦。」

「好喔，這已經變成行為模式了嗎？」我模仿醫生的口氣說道，「第一步，我們要承認問題。」

香黛兒笑了。「第二步呢？」

「我們不能再隨便答應贈送豪車了！」

準備跨出人生重要的一步，卻得對媽媽說謊，讓我很難過。我不想偷偷摸摸去試鏡，也不想就算有了好消息，卻因為她的反對而不能露出高興的表情。我知道她愛我、想要我幸福，我希望跟她一起分享演員夢這過程中的點點滴滴。現在，我只好瞞著她繼續進行，等她回心轉意。

★

等待回音時，我坐立難安。老實說，我不確定是否會有回音，因為我完全沒有演戲經驗。我在椅子上轉來轉去，挑掉睡衣上不存在的線頭，隨口亂唱喜歡的歌，剝著米白色壁紙脫落的邊緣。與此同時，我每幾分鐘就更新一次網頁，看看有沒有新的 email。

應徵臨演工作後，最好讓自己保持忙碌，不要再想這件事。因為不知道什麼時候才會收到回音，等上幾天、幾個禮拜，甚至幾個月都有可能。為了不讓自己發瘋，我決定去上踢拳（kickboxing）。

我一直想學新東西。踢拳好像很適合我。如果不想出門，也可以自行在家練習。還有，我必須保持身材窈窕。這種運動方法看起來很有趣，上課地點離我家只有兩條街，對我來說相當方便。

上課第一天我很緊張，學功夫可是幼稚園的事呢！不過一開始熱身，緊張感馬上消失。我很享受課程，根本沒空管自己動作是否做對。

熱身完，開始練習基本招式，踢擊的迴旋踢、正踢，拳擊的正拳、鉤拳等。讓全身動起來感覺很舒服，練著練著，我就不再去想應徵的事。

回家途中，我幻想自己演出的角色爆紅，還穿著曲線畢露、貼身剪裁的洋裝，衩開得高高的，露出美背地走在紅毯上。閃光燈啪啪拍個不停，媒體記者大喊我的名字……

一隻做過美甲的冰冷手指忽然戳上我臉頰，嚇得我重回現實。寶兒拿著一杯霜淇淋，跟我一起坐在沙發上。

「我怎麼回來的？」我問，環顧客廳。「我紅了嗎？」

寶兒覺得很好笑。「還沒有欸。不過你剛才走台步進門，還在電視機前面擺姿勢，定格不動了十多分鐘吧。」

我滿懷希望地看著她。

「我的台步像娜歐蜜．坎貝兒（Naomi Campbell），還是詹姆斯．柯登（James Corden）？」

寶兒一邊舔著湯匙一邊竊笑著走開了。

回到現實，我又焦慮起來。我拿出手機，機械式地重複更新 email 收件匣。

老實說，我覺得短時間內應該不會有消息。無數次更新網頁後，忽然，我的眼珠差點沒掉出來。喬瑟夫．高登-李維團隊的回信來了，我入選了！

這次我的反應比香黛兒快。我馬上打給她，鈴響兩聲，她就接起電話。沒空跟我扯別的，她馬上問道：「你收到 email 了嗎？」

「收到了，你呢？」

「我也收到了，天啊。」

我們很快掛上電話。我馬上開始搜尋衣櫃，因為電影場景是在夜店，我找出三件性感洋裝，並把精心挑選的服裝和其他日常衣服、必需品一起打包塞進旅行袋。

接受挑戰的時刻到了！我得告訴我媽「去朋友家過夜」這套說辭，讓她相信我。問題應該不大吧，我可是個演員哪。

「媽！」我朝著安靜的家裡喊，逐間找尋她的身影。

她在洗衣房，正把不同顏色的衣服分開。

「什麼事？」

「我要去香黛兒家住三天，可以嗎？」

我媽從頭到腳端詳我，眼睛盯著我的背心和牛仔褲。

我不知道她想找什麼，反正她大概是找到了。終於，她點頭。

「你可以去洛杉磯。」她說，眼睛都沒眨一下。

「什麼，我哪有要去洛杉磯，只是要去好朋友家玩。」

她視線轉移，繼續整理衣服。「家裡牆壁很薄的，蜜兒。」

「你沒生氣？」

「如果你真心想走這條路，我會支持你。可是，你得答應我，不要學壞。不管怎麼樣都要正正當當做人。」

我張開雙臂抱住她，把頭倚在她肩上。「我答應你，媽。謝謝你。」

我媽換了腦袋！她改變了一直以來的態度，這對她來說一定非常不容易，我知道她內心的掙扎。她選擇相信我，我不能讓她失望。

有了她的支持，我覺得自己前途不可限量。我媽這樣觀念保守的亞裔母親都可以轉念支持我追逐星夢，我戰勝了不可能，我一定會成功！

我倚在我媽身上，回想著她之前說過，不樂見我進入演藝圈，那時我的未來陷入一片黑暗。

而今她的雙手環抱著我，告訴我她相信我，我知道一切阻礙都消失了，我必定會實現志向！

3. 站在喬瑟夫・高登-李維身邊

幾天後，香黛兒和我開上I-5公路，前進好萊塢。我們一路大聲唱歌，興奮得無法自已。高速公路感覺就像一條通往我們心願的道路。

終於抵達洛杉磯市中心的賽西爾飯店（Cecil Hotel）！我們兩人都沒來過洛杉磯，閉著眼睛相信網路評價。依據網友的說法，這間三星飯店價格合理，服務親切。走進大廳，我們覺得網評所言不假，懷舊式裝潢讓大廳充滿經典穩重的氣氛，入住手續也快速辦好。

我們把房卡插入房門上的插槽，通行的綠燈立刻亮起。我和香黛兒相視一笑。打開門，走進房間。「怎麼回事？」我說。這房間實在很簡陋，跟樓下華麗的大廳相比，猶如兩個世界，我們都嚇到了。

狹小的房間裡擺了金屬床架，床墊鬆垮，看來像八〇年代的古董。發黃的洗臉台跟經濟艙洗手間的洗臉台一樣狹小，配上一面巴掌大且朦朧的鏡子。玻璃窗上裝著鐵欄杆，感覺像監獄。最不可思議的是，整個樓層只有一間公共衛浴，必須和其他住客們一起共用。

我走向洗臉台，打開水龍頭想洗手，忽然一陣惡臭撲鼻而來。「噁，水有大便的味道！」香黛兒皺了皺鼻，「他們把錢都花在房門的電子感應系統上，卻不給獨立衛浴？」不過，想起來此的原因，我們就把不滿暫時拋開。在喬瑟夫・高登-李維的電影裡當臨演一定超讚！

★

我們實在受不了旅館有味道的自來水，第二天，香黛兒跟我去超市買了三箱礦泉水，希望足夠我們喝水洗漱。我們費了九牛二虎之力把水抬回房間，然後出發前往拍攝地點。

那是一所學校的體育館，整個被布置成一間夜店，看起來超厲害的。到處都是閃爍的彩色燈光，四周設有座位區，中間則是鋪著閃亮黑磁磚的舞池。牆壁漆成黑色，天花板上掛著迪斯可鏡球，角落的吧台圍滿霓虹燈裝飾，就像《週末夜狂熱》（*Saturday Night Fever*）或《熱舞十七》（*Dirty Dancing*）的場景。另一角落是DJ包廂，裡面站了兩個人，一邊談笑一邊瀏覽筆電裡的歌單。

現場擠滿人，都是被找來扮演夜店客人和舞客的臨時演員，每個人的服裝都相當引人注目；有些女孩子穿短裙配網襪，男生則穿著西裝或是看起來很貴的外套；有人把頭髮染成螢光色，有人臉上打了洞；還有人臉上毛髮濃密，穿著搖滾樂團的T恤。

「一定會很好玩！」我們走進片場，香黛兒笑著對我說。

第一次置身電影拍攝現場的經驗讓我大開眼界。我們先向場務經理報到，被交代在等候區暫坐。等候區原本是學校體育館的舞台區域，旁邊有張長桌，上面擺滿了食物，有各種飲料、沙拉、三明治、披薩、義大利肉醬麵、雞肉、甜點，哇！還有牛排！

我們要等到預定拍攝的場景才能上場，我先晃到食物桌拿水喝，看著工作人員忙著準備工作。

等了一小時，還沒開始，我便起身去洗手間。我凝視著鏡中的臉，各種情緒交織，既緊張又充滿期待，同時心中湧出無窮的鬥志。身處在拍攝現場的感覺，以及即將開始的拍攝，都讓人滿是熱忱與活力。

我離開洗手間，回到等候區。過了一會兒，我抬頭看到一個熟悉的身影正朝我走過來，是喬瑟夫·高登-李維本人！我張大嘴巴，眼睛直直盯住他。不過他沒注意到我，大步走來，目光直接越過我。他的香水味在空氣中瀰漫，勾起我鮮明的回憶：如同小時候跟婆婆爬陽明山時的青草氣味。第一次近距離看到大明星的那刻，我全身僵硬，腦袋空白，傻傻的站在那裡不動，直到現場突然傳出一聲巨響，把我拉回現實。

接著場務經理過來叫我們上場。拍攝場地架設著昂貴的攝影器材，燈光、懸吊式麥克風、道具布景等一應俱全，演員們正在化妝。我微張著嘴看著眼前這一切，這不是夢，是真的！

忽然喬瑟夫大喊：「史嘉蕾身高多少？我們需要和她身高差不多的人圍著她跳舞。」

工作人員回應：「大概一五八或一六〇公分吧。」

說明一下，他們說的是女明星史嘉蕾·喬韓森（Scarlett Johansson）。過了幾分鐘，某個工作人員把我拉到一旁，問我：「你多高？一五八？一六〇？」

「一五八公分。」我回答。

「喬瑟夫希望你等一下圍在他和史嘉蕾身邊跳舞。」工作人員跟我說，然後指著一個位置，要我過去站好。

收到錄取信時，我從來沒想過會有這樣的事。我應徵的只是沒有台詞、露臉不到一秒鐘的臨時演員，現在的情況真是超出期望，我竟然會站在主角身邊！

我在指定位置站好，等待開拍。

導演開口說話，「各就各位，開拍！」現場馬上安靜下來。

我身邊的人開始跳舞，就像真的置身在夜店。我跟著搖晃身體，可是，怎麼沒有音樂？現場拍攝時，誰都不願意成為打斷拍攝的原因，但音樂一直沒有出來，讓我很緊張，希望自己的一舉一動合乎要求。

奇怪，我在電影裡看過很多次夜店場景，音樂很大聲，人們隨著樂聲舞動，樂在其中。可是這完全不一樣啊。現場非常安靜，除了雜亂的腳步聲，沒有其他聲音。我有點困惑，不知道是怎麼回事。沒有音樂或節拍可以跟隨，卻要翩然起舞，實在太奇怪了。

電影的主要角色都有對白，現場必須保持安靜。因此，當他們開始說台詞，情況變得更加尷尬，因為我們都聽得見他們在講什麼，卻得假裝那只是喇叭的雜音。每個人只能跟著心中想像的歌曲擺動身體，我的困惑有增無減，跳舞的動作越來越不自然。

我環顧四周，胃部彷彿快要抽筋。我不屬於這裡。每個人看起來都那麼專業、那麼冷靜，唯獨我格格不入。

導演大聲喊卡，我們停止動作。

我看著第一助理導演向第二助理導演竊竊私語，第二助理導演又向他的助理說了什麼，他的助理再向製作助理交代了幾句，最後是製作助理向場務經理悄聲耳語。每個人說話的時候都指著我。香黛兒站在人群的另一邊，我沒辦法向她尋求慰藉。製作助理和場務經理說完話以後，場務經理向我走來，把我帶到一旁。

他用筆敲了一下手上的夾板，對我說：「我知道你沒有演出經驗，不過你應該知道這種場面是怎麼拍的吧。」

我低頭看著鞋子，不知如何作答。我感覺現場的資深演員一定認為菜鳥的我在浪費大家時間，這讓我更加手足無措。

場務經理察覺我的不安，鼓勵地拍拍我肩膀。「很簡單，想像音響正播放你喜歡的歌，跟著舞動就好。不要東張西望，維持這樣到拍攝結束。懂了嗎？」

「懂了。」

我回到自己的位置，等待開拍。拍攝一開始，我就隨著想像的樂音揮動雙臂環繞身體，撥弄頭髮。主要演員開始說出台詞，臨時演員在他們身邊舞動。終於，拍攝完成。大家退場喝水休息。

場務經理跑過來跟我擊掌，「跳得真好！」他說。

「謝謝。真抱歉，我第一次拍電影。」

「我覺得你應該自我訓練一下，有很多不錯的表演課程。而且你還要多接戲，培養經驗。畢竟時間就是金錢，大家不太喜歡還得在現場指導演員表演。」

有人出聲喊他去處理事情，他就走開了。我站在原地，想著他說的話。我知道專業訓練很重要，但是一直以為天分可以幫我省掉一些步驟，現在才知道自己大錯特錯。

香黛兒蹦蹦跳跳到我跟前，咧嘴燦笑如陽光，「真是太好玩了！」

「很有趣。」

「洛杉磯真是充滿活力！我們應該搬來住！」

聽了她的話，我心裡一震。「我沒辦法。」

「你知道所有機會都在這裡吧，我們之前不是商量過，你怎麼了？」

「沒事，我只是想在家裡住久一點而已。」

香黛兒翻起白眼。「你什麼時候喜歡住家裡？你每天都說要實現夢想，現在又退縮？」

「不是，你誤會了。我很喜歡洛杉磯，也很喜歡拍片。可是我覺得自己還沒準備好。」

「親愛的，我們才剛拍完大場面不是嗎？你已經踏出第一步了！」

「可是拍攝過程有點尷尬。我覺得我需要接受訓練才能投入演員這一行，這裡的人都太厲害了。」

「我想你只是怯場吧。」她聳聳肩膀說。

我同意香黛兒搬到洛杉磯的想法，不過沒有說出來。儘管香黛兒是我最好的朋友，我還是不願意告訴她開拍時我的慌亂，以及因為我的表現而導致拍攝中斷的糗事。演員並不只是出現在片場演戲，假裝自己是另一個人，認真「表演」就可以；演員必須精進自己，鑽研這門行業，獲取專業技巧。

我不想讓這些想法影響香黛兒的心情，所以轉移話題跟她開玩笑，讓氣氛輕鬆一點。

觀看約瑟夫．高登–李維和史嘉蕾．喬韓森的演出，就像坐在表演大師課搖滾區。每一幕結束後，他們會和劇組人員圍在一起熱烈討論，我站在他們旁邊，聆聽到談話內容：「這裡感覺不對，應該這樣、這樣……」「我那個動作不太自然，可以再放鬆一點……」他們對自己的要求很嚴格，他們自我檢討及討論的情景，就像其表演一樣令我著迷。他們有如外科醫生般地精準，能在情緒濃厚的空氣中劃開一條路，能夠隨時落淚，並在瞬間將情緒昇華至前所未有的境地。

他們的情緒轉換能力讓我簡直嘆為觀止。這可是一場耗盡精力的馬拉松賽，是十四小時的不懈怠藝術創作和毅力鍛鍊。他們不僅沒有讓疲勞凌駕其專業，還時時走向我們，感謝我們的貢獻。

在這兩位演員身上看到他們對自己的工作充滿熱情，這種熱情像病毒般地滲入劇組每個角落，感染了所有人。原來，在片場的每一刻，演戲不僅僅是工作，更是令人興奮的探索和創造。他們對「完美」的堅持給了我巨大的鼓勵，他們謙虛到讓人自愧不如。和他們在片場的每一刻都成為我難忘的經歷。

我迫不及待想趕快回家，想尋找教授表演的專門課程，儘快提升自己的專業。我發誓，絕不再毫無準備就踏入片場。我會努力學習、努力投入，讓自己成為好演員。

4. 成為百事可樂廣告主角

在從洛杉磯返回舊金山後，我立刻報名充滿活力的桑福德．邁斯納[1]表演課程。這個課程主要教授邁斯納表演技巧，不僅是劇本分析和台詞背誦，特別是讓人在輕鬆愉快的環境中培養直覺本能，提升表演能力。對我來說，這個課程簡直是天賜良機。

學員被分成好幾個小組，我們這組由五人組成，每個人都對表演懷有高度熱情。這種共通的心情很快在我們之間建立聯繫，將最初的尷尬轉化為舒適的友誼，並且滲透到每一次的互動中。這些充滿歡樂的氛圍，引領著我們一起踏入複雜且充滿挑戰的表演世界裡。

我們五人的首次模擬演出是以《實習醫生》（*Grey's Anatomy*）裡一幕複雜且充滿情感的戲為腳本：三位醫生與兩位護士正在認真地討論病人的病情。在這場戲裡，我們全心全意地投入角色裡，嚴肅地解讀劇本，精細揣摩角色的情緒變化。醫生們的臉部表情得充滿專業與決心，脫口而出醫學術語需要自然而有力。護士們則是重要的協調者，必須以通俗易懂的方式，把醫生的診斷和建議傳達給病患。討論的過程很緊張，我們彷彿真的成為劇集裡的角色，體驗到他們的情感波動，同時也進一步深化了我們對表演的理解和熱愛。

我們幾乎每天都會聚在一起細讀劇本，反覆排練台詞，全心地投入角色中。每一次聚會，不僅是為了練習表演，更是互相鼓舞打氣、分享夢想的寶貴時刻。在這裡，我們可以毫無顧慮地說出自己的夢想、討論是否移居洛杉磯、成為演員後的生活等等，這個安全園地讓我們的雄心壯志得到滋養。

我們全力以赴地投入場景研究，儘可能真實地再現醫院場景，想像自己是好萊塢電影明星。這種實踐的方法明顯的提高了我們的創意，不僅幫助我們理解角色，還探索了自身未知的性格。沉浸式的學習法帶給我們前所未有的快樂和滿足。

我演藝生涯早期，未知的挑戰和困難還不明顯；只覺得一切都是美好的，周圍都是充滿熱情、有志成為演員的人，共同追求夢想的想法吸引著我。我可以感受到這股觸電般的能量。

從小我就會模仿別人的特徵和行為，我相信自己是會表演的，寶兒也常誇我有演戲天分。我在課堂上表演悲哀情緒時，老師和同學在台下流淚；當我扮演搞笑角色時，他們也跟著笑得東倒西歪。果然，我真的有表演天賦。

我同時還積極參與舊金山藝術學院（Academy of Art University）的學生電影。藉由和藝術學院學生合作的學生電影，以及其他演出機會，逐漸累積經驗和資歷，為自己的表演事業奠定基礎。這些學生影片驚喜連連，有時候我會在驚悚片中詮釋緊張刺激的角色，有時候又會在喜劇片裡展現搞笑本領。即使是無酬演出，我也樂在其中，享受著與其他年輕演員共同成長的歷程。

現在想來，選擇在舊金山灣區累積表演履歷，是明智之舉。舊金山的重心在科技業，不像洛杉磯，處處都是在從事電影或電視行業的演員，競爭非常激烈。這裡演員相對少，這種獨特氛圍讓我獲得不少演出機會，迅速脫穎而出。

1 Sanford Meisner（1905-1997），二十世紀最有影響力的表演教師之一，著名的團體劇院的創始成員，與史黛拉．阿德勒（Stella Adler）、李．史特拉斯伯格（Lee Strasberg），被公認為方法派表演的三位宗師。

我很快就成為小池塘裡的大魚，小型商業廣告和學生影片會主動找上我。當然，也有被拒絕的時候，但成功率遠遠超過挫折。由於舊金山灣區的演員相對較少，每次試鏡都盡情展示才能；我們互相支持，一起為夢想奮鬥。

很幸運的，不到兩年，我簽約加入一家舊金山的經紀公司，開始接到更多更大型的商業廣告試鏡，表演生涯進入新的階段。不久，我拿到人生第一個全國性SAG（SCREEN ACTORS GUILD）廣告合約，成為百事可樂廣告的演出者。

加入SAG，也就是美國演員工會，是成為專職演員的重要指標。成為工會會員往往能讓你在同業中得到更多尊重和支持。例如：在製作團隊中遇到不友善的對待或是過度要求，工會就像保護傘，會提供必要的支援。身為工會一員還代表著自己是訓練有素的演員，能贏得經紀人和選角導演的信任。此外，還有些額外福利，例如MAC化妝品折扣、專業選角網站的使用權、還有健康保險等等，好康多得數不完！這就像是擁有演藝界的VIP通行證！

我太開心了！我一直以為加入SAG非常困難，我用了兩年時間就成為會員，真是太幸運了！通常非工會成員不能參加SAG的廣告、電視和電影試鏡，除非選角導演尋找的是非常特定的演員，非SAG演員才有機會。成為SAG成員，意味著我有更多、更好的機會。

三月某個涼爽的早晨，我站在李維斯體育場（Levi's Stadium）門口，眼睛睜得很大，忍不住倒吸了一口氣。李維斯體育場是NFL（全國橄欖球聯盟）舊金山四九人隊（San Francisco 49ers）的主場，也是很多大型活動的重要場地。第五十屆超級盃中場表演，碧昂絲（Beyoncé Knowles-Carter）和火星人布魯諾（Bruno Mars）就是在這裡合體演唱。

這是百事可樂廣告拍攝的現場。今天是拍攝的第一天，我迫不及待要開始工作了。我第一次拍攝大型廣告，可以說是人生迄今經歷過最大的場面。至少，從現場實際情況來看，場面真的非常壯觀。

一進去體育場，就感受到以往踏入此地的大人物們的能量，而球場的輪廓和明亮的燈光映入眼簾，讓人彷彿一步步登上世界級舞台。我置身球場中央，看著空無一人的座位，覺得自己好像打開了通往某種神奇力量的祕密通道。我告訴自己，幾小時後，我也會在此留下自己的印記。

我興奮地走進現場，製作團隊笑著迎接我，大家都對我相當友善，全都來跟我打招呼。此時此刻，我是主角，沒有演出經驗也沒關係。我能拿到這次演出機會，表示我有本事，大家就會看重我、尊敬我。這感覺真是太棒了。

助理導演跟我一起走向拍攝地點。「自我介紹一下吧，」他說，「你以前沒拍過廣告對嗎？」「沒有。」我遲疑著回答。內心尋思著他是不是覺得我經驗不足，或者，他可能覺得跟大明星比起來，我的演出會更有意思，配合度也會更高。

我信心滿滿的說：「我學東西很快！」想讓自己看起來冷靜又專業。

他笑了，指著我的臉說道：「高興的話可以笑，沒關係的。接到這樣的大型廣告很了不起。」我回想起那次在洛杉磯當電影臨演的狀況，在那麼多有經驗的演員面前犯錯，讓我焦慮不已。但這次情況完全不同，那時是臨演，但今天，我可是主角！這讓我感到自豪。而且洛杉磯那次後，我還參加了表演課程，接了很多小角色。今天的廣告拍攝，是對我一路以來辛苦努力的回報！

另一位助理導演向我解釋等一下的拍攝工作，給我劇本讓我練習台詞，提醒我怎麼走位、該看哪一顆鏡頭。接著是梳理髮型、化妝和服裝，助理經常過來看看我的情況，帶點心和水給我。

我說熱，他們就替我搧風；我說冷，就在我旁邊放好暖爐。當然，我很識相，沒那麼三八啦，提出無理要求。儘管都還沒開始拍攝，我已經覺得自己就像個大明星了。

這種感覺太棒了！我對成功且成為知名演員更加渴望了，我想要更多這樣的待遇。人就是這樣，一旦嘗過這滋味，只會渴望更多。我好想要，全部都要，不混出名堂絕不罷休。

第一助理導演過來向我下達最後指示。我準備好了！

現場擠滿了人。有人在討論事情，有人忙著架設燈光，大家都在忙。準備好了，導演對著演員大聲喊出指令，工作人員立刻動了起來。還沒輪到我，我坐在摺疊椅上等待拍攝，儘量讓自己看來很鎮定。

攝影現場比我想像得更井井有條。導演很清楚每個鏡頭要拍出什麼效果，也知道如何執行。他的指示很明確，在開拍前會確認每個演員都了解他的意思。確定每個人都記住台詞、做好準備，攝影機才會開始轉動。

廣告影片裡只有幾個人有台詞，臨時演員被當成背景畫面，每次分批進來二十人。拍攝過程很有趣，大家逐一被唱名，拿到一罐百事可樂，繞著走一圈，再排進隊伍中。這些臨時演員們真不簡單！他們完全精準演出，精力充沛、全神貫注，讓人想向他們看齊。音效人員一直大聲播放音樂，我的耳朵都快聾了！不過沒關係，我不在乎。而隨著拍攝進度推展，攝影和燈光技師準備近距離拍攝，我也越來越興奮，就快要輪到我出場了。

我完全不知道我的搭檔是誰！他們像保護國家機密一樣嚴密地保密著。揭曉的時刻終於到了！哇！我竟然與四九人隊的明星四分衛合作！這就像是在比賽中取得致勝的達陣分！他穿著全套裝備朝我奔來，有如真正的戰士，接著迅速脫下頭盔，露出價值連城的微笑。我們心有靈犀地各自拿起一瓶百事可樂。清脆的一聲，瓶蓋被打開，像冠軍慶祝勝利一樣的大口喝下那甜甜的百事可樂汽水。

不久，導演走過來，示意我們重來一次。這次他希望我邊走，同時邊自然地脫下帽子。他再度喊道：「開始！」

這次，我的演出自然多了。因為指示明確，拍攝時我更有自信，不必擔心自己有沒有做對。

我媽也來了。自從我和香黛兒從洛杉磯群演回來後，我媽的態度明顯改變了，對演藝圈不再那麼緊張，我猜寶兒的話起了作用。我很想告訴她，我不會學壞，我會保護自己；可是，我不會說話，一激動就提高嗓門，我媽會以為我在吵架。

寶兒建議我少說多做，用行動說明我的決心。果然，我去上表演課，回家後常跟我媽說班上的事情，她聽得津津有味，常問東問西，不知不覺，她不再反對，反而開始鼓勵我學習表演。

我媽一直遠遠的站在導演後面看我們拍攝。每一次導演對不同場景下達拍攝指示的時候，她會跟著點點頭，注視著我的眼睛，讓我知道我表現得很好。我們母女這種交流讓我們忘記別人的存在，兩人獨享這個默契，我感到無比的滿足和幸福。

結束後，我媽滿臉驕傲的笑容，她擦了擦臉上的幾滴淚珠，手指在衣服上揩了一下。

「表現得好極了，蜜兒。」她用嘴形無聲的對我說。

我人在拍攝現場，腦子卻不由自主地一直想著我媽可是真的為我感到驕傲。她穿著亮眼的橙色洋裝，站在那裡興奮得對我揮手，笑得合不攏嘴。我覺得很高興，沒人知道，我媽的認可對我多麼重要。

我下定決心，一定要出人頭地。我不想當那百分之九十二，我要成為那百分之一。

5. 一場錯誤的交友

有人跟我說過，若一連串好事發生的話，也代表著壞運即將降臨。我還沉醉在拍攝百事可樂廣告的欣喜中，拿出手機傳訊息給每個熟人，告訴他們這件好事。我的家人都為我驕傲，迫不及待想看到廣告成果。一時之間大家紛紛回傳訊息給我，我差點漏看了香黛兒的訊息。

香黛兒：「有看到新聞嗎？」
蜜兒：「什麼新聞？沒看到。」
香黛兒：「老天，你一定不敢相信！你還記得我們在洛杉磯住的那家奇怪飯店嗎？那裡的水塔竟然藏了一個女人的屍體。」
蜜兒：「什麼？太可怕了！好險我們沒喝那裡的水。」

當天晚上打開電視，我看到賽西爾酒店的相關報導。原來在八〇、九〇年代，那裡曾是犯罪溫床和自殺熱點。想到跟好朋友在那裡連住三天，我起了雞皮疙瘩。

「你在洛杉磯時不就住那邊？」寶兒說，拿著一碗爆米花，噗通一聲坐在我旁邊的沙發上。我馬上起身摀住她的嘴，一邊伸長脖子看看我媽有沒有聽到。她正在廚房準備晚餐，我們家的牆又很薄。

寶兒舔我的手指，我噁心得馬上縮手。「噁，舔我手幹麼啦。」

她伸出舌頭，「那你搗我嘴巴幹麼？」

「你很奇怪欸。」我搖頭，伸手去拿消毒液。

妹妹只有跟我在一起的時候才會這麼活潑自在，其他人只看得到她聰明、成熟的那面。我們小聲談著鬧鬼飯店的事，免得我媽聽見。寶兒覺得這是拍電影的好點子，我們還瞎想了一些點子，那時還不知道，幾年後有人以賽西爾酒店為藍本，拍成影集《犯罪現場：賽西爾酒店失蹤事件》（*Crime Scene: The Vanishing at the Cecil Hotel*）。

★

某天上完表演課，拖著沉重的步伐回家途中，我接到百事可樂廣告製作人傳來的訊息，告訴我今天廣告會在第十台播出。我的雙腿突然注入無窮精力，像奧運冠軍一樣地健步如飛起來。天空瞬間變得更明亮，我聽到鳥兒歡唱，一路伴隨我向著家門前進。

等待廣告上檔已經好幾個星期，我的努力終於有了回報，感覺真是太爽了！

一踏進家門，我馬上大喊：「媽！廣告要播出了！」

我媽從她的房間走出來，站在沙發後面，專心等待觀賞。我一邊關心她的反應，一邊想著自己第一次出現在螢光幕上會是什麼樣子。

我媽眼睛緊盯電視，又不時朝我看，似乎覺得我該有什麼動作。她雙手插腰，眼睛睜得大大的。

我的臉出現在螢光幕上的時候，我媽噓了一口長氣，大聲喊道：「是你欸！你上電視了！」

廣告只有短短十五秒，卻可以說是我出生以來最精采的十五秒。我的成就終於逐步成形且有模有樣。

「表現得真好！蜜兒。」我媽驕傲地說。她拍肩鼓勵我，然後才回去繼續工作。

我對她微笑，也感到很自豪。我以前的演出工作從來沒讓我媽這麼高興過，這讓我頗感欣慰。

幾秒鐘後，我口袋裡的手機響了。可能是香黛兒打來恭喜吧，或是有哪個親戚看到廣告了。不料，卻是我阿姨傳來的訊息。

阿姨：蜜兒，婆婆過世了。

那一刻，世界似乎停止轉動。我不知道應不應該問她是怎麼過世的，或這是何時發生的事，因為我怎麼也無法相信她走了。婆婆怎麼會就這樣死了？她是我認識的人當中最堅強、最有活力的。她還曾經三次抗癌成功啊！

我從小由婆婆帶大，跟婆婆感情特別深。這對我影響很大。我滿懷哀痛，心臟狂跳，有如樂隊行進的咚咚鼓聲。我胸口痛苦收縮，努力大口吸氣，一時之間只覺天旋地轉，我抓住桌子，試圖保持平衡，看清眼前的一切。

我好像聽見我媽用微弱的聲音叫著我的名字，但是我看不見她，也不知道聲音的方向。彷彿歷經了好幾個小時的混亂後，我閉上眼睛，昏了過去。

★

一段時間後，睜開沉重的眼皮，我發現已經躺在自己房間裡，額頭上放著某種冰涼的東西降低熱度，讓我也清醒過來。我馬上記起，婆婆已經不在了。

接下來的幾個月，印象一片模糊，我什麼也不記得。我照常生活，可是心裡總是空蕩蕩的。香黛兒用盡方法替我打氣，某天晚上，她邀我去酒吧參加派對。我跟香黛兒都已成年，儘管平常我不太愛喝酒，現在卻希望酒精能麻痺我的痛苦。

我到了酒吧，發現這地方一片安靜，跟香黛兒描述得不太一致。顧客並不多，吧台的單身客人一目了然，香黛兒不在其中。我馬上打給她。

「喂？你在哪？你說的瘋狂派對呢？」

令人驚訝的是，電話那頭的背景音樂聲非常吵。香黛兒必須大喊，我才聽得見她說話。

「我沒看到你啊。」她說。

我皺起眉頭，很是困惑。「你再說一次，酒吧叫什麼名字？」

「凱文的店！」她提高聲音說，電話那頭似乎有一群人正在大聲歡呼。

我揉揉太陽穴，記起剛才進門前看到的酒吧名字，「我在凱爾文的店。」

「糟糕，那家店在城市的另一邊欸。趕快過來，這個派對超好玩！」

沒等我回答，她就掛了電話。電話裡的喧鬧聲音讓我明白，此刻我並不需要那些。我只想安靜的坐著喝酒，忘掉悲傷。

「不好意思，小姐。」我背後有個沙啞的聲音響起。

我轉過身，眼前的男人非常英俊。他的下巴厚實、肩膀寬闊，深棕色眼睛配上深色捲髮，穿著襯托肌肉線條的緊身黑T恤和貼身牛仔褲。他用專注熾熱的眼神看著我，讓我不由得心跳加速。如果「魅力四射」這個詞彙可以擬人化，就是站在我眼前的他吧。

「什麼事？」我回答，有點呼吸困難。他的眼神讓我意亂情迷。

「你站在這裡快半小時了。」

我轉頭看看四周，的確，我一直站在通道上。「抱歉，我要走了。」

他側頭打量我，「你沒事吧？」

聽到這句話的瞬間，淚水刺痛我的眼睛。我搖搖頭，讓他領著我到吧台坐下，點菜。我努力不讓自己哭，沒注意他放在我手裡的是什麼酒，直接仰頭一口氣喝乾。

「一切都會沒事的。」他說，把第二杯酒遞給我。

「你根本不知道怎麼回事。」

他沉默了一會兒。「沒錯，但我感覺你很堅強，一定可以撐過去的。」

他的話穿透了我的心，讓我覺得很安慰。「謝謝你。不過我覺得自己現在並不怎麼堅強。」

「沒有感覺的事也可能成真啊。我告訴你，你很了不起。不管遭遇什麼打擊，都不會被打敗。」

他若再繼續讚美我，我會感動到哭出來，於是連忙轉換話題。「你叫什麼名字？你來這個無聊的地方幹什麼？」

「喬登，我是這裡的保全。」他尷尬地笑道。

「你在這裡上班？」我試著用高興的語氣說，知道自己講錯話了。「其實這地方還可以啦，這裡很……有趣。」

我環顧四周，這個枯燥無味的地方實在找不出什麼優點可以稱讚，唯一還算有意思的大概是調酒師插在杯子裡的造型吸管。

我露齒微笑，「沒錯，這地方很可以，你看這些吸管多漂亮啊。」

能在這間酒吧找到這麼隱匿的優點，我可真是太厲害了。我沾沾自喜，完全忘了坐在身旁的男子正興致盎然地看著我。

喬登笑了：「你喝醉了吧。」

我抿起嘴，瞇著眼睛，伸手摸下巴，做出沉思的樣子。「你確定？」

他點頭，一邊指著我面前的四個空杯子。「你一口氣喝了這麼多。」

「我沒有喝啊，不過我的興趣是收集玻璃杯啦。」

他起身，扶著我站起來。「你明顯就是醉了，我開車送你回家吧。」

我伸手撥頭髮，「不想回家。」

「好吧，那讓你醒醒酒好了。」

★

喬登是第一個注意到我很沮喪，也是第一個不會勉強安慰我的人。他願意默默聽我傾訴，我因此喜歡上他。

我跟他獨處的時間越來越久，隨著沮喪感加深，我感覺他成了唯一理解我的人。每當我需要傾吐，他總是靜靜聽著。當我哭泣時，他會擁我入懷。

我們約會了幾次，不過喬登這時還不是我的男朋友。我告訴自己，我們只是普通朋友，家人絕對無法接受我和一個年紀大我四歲、手臂上又滿是刺青的男人交往。

跟喬登有進一步的進展，感覺有點興奮，他對我很有耐心，很願意遷就我。可是他也很霸道，容易嫉妒，占有慾強又愛發脾氣，希望我身邊沒有他人，只有他。他說別人都是酸民，見不得我們好，還說服我，他的看法沒有錯。我只在電影裡看過這麼尖酸刻薄的人，第一次親自體會。

我知道如果家裡人知道我跟喬登往來密切，大概會把我趕出家門，跟我永遠斷絕關係吧。我瞞著家人偷偷跟他交往，沒告訴任何人我們的曖昧關係——除了香黛兒。可是她卻沒有我以為的那樣支持我。

某天，香黛兒沒敲門就走進我房間。我們是好朋友，這很平常。但我立刻掛斷跟喬登的電話，對她大發脾氣。

「你不會敲門嗎？」

我的語氣嚇到她。「你說什麼？我哪次進你房間敲過門？」

我深呼吸了一下，藉以釋放焦慮。「對不起，我不是故意要大聲的。」

「你到底怎麼了，蜜兒？」

「什麼意思？我沒事啊。」

「不，你有事。」她也動了肝火。「我們現在都不再一起玩了。我傳訊息或打電話，你也幾乎都不回。」

「我不能總是只陪你一人，香黛兒。」

她激動地搖頭說道：「你這段感情關係有毒，你整個人都變了，每天都只跟他膩在一起。」

我翻了白眼。喬登曾告訴我，香黛兒沒有男朋友，所以會嫉妒我們的感情。我一開始不相信，現在卻親眼見證。

「不關你的事。」我告訴她，「我從來沒想過，你竟然會嫉妒我。」

香黛兒站起來走到門口。「你高興怎樣隨便你，蜜兒。」

她走了，沒再多說什麼。我不是很在乎，我們吵架都不會拖太久，我覺得應該沒事。喬登說我們彼此不該有祕密，我立刻傳訊息給他告知剛才的事。他覺得我應該冷靜一下，暫時不理睬香黛兒。

我有幾個親近的朋友，他們對我別無所求，只希望我過得快樂。他們看到我和喬登這段感情，都發出危險的警示，很想把我拉出來。我心裡也明白，但卻害怕面對現實。我陷入矛盾和痛苦中，跟朋友一起的時候，我同意朋友的看法；可是等我跟喬登獨處，我又會相信他的甜言蜜語和藉口。每次他這麼做，都讓我再度深陷這段感情，無法脫身。

朋友中最認真想讓我「重見光明」的是香黛兒，可我每次都跟她唱反調。喬登不喜歡我的朋友，還最討厭香黛兒。夾在他們兩人當中，我筋疲力竭。為了輕鬆一點，我選了喬登。儘管我身體裡的每個細胞都在說：趕快從他身邊逃走吧！

我開始疏遠朋友。我只想聽到他們說「跟他在一起沒關係」，「你們這樣很正常」，或是「繼續交往不要分手」，就算他們並非真心也可以，但是我的朋友不忍心當面對我撒謊。

喬登不是壞人，他只是性格偏激，他需要幫助。他總覺得自己是受害者，這世界虧欠他。我在他身邊時得隨時小心翼翼，免得惹他生氣。我不希望他離開我，我無法忍受另一個人又要離開我的想法。不知怎地，他帶給我的痛苦和混亂竟代替了我對婆婆過世的哀悼之情，比較起來，我寧願選擇他給我的痛苦。

6. 拒絕不當的關係

正式交往四個月後的某個週末，我們到起司蛋糕工廠午餐。跟平常一樣，還是由我買單。

忽然，喬登看著我冷笑：「為什麼你臉上一直有那種表情？」

「什麼表情？」我正在計算小費，沒專心聽他講話。

他伸出手，指著我的臉。

「就是那個表情，我看膩了！」其他顧客好奇的向我們張望，讓我很不安。這太尷尬了。我笑著握住他的手，想讓他冷靜。

「喬登，不要說了，人家都在看。」

他掙脫我的手，「你太假了，看看你的樣子！我要先閃了。」

他起身離開，留下我獨自在那裡。我趕快結帳，跑出去追他。過程中服務生一直同情地看著我。

「等一下，喬登！」我在停車場追上他。

他怒吼一聲，突然轉身面向我。「我剛才不是說了，我討厭你那麼假。」

「你到底在講什麼？我真的不知道你什麼意思。」

「你知道的。」

我嘆了一口氣，儘量保持冷靜。「好吧，寶貝對不起，我不會再假了，以後都不會再假掰了。」

很多時候，我得先道歉才能改善情況，可是這次卻不管用。他跳上車加速開走，那可是我的車啊！我被扔在那裡。

我沒辦法向任何人求救，朋友都不跟我說話了。我叫了Uber。夠了，這段感情已經持續太久。婆婆一定不希望看到我這樣。

到了他家門口，看到他坐在我的車裡，換我火大了。他一直在控制我，利用我的情緒。Uber司機一離開，我立刻上前敲打車窗，對他發飆。

「喬登，滾出來！這是我的車！」

他置之不理，身體往後躺，還閉上眼睛。以前我會給他空間，讓他冷靜下來。我知道他是故意激怒我，因為他曉得我不敢對他怎樣。但是這次他錯了。現在我有了勇氣，我要離開這座城市，離開他，重新開始。

我再度敲打車窗，「滾出來，不然我要報警了！」

我的話終於引起他的注意。他不喜歡警察，於是下車把鑰匙丟給我。「你要在我家門口叫警察來抓我嗎？」

「我要跟你分手！我要搬去洛杉磯。」

他大聲笑了起來。「搬去幹什麼？你是個爛演員！」

「你這大爛人！」

我上車開走，留下他站在自家門前，滿嘴汙言穢語，繼續咒罵。

我的心碎了，離開喬登不算什麼，只是在這段關係裡，我虛擲太多光陰。現在看來，我早該覺察這段關係有毒，他尖刻的言語、粗魯的行為、孤立我的作法、煤氣燈操縱，都這麼明顯，我竟然視而未見。

我以為他只是暫時不如意，遲早會變成好男人。我替他的行為找藉口，只因為我始終記得在我最黑暗的日子，他一直陪著我。現在我終於看清楚，他那時的陪伴也是另有目的，就是試圖操縱我。

人在遭受情感創傷時，很容易把關心誤認為愛。他有對我好的時候，但對我不好的時候卻更多，尤其是他偏激的個性，讓我受不了。然而我卻沒有離開他，以為他會改變。被愛的錯覺讓我無法認清現實，這不是愛情。我一直堅定不移地試圖改變他，但是這次他真的太過分了。

由於和他的關係剪不斷理還亂，我一直沒有積極面對自己的人生。改變的時候終於到了，我決定勇往直前，踏出重要的一步。我要搬到洛杉磯追尋自己的夢想，首先，我要告訴我媽這件事。

我坐在車裡，想著如何開口。我記得讓她同意我進入演藝圈是多麼困難。搬到洛杉磯的決定對她來說更是出乎意料，可能會讓她很傷心。我一直沒有當面向她說起這件事，儘管已經悄悄為去洛杉磯做準備。

我知道不該隱瞞，我從小就在家庭期望中長大，要坦白說出自己選擇不一樣的人生道路，實在非常困難。我存了幾個月的生活費，研究了洛杉磯的演出機會，演出很多學生電影來累積經驗、充實履歷。現在，準備工作完成了。我得告訴我媽，我要搬出家裡，飛向洛杉磯。

★

跟我媽說要搬去洛杉磯這件事，她竟然沒反對，也沒說什麼，但很明顯的，她很失落、很傷心。儘管她支持我當演員，但沒想到我會這麼快要離家。她走進廚房煮了一大堆東西，又把YouTube 播放京劇的音量調到最大聲，這是她心情不好時的典型行為。

寶兒比較冷靜，我知道她也很難過。她走進我的房間，把一大袋各式各樣的化妝品丟在我床上，「送你。」我看著琳瑯滿目的品牌說：「你是九頭龍嗎？為什麼有這麼多種化妝品？」她聳聳肩，「買東西讓我心情愉快，而且我不知道你會用到哪些。」接著她問我，「沒有香黛兒，你一個人沒事嗎？」

這是個痛苦的問題。既然我打算搬走，重新開始，我知道必須面對這個問題。很長一段時間，我跟香黛兒形影不離，總是一起規劃未來，因為喬登，我們已經一個多月沒聯繫了。如今我要一個人搬去洛杉磯，感覺真的怪怪的。

「我會沒事的。」沉默了一會兒，我回答。「我也希望事情不要變成這樣，可是我得接受事實。」

「但願將來你們可以重新修補友誼。」

「我也這麼期待。」

我媽每隔幾分鐘就把頭探進房門，提醒我打包已經打包的東西。我知道這是她克服我離家情緒的方式，所以每次都微笑著點頭。我一定會想念這樣溫暖的關愛。

我們把行李通通裝上我那台二〇一二年的本田雅歌，夢寐以求的事情終於發生了，我要搬去好萊塢囉！

7. 前進好萊塢

每個想投身演藝圈的人都得搬去洛杉磯。這裡終日陽光普照，空氣和暖，瀰漫著咖啡香和鮮果汁的甜味。真的，在這兒飲料就像是隨身配件般。純植物拿鐵、有機抹茶冰沙、無糖冰茶等等，應有盡有。

透過 Airbnb，我先找了一間小房間暫住，跟另外幾位租戶共用廚房及客廳，希望很快能找到便宜又不錯的出租套房。因為還沒有找到工作，所以我加入 Uber Eats，為人送餐。

在洛杉磯擔任外送員，就像在混亂且難以預測的迷宮中導航。在炎炎烈日和臭名昭著的交通堵塞中，我跳進城市叢林，不確定每次送餐的 CP 值。

說起來，外送員生活可是苦樂參半！我的日常就是接單後，把飯菜放進外送袋，趕在食物變涼之前盡快送達，但洛杉磯繁複擁擠且不可預料的交通，總增添送餐的麻煩，我得永無止境地與之作戰。一般來說，客戶收到餐點後會給我百分之十到百分之十五的小費，但我經常遇到小氣的客戶，例如車道有半英里長的豪宅，但那麼有錢的人只是收下餐點，不給小費。我也曾到過可怕的街區，猙獰的獵犬虎視眈眈地盯著我。不過，我也遇過慷慨的客戶，有一次送餐到比佛利山，食物費用為一百五十美元，他們竟然給了我五十美元小費，把我樂壞了。

然而，無論我在送餐上付出多少時間和努力，敷衍的微笑和關上的門是常態。拒給小費帶來的失落感讓我深刻明白，這份兼職並不像看起來那麼容易。

也因為送餐的關係，我有機會進入洛杉磯各個角落，韓國區、中國區、日本區，特別是洛杉磯街頭藝術的塗鴉和年輕人前衛的潮牌服裝，再再讓我嘆為觀止。這座城市就像一座巨型露天博物館，展演著各式各樣的藝術、時尚與文化。每個人隨時隨地都在自拍，街上總有網紅在錄製抖音短片，或是在知名地標前面拍片。

街道兩邊排列著精心修剪的棕櫚樹，宛如明信片或是電影場景。這可不是比喻而已。因為電影劇組人員和拍攝用的拖車總是隨處可見。布加迪、法拉利、藍寶堅尼這些名車也很常見，畢竟有錢人就是喜歡出門閒逛，尋歡作樂啊。

到處都是漂亮臉蛋和完美身材。走在洛杉磯街頭，很難不看到剛做完整形手術，或是花了幾千、幾萬美元打肉毒桿菌的人。不論有沒有錢，大家都想讓自己看起來像模特兒，過上名人的生活。多數人願意傾盡所有，弄掉身上的疤痕或遮瑕，只求讓自己看起來像別人。

這裡每個人都怕胖，總在節食中；為了追求完美身材，還總沒完沒了的運動健身，體脂肪都快變成零了！我很少看到衣服尺碼超過二號的人，而且大多很時尚。身邊盡是外表完美的人，讓人壓力真的很大！置身在這種文化中，你只能加入，當個瘦身狂人。真的，就連去超市買東西，也會有人穿著運動服在通道上快步健走，去拿貨架上的低卡杏仁奶呢。

在洛杉磯的生活永遠不無聊。大小商場處處皆是，裡面有各種特色餐廳、商店。想走遠一點的話，還可以參加 TMZ[2] 巴士的明星之旅。巴士繞行洛杉磯，帶你見識名人的豪宅，以及好萊塢

2 TMZ 是指以洛杉磯比佛利大道（Beverly Boulevard）、拉．辛納加大道（La Cienega Boulevard）十字路口為中心，方圓「三十英里的區域」，這一區在當地稱為「影城區域（Studio Zone）」。

大道上明星的簽名和手印。

住在這裡的好處之一是可以常常看到名人。別以為看到自己喜歡的明星這種機會千載難逢，其實在洛杉磯並不稀奇。餐廳、酒吧裡時常有明星戴著超大墨鏡現身，或者就在街頭自拍。有時候他們就在你眼前拍電影、錄節目，或是參加各種活動。

我承認，演藝圈的光鮮亮麗和這座城市都深深吸引著我，就連洛杉磯的空氣聞起來都充滿前途光明的味道。但這裡也有很多人跟我一樣，沒錢沒背景，孤注一擲投入好萊塢。這裡每個人都既漂亮又有才華，競爭非常激烈。我很快就明白，保持心理健康是最重要的一件事。

如果你的身邊總是圍繞著才華洋溢、身材完美的出色人物，很容易會焦慮不安、喪失自信。我不斷提醒自己，專注自身的目標，照顧好自己，努力前行。

雖然這裡每個人內心都有著強烈的演員夢，可才來沒幾天，我便體會到洛杉磯也是個奇怪的地方。幾乎每個人看來都有一點空洞或迷失，同時卻又滿懷希望和決心。演藝圈的光鮮只是表象，為了追上這個城市的節奏，就連成功的人都難免精疲力盡、滿身傷痕。

最大的問題是，很多人來到洛杉磯，不計代價地追逐名聲和財富。為了讓經紀人和製作人注意到自己，他們願意做任何事，犧牲做人的原則，甚至傷害別人也在所不惜。成功的壓力如此巨大，讓人覺得必須不擇手段、傾注所有。如果不小心，你會陷入演藝圈的黑暗面，整個人被吞噬。快節奏的生活容易讓人迷失，有時候你會忘記，演戲只是一項職業，不是生存遊戲。就算幸運勝出，也沒人保證從此就幸福美滿、人生完美。

在演藝世界中奮鬥，如同一場豐富的探險，每個階段都是精采的關卡。我得隨時專注，確保每一步都不白費，無論路途有多麼困難。從廣告試鏡中打動人心，到成功獲得影片試鏡機會，每個機會都至關重要。最重要的是引起選角導演的注意，讓他們認識我的才華。我還要持續努力，創造出一個個難忘的表現，這些最終都將引領我參加更多電視和電影試鏡。

當然，演藝圈競爭激烈，選擇合適的經紀人同樣重要。一位能幹的經紀人對演藝界得瞭若指掌，還要和選角導演有良好聯繫互動。

這只是開始。在打動選角導演之後，還需要面對更多挑戰——導演的面試、製片的面試、以及電影公司的面試。最後，還有一個最重要的考驗：觀眾反應。電影公司會邀請一小群觀眾來看試片，看他們是否喜歡演員在螢幕上的表現。

我的目標清晰明確：成為職業演員！我得全力以赴，隨時準備好迎接每個挑戰，把握每次機會。更重要的是：我要紅！要在這個世界上留下我的印記。

★

由於競爭激烈，沒有好的經紀人可不行，舊金山的表演老師向我推薦了經紀人丹，我跟他約在星巴克見面。我提早十分鐘到，點了拿鐵，等待丹到來。我拿杯子的手有點發抖，暗自禱告，希望他願意指點我，最好的情況是他願意跟我簽約，可是，萬一他不簽下我呢？

正在胡思亂想之際，一個中等身材、深色頭髮的中年男子走了進來。他眉頭深鎖，臉上有過早出現的皺紋；右耳戴著耳機，正瘋狂地傳送手機訊息，走到櫃檯點餐後才看到我，對我點了點頭。不知為何，當他向我的座位走來時，我下意識地拉平襯衫，挺身坐直。

「長得不錯，很好。」他就坐後說道。

「謝謝？」我用疑問的語氣回答。

他咯咯笑，拿下耳機，專心對我說：「這是讚美啊！相信我，好萊塢有很多人本人跟照片一點也不像，都怪 Photoshop 太厲害了。」

「是嗎？那我很高興我跟照片很像。」我緊張地笑笑。

「言歸正傳吧。你提問前，我要先說，我不會簽你。」

我的心猛地一沉。他這麼快就切入正題讓我備感驚嚇，再說，一般人要拒絕別人時不是會先鋪陳一下，讓對方好過一點嗎？顯然在這一行沒人有空顧及你的感受。

「你經驗不足，履歷表上拍攝經驗都是廣告和學生電影。我不是說你沒有潛力，不過我的客戶至少都有三到四年演出電視的經驗。你還沒踏進這個圈子呢。」

我同意他的看法。儘管曾在喬瑟夫・高登－李維的影片當過臨演，又接過百事可樂大型廣告，我演出的電影都是學生電影，雖然得過獎，但都沒有正式在院線上映。

丹的手機響了，他捏捏眉心，查看來電號碼，馬上拒絕接聽，還把手機朝下放在桌上。

「說到哪了？對了，我是想告訴你，兩年內你得接很多沒有薪水的工作，可能還不只兩年吧。然後你得參加試鏡，越多越好。」他啜飲了一口他的綠色飲料。

「聽起來不難嘛。」我若有所思的回答。

他笑了，又喝了一口。「你太天真了。當然啦，一般來說試鏡機會越多，成功機會就越大。」

我皺眉，「不然呢，有什麼問題嗎？」

「你得先找到好的經紀人。電影和電視的試鏡機會不多，即使有了試鏡機會，你還得有能力處理一直被拒絕的沮喪和焦慮，或是他們裝模作樣試鏡，最後只用自己人。太多了，我可以一直說下去。」

我不自然地笑道：「我想我還是先開始爭取試鏡機會吧。被拒絕的事就再說好了。」

他仔細打量我，然後瞇著眼睛說：「把你的姓改掉。」

「蛤？」

他張望了一下四周，靠向我這邊小聲說：「你這樣的……呃……這樣的種族角色並不多，得想想辦法。還有，用淺色的粉底，這樣看起來比較像白人混血，或是亞裔特徵不明顯。」

我一直以自己的文化和種族為榮，他的話讓我深受打擊。當然，我很清楚好萊塢演藝圈的主流人物長得跟我不一樣。可是我怎麼也沒想到必須放棄原有的認同才能在這裡闖蕩。

丹畢竟經驗豐富，我相信他給我這些建議是出於善意。跟他談話讓我明白自己並不真的了解好萊塢演藝圈。我知道自己資歷尚淺，必須加倍努力才能混出名堂。

「今天謝謝你。」我說，站起來要走。

「小事啦。希望哪天再見，你已經是大明星了。」

走出星巴克，內心五味雜陳。照他的說法，廣結人脈，這我同意，但背棄自己文化，甚至是違背做人原則，我可不想。

我告訴自己，不要再胡思亂想，趕快開始工作。搬來洛杉磯可不是為了到處玩或開趴；為了實現當演員的夢想，我必須腳踏實地。我走到車子旁邊，看見雨刷上夾著一張白色的小紙片。

「搞什麼？」我低聲怒吼，難道給我的打擊還不夠嗎？我抓起那張罰單，抬頭向天，「這可真是太好了！」

現在，我需要立刻賺回這愚蠢停車罰單上的六十二美元。我跳進車裡，開啟 Uber Eats APP，把車停在一條小街上，希望能快速賺到幾美元來支付那討厭的罰款。

叮咚！通知鈴聲響起，太好了！我立刻接下訂單。

★

幾個小時後，我賺回了六十二美元。回到 Airbnb 房間，立刻打開筆電，上網搜尋姓氏應該改成什麼比較好。要有西方感，不能太普通，還要搭配我的名字，我又焦慮又疲憊。

我在網上瀏覽了一兩個小時，決定把原來中間名的諧音改成姓。我要叫自己「蜜兒・雀欣」（Mier Chasin），我對著空房間喊出來。

這個名字唯一好處就是縮寫會變成 MC，跟我的偶像瑪麗亞・凱莉（Mariah Carey）一樣。如果只有這麼做才能敲開演藝圈的大門，我也只好接受，但不知家人會怎麼想？

一想到家人，我喉頭哽住，眼淚不自覺落下。現在的處境跟我的夢想差得可遠了。我以為自己會參加一堆試鏡，演出一些小角色，一點一滴累積實力，然後變成明星。可我現在卻置身在又小又黑的房間，坐在塌陷的床墊上，朋友和家人都不在身邊，錢又快用光了。

我大哭一場，藉此釐清思緒。

儘管我跟香黛兒之前來過洛杉磯，但我沒料想到這個城市物價有多高昂。送餐的收入太少，我必須身兼數職，我很清楚至少短期內我的手頭會很緊，生活會很辛苦。我只剩八百美元了，我還需要找到固定住所，起碼得比現在這種鞋盒似的房間大，家具也得新一點，不會發出嘎嘎的怪聲。

擦乾眼淚，我立刻上網找打工。我把範圍縮小到雜貨店補貨工、雞尾酒服務生和加油站收銀員。

查看幾個教人兼職打工的部落客建議，發現高級餐廳服務生是理想的好工作，因為消費高，小費多。如果可以在高級餐廳打工，也許我只要一份工作就可以，不用兼三份差。我的短期目標是賺取足夠的金錢，換個像樣的地方住。

我正忙著搜尋工作、丟履歷給餐廳，突然一個廣告視窗彈了出來，是一家經紀公司正在招募新人。我轉換心情，立刻將履歷和大頭照寄過去。

8. 海蒂和阿俊

來到夢想之地幾個月後，事情似乎往好的方向發展。我跟網路上那家小型經紀公司簽約，也開始在聖塔莫尼卡一間高級濱海餐廳當服務生。

我繼續到表演學校上課，磨練演技。表演課程收費昂貴，但這投資可不能省，因為我知道，只有不斷努力，自我提昇，才能換到將來的收穫。

某晚下課回家路上，經紀人通知我，有部獨立電影敲定選用我擔任配角，要我儘快進組。我簡直不可置信。這也許不算什麼了不起的角色，但對現在的我來說，卻很重要。影片會在拉斯維加斯拍攝，我一回家就趕快打包好行李，然後整晚研讀劇本。

拉斯維加斯真是熱死人了！一進 Airbnb 房間，我立刻打開冷氣，免得腦細胞著火，那種炎熱簡直讓人懷疑人生。安頓好以後，一位劇組工作人員載我去拍攝地點。不知為何，現場竟然比室外還熱。

他們向演員和工作人員介紹我，其中一位亞裔獨立音樂人名叫海蒂，製作人選用她的音樂作為配樂。她從來沒來過電影拍攝現場，所以也過來看看。

「你當演員多久了？」海蒂問我。

「好幾年了。不過我第一次拿到電影角色，很興奮。」

海蒂笑著聳聳肩，伸出長指甲梳理她那頭粉紅色頭髮。

「這也是我的音樂第一次被用來當作電影配樂，超酷的。」

她看來頗有趣，我對她很感興趣。「你是全職音樂人嗎？」

「算是吧。饒舌音樂對我來說就是全部。洛杉磯生活昂貴，為了支付房租，我有時候會接一些MV演出。」

「不錯欸，那你可以一直跟這個圈子的人相處。」

海蒂奇怪地看著我，彷彿我長出第二顆頭般。「洛杉磯百分之九十的人都是演藝圈的啦。你應該認識一下我室友阿俊，你一定會喜歡他，他是攝影師。等我們回洛杉磯就來約午餐吧。」

我露齒微笑，「沒問題！」

「太好了，我已經先傳訊息給他了。」她狡猾的一笑。「你搬去洛杉磯多久了？」

「幾個月了。我一直在試鏡找工作，什麼工作都可以。」

海蒂點頭，嘆了口氣。「沒錯，亞裔的工作機會不太多。」

「是啊，我也體會到了。」

「跟你說，三個月前，我去試鏡一個亞洲饒舌歌手的電影角色，結果他們竟然挑了棕色頭髮，皮膚和外表看起來很難確定種族的白人女生。」

「太差勁了！真的可以這樣喔？」

「唉，亞洲人在演藝圈很難混的，我們得團結起來。」

我以為她只是隨口說說。拍攝期間她真的跟我形影不離，我們變得無話不談。

兩週後，拍攝工作結束了，我迫不及待要逃離烤焦的炎熱。我很期待跟海蒂和阿俊的午餐。

交朋友不容易，我常常是自己一個人。我暗自期待，這頓午餐會是一輩子友誼的開始。

二〇二一年十月

嗶……嗶……嗶……

剛才的胡思亂想就像倒帶一樣，讓我回顧了過去這幾年的歷程，而嘈雜的嗶嗶聲把我從白日夢中搖醒，回到現實。我還是躺在醫院，手臂上掛著點滴，盯著房間的白色天花板。來到洛杉磯以後的狀況，還有一點要補充：我跟海蒂和阿俊的午餐非常愉快，我們三人成為好朋友。我終於搬出 Airbnb 的房間，租下一房公寓。

儘管並非事事順心，至少我還在洛杉磯，還是覺得這地方很美好。更重要的是，我相信自己，也相信自己的表演能力。我不會讓無謂的恐懼阻礙我追求目標。即使恐慌症會不時發作，我依舊堅信自己可以有所成就；不管別人怎麼說，我都會實現夢想。我感覺得到，好事就要發生了。

說到阿俊和海蒂，我打了電話給他們請他們來醫院接我。他們應該隨時會出現，把我「救」出醫院。看到他們真的走進門來，我很開心，臉上滿是笑意。

「不好意思來晚了，親愛的。找房子麻煩死了。」阿俊表情誇張地說。

海蒂把頭探出房門看了一下，看著我說：「你只有五分鐘穿好衣服離開，不然那個多管閒事的護理師就要過來了。」

她在搞笑，我早就簽好出院文件了。不過我還是很配合他們的表演，我們就那樣「逃」出醫院。

★

在我們「逃」離醫院的同時，一幕熟悉的場景引起我的注意。三名醫生和兩名護士聚集在走廊上，正在熱烈討論。這情景不就像我一年前在舊金山的表演課，與同學們一起演出的場景嗎?!

我的思緒飛到之前那被我珍視、充滿夢想和純真的團體。我們表演課程小組五位學員先後都來了洛杉磯，那時我們多麼單純，還沒什麼野心，一心追求各自的夢想，顯得生機勃勃。天真和年輕的我們對人生未來道路中的苦難現實還未有所警覺。

我們這群人勇敢的離開熟悉的生活圈，深入洛杉磯心臟地帶追夢。最初的幾個月裡，我們意氣風發，經常聚在一起，相互打氣。然而，在這片洶湧的大海中，我們這些魚兒很快就被吞沒了。我們很快發現，我們其實無足輕重。好萊塢的光彩和魅力讓追夢者勇往直前，但也容易讓人精疲力竭，甚至沉淪下去。

小組裡有一對和我年紀相近的，把好萊塢的璀璨誤認成夜店裡誘人燈光。想做演員何其困難，他們在一次又一次的失望後，日子一天天流逝，夜店般的生活方式吞噬了他們，在酒精、毒品和深夜的狂歡中失去自我，夢想被草率放棄的行為所淹沒。

另外兩人當中，有一人嘗試參加商業試鏡，但與舊金山相比，業界的冷漠讓他無法適應，稀少的工作使他的怨恨加深。隨著儲蓄逐漸減少，兼職變成全職，表演夢想被遺忘了。而另一人則是被家庭責任打亂。他在洛杉磯待了兩年，由於即將成為父親，他太太堅持要他有穩定的收入。於是，他不得不帶著夢想殘骸，踏上回舊金山的路。

至於我呢？我從未讓任何事物轉移我對夢想的專注力。我從小的志願就希望成為演員，花了好幾年時間說服家人讓我走上這條路，我不想讓他們失望，也不想背叛自己的抱負。他們的信任和支持燃起我的決心。我一直都知道這條路很困難，即使面對挫折和挑戰，我對演藝和創意的熱情依然堅定不移。老實說，沒有什麼比這條創作之路更能鼓舞我。

另一項我一直堅持的是，周遭的人會影響我們的未來，因此，與能夠提升和激勵我們的人在一起非常重要。生活充滿曲折變化，不斷為人生故事帶來新的角色，不同的人會在我們身邊出入，在生命中留下獨特的印記。有些人可能會將你推往新的高度，鼓勵你成長和變革；也有些人可能會阻礙你，或是用負面態度拖累你。關鍵是要辨別出這種差異並做出明智選擇。

我從深思熟慮的世界中醒來，凝視著海蒂和阿俊。一股感恩的情緒湧上心頭，我意識到他們在我生活中的重要性。他們的存在和友誼就像一座燈塔，不斷引導我朝更好的自我前進。他們的支持和帶來的積極影響，我非常感激。他們就是我一直被教導要尋找的那種積極向上、能相互打氣加油的朋友。

第二章

好萊塢友誼啟動

9. 我的好室友

過了幾個月，我決定搬家。雖然獨處很棒，但時間一久，仍不免覺得寂寞。幸好海蒂和阿俊剛搬進謝爾曼奧克斯區域（Sherman Oaks）一間三房公寓，正在找室友，他們請我搬過去。

海蒂沒說錯，阿俊跟我一見如故，非常投緣。

阿俊是時裝攝影師，外表亮麗，相當引人注目。他讀大學時，就帶著一隻叫鬆餅的柯基犬和裝滿名牌包的大櫃子，從韓國移民美國。取得藝術學位後，便搬來洛杉磯當攝影師。一開始，先替好萊塢大牌攝影師當助手，過了幾年，累積足夠的信心，就自立門戶。

阿俊很有創意，每次拍攝總是有源源不絕的新點子和構想。他擅長捕捉人物特質，照片裡的人看起來就像是從高級時尚雜誌走出來一樣。

我搬進去後，只要一有空就常常在一旁觀看他工作。今天的模特兒身高一九三公分，棕色頭髮，身材健美，堪比好萊塢明星。

為了省錢，阿俊把車庫改裝成工作室。裡面有白色背板、兩盞巨大的攝影燈架和小型燈具，工作室一側還有個大窗戶引進自然光。牆上貼著剪裁過的舊雜誌當裝飾，阿俊的得意作品也裱框掛在牆上。

阿俊穿著灰色外套，斜背心型香奈兒小零錢包喊道：「把自己當成索爾（Thor），萬能的天神！雷神索爾！秀肌肉，秀出來！」

模特兒在白色背板前變換姿勢，照相機快門閃個不停。他的眼神專注看著鏡頭，表情卻很放鬆。他穿著黑色T恤、黑色長褲，搭配黑皮帶，雙手插腰，臉帶微笑。

「性感一點！溫柔的笑，從眼睛笑出來。你看，娜塔莉．波曼（Natalie Portman）出現了。沒錯，把頭向右邊歪一點……」

我站在沙發旁邊，手裡舉著反光板，隨著模特兒改變姿勢，我也把頭向右邊扭，一邊看著阿俊施展魔法。

一小時後結束拍攝。我走到阿俊身邊跟他一起檢視拍攝成果。他看著其中一張照片，突然停下，興奮得一副快昏倒的樣子。

「他是不是很完美？他簡直就是雷神索爾，長得跟克里斯．漢斯沃（Chris Hemsworth）一模一樣欸。」

我低頭看著照片：「我覺得他比較像水行俠（Aquaman）。」

模特兒換好衣服出來，阿俊招手叫他過來看照片。他站到我身邊，彎下腰低頭看照片。忽然間一陣清爽帶著綠意的森林氣息向我飄散開來，還夾著些微菸草味和無花果甜味。

「你擦的香水是Barfly嗎？」

他抬頭看著我，很驚訝：「是啊。你怎麼知道？」

我忍不住微笑地說：「我也在Scotch & Soda買東西啊。」

他笑著對我眨眨眼，然後看向阿俊。阿俊不太高興地跟他說：「她有男朋友了喔。」語氣聽起來並不介意自己說的是不是真話。在此澄清，我可沒有男朋友。經過跟喬登那段，我並不急著談戀愛。

男模聳聳肩，看起來真的很失望：「是嗎，真可惜。那就再見吧。」

模特兒走了，阿俊翻翻白眼。我覺得他好像有話要說，轉頭期待著。阿俊對很多事物都有見解，也的確很會說故事。

我朝他挑動眉毛，問道：「你對水行俠有什麼意見？」

他皺起鼻子表示厭惡，「親愛的，你不會想跟這種人搞在一起。」

我知道他想說什麼，不過為了配合，還是順著他的語氣說：「哪種人？我看他滿帥的啊。」

「相信我，再帥也沒用。那個冒牌水行俠在業界有點名聲，他可能會給你帶來意外之癢喔。」

「噁心死了啦！」

我們一起狂笑，他告訴我好多業界流傳的玩家故事。他說得對，我一點也不想招惹那個模特兒。我們邊說笑邊左右滑動他手機上的約會應用程式。突然我們兩人的手機一起響起，是海蒂在我們的聊天群組「AZN BABY」上發了訊息。

海蒂：你們在幹麼？

蜜兒：我跟阿俊在一起。

阿俊：她正在關心水行俠。

海蒂：你幫傑森・摩莫亞（Jason Momoa）拍照喔?!

蜜兒：沒有啦，而且不是那個摩莫亞，冒牌的而已。

海蒂：天啊，我差點要離開現場回去看他欸。呵呵。不過蜜兒，你應該重新開始約會了吧。

蜜兒：🥺🥺🥺

阿俊：同意。

10. 露天音樂廳的邂逅

在距離謝爾曼奧克斯車程一小時的長灘市，海蒂正在那裡拍攝知名饒舌歌手 Lil Cats 的 MV。她傳來戴著五吋長水晶指甲、鑲滿紫色水鑽的連衣褲、腳蹬十吋厚底鞋、頭上頂著誇張的紫色霜淇淋甜筒型假髮的自拍照，這造型讓她看起來像個「紫色」小精靈。

這狼狽的模樣讓阿俊和我不禁失笑。不過我們也很佩服她的勇氣，不怕難為情，願意為了成名做出如此犧牲。我還有點羨慕她，她畢竟有事可做。從賭城的演出回來後，我從餐廳兼職服務生變成全職服務生，以免入不敷出。

事實上，我兩位好友的事業都大有斬獲；好萊塢的奇特點之一就是，想要出人頭地之前，必須努力跨過千萬步。看著周遭的人奮力打拚並實現夢想，讓我更想要待在這裡，也讓我覺得追隨自己的夢想應該是正確方向。

突然我的電話響了，是我的經紀人傳來的訊息：

親愛的蜜兒，Amazon Prime 的《外籍之人》（*EXPATS*）想邀請你來試鏡一個小角色。這些是試鏡資料，請過幾天上傳你的影片。

我回到房間，立刻打開電腦，全神貫注地把整份資料讀了三遍，確保自己能全面了解整個劇本。接著拿出螢光筆，一段一段地標記所有與我角色相關的對話，開始進行密集的記憶練習。雖然這只是個試鏡，我也會重複閱讀和背誦台詞，直到能夠流利表達出來，就像告訴別人我家地址或電話號碼一樣自然。除此之外，我還得努力讓自己融入角色，真實地呈現角色的情感和想法。

記住台詞後，接著深入分析每段對話的情感和內涵。我會先回顧角色在進行對話前的情緒和心境，思考這段對話如何影響角色的發展；接著寫下角色說完話後可能產生的想法和反應，以及這段對話在整個劇情中的意義。最後一個步驟是把和我對戲的角色的台詞錄製到語音應用程式中。這樣一來，便可以透過播放錄音，模擬對手角色，與自己進行對話練習。這讓我能更熟悉場景，可以更自然地銜接台詞，進一步提高表演技巧和自信。

晚上，我跟阿俊躺在沙發上，他看 Netflix，我用筆電閱讀電子書小說。手機響了。還是海蒂。我將手機放在我跟阿俊之中，空出的雙手繼續吃著爆米花按下，另一手按下免持通話。

電話那頭的海蒂劈頭就尖叫：「你們一定猜不到剛才發生什麼事！」

「你遇到真愛？」我開玩笑說。

「他帥不帥？不帥的不行。」阿俊也跟進。

她低聲怒吼：「不是啦，不要亂講。我拿到三張今天晚上好萊塢露天音樂廳的 VIP 門票了！」

我立刻跳了起來，爆米花撒得沙發到處都是。「不可能！VIP 票一張要一千美金吧。」

「是啊，不過我今天很勇敢，我跟 Lil Cats 提出一點改進音樂的小意見，我還以為她會開除我呢！她卻給了我 VIP 門票當禮物！」

我們高興得大叫。好萊塢露天音樂廳的門票向來都是秒殺，連最低價的四十美金門票也是，我們還以為得再等上一年才能看到。我很喜歡現場音樂表演，感受音樂節奏，親眼體驗表演者激情的演出，是很特別的經驗，就算那首歌你聽過幾百次，現場聽就是不一樣。

★

到了露天音樂廳，我腦中仍不斷地背誦著台詞。今晚的夜空燦爛，星星閃耀得異常明亮，吸引了所有目光，連相機也很難拍下這炫目和魅力。現場滿是穿著時髦的人物，拿著飲料走來走去。阿俊、海蒂和我手勾手，以免被人潮沖散。我們通過入口，巨大的開放空間大約可以容納一萬八千名觀眾。現場不算太吵，不過可以體會到表演即將開始的緊張感。

阿俊穿著絲質設計師襯衫，背後印有鮮明圖案，配上緊身皮褲。海蒂身穿齊膝剪斷的低腰垮褲，配上超大T恤。我則是高腰牛仔寬褲、削肩短背心。我們全都穿著顏色不一樣的Nike球鞋，還像有頭有臉的大人物一樣，神氣活現、大搖大擺地走到VIP區。這樣的打扮可是完全符合這區的格調啊！

「今晚，小姐們想吃點什麼？」阿俊問道。

海蒂和我相視大笑。只要外出，親愛的阿俊總是堅持要帶著整背包的韓式料理隨行。

「袋子裡有啥好料？」

阿俊笑得像星光一樣燦爛：「你們一定會喜歡。」

他小心翼翼地拿出幾個韓式不鏽鋼便當盒放在桌上，得意洋洋地向我們逐一介紹。「飯捲、雜菜冬粉、泡菜、烤牛肉、炸雞、糖餅，還有你們最愛吃的部隊鍋。」接著拿出三雙包得好好的不鏽鋼筷，三個不鏽鋼碗，擺放在我跟海蒂面前。

「對了，我還帶了水蜜桃燒酒、葡萄柚燒酒、草莓燒酒、青葡萄燒酒。」

阿俊拿出三個 BTS Shot 杯，看著桌上的燒酒，考慮要先喝哪一瓶。我轉頭看向舞台，決定讓他去傷腦筋。主持人正在帶動觀眾氣氛，歡迎下一場演出的搖滾樂手。燈光漸暗，舞台側邊射出火焰，觀眾充滿期待的歡呼鼓譟。

男主唱身形高大，黑髮垂肩，穿著破爛牛仔褲。樂團成員彈著前奏時，主唱腳踩在音箱上，隨著音樂擺動，接著開口演唱，聲音迴盪在露天音樂廳的每個角落，觀眾越來越興奮。

沒錯，主唱很帥，但我卻被第一吉他手吸引。他身體擺動著，彈奏技巧和吟唱方式非常美妙，聲音宛如來自心靈深處，這魔力般的表演深深攫住我。他撥弄著吉他，樂音魅惑我、擺布我，如同弄蛇人豢養的眼鏡蛇般那樣讓我著魔。那頭頭髮就像獅子鬃毛一樣金黃濃密，微笑有如太陽，真的超級帥！

「哇，真是性感猛男！」阿俊說，投下贊成票。

海蒂竊笑道：「你們知道吧！等等ＶＩＰ可以去後台參加見面會喔。」

阿俊的視線也捨不得離開吉他手。「親愛的，我不只要見面，我還要征服那棵性感樹！」

「對啊。」我輕聲說。其實根本沒聽清楚他說什麼。

就在這時，吉他手突然跪倒在我們面前，抬手將頭髮往後撥，ＶＩＰ區的人們都陷入瘋狂。我看著他露出的胸膛，不禁雙唇微張，細細品味這時刻。我忘我的投入，連樂團表演結束都不知道。阿俊的雙手放在我肩膀上，試圖讓我回神。

「你看到了嗎？」阿俊興奮地問我。

「看到什麼？」此時此刻，我大概連自己的名字都忘了吧。

「他對著你笑欸。」

「什麼？那個吉他手嗎？」我不肯相信，皺起眉頭，覺得阿俊在騙我。

海蒂熱切地點頭：「真的啦，我們等一下一定可以去後台。」

想像到後台跟他見面，我的胃好像打了七個結。「天哪，我要瘋了！快……快給我酒，讓我振作一下！」我邊說邊用手替臉搧風。

★

演唱還在進行，我隨著音樂跳了幾段即興舞蹈，喝了四瓶燒酒壯膽，接著我們起身，向警衛亮出VIP通行證，跟著他到後台跟樂團會面。

後台有很多觀眾看不到的事，可是真沒想到這麼混亂。有人戴著耳機，手拿剪貼板，到處跑來跑去；有人為了傳話，試圖用大聲喊叫來蓋過房裡的吵雜聲響。人實在太多了，我搞不清楚發生什麼事。樂團更衣室門口還有一群人聚集，等著樂團成員出來會面。

人潮將我們推來擠去好一陣子。真是夠了！於是我們打算回家。我們再次勾起手臂朝出口移動，避免被人潮沖散。

沒見到那位吉他手，雖然很傷心，但戶外清涼的夜風使得頭腦開始清醒。

「好吧，雖然差點被擠死，但今天還好玩嗎？」海蒂問道。

「太好玩啦！」阿俊邊說邊跟著遠處依稀的樂聲手舞足蹈。

「好喔，不過下次不要再被樂團迷住當追星族了好嗎？」海蒂說。

我們笑著聊起後台的經歷，突然有人在我肩膀上輕輕拍了一下。我轉身一看，那名讓我失魂落魄的英俊吉他手就站在眼前，以富有磁性的聲音詢問：「這麼快就要走嗎？」

「太多人了。」我說。儘管心緒澎拜，身體微微顫抖著，但還是得裝出鎮定的樣子。

他抓抓頭，害羞地微笑說：「是啊，後台有時真的有點混亂。」

我不假思索地衝口而出：「你的演出太厲害了。」這時，手機突然大聲響了一下，是 Uber 來了。

「我要走了。」我說，試圖掩飾內心的失望。

「等一下，你叫什麼名字？」

「蜜兒，你呢？」

「麥可。你要不要簽名？」他看起來冷靜，臉上的太陽眼鏡隱藏著熱切的眼神。

我把 VIP 通行證交給他，讓他簽名。

他慢慢把簽好的通行證還給我。明星簽名都會耗費這麼久嗎？因為海蒂和阿俊早已坐進車裡，正等著我呢！

他對著我粲然一笑，電力十足。「很高興認識你，蜜兒。」

「我也是。」我朝他揮揮手，坐進車裡。

車子駛離音樂廳一段距離後，我才把通行證拿起來看。通行證上是他的個人資料。一開始我以為是假資料，不過我在 Instagram 上找到他的頁面，是他的私人帳號。

麥可
#：310-354-xxxx
IG：@MIKE__R

阿俊跟平常一樣地先開口：「你什麼時候要爬這棵樹啊？如果你沒興趣，我可要行動了喔。」

「我想樹上的風景一定不錯。」我竊笑著說。阿俊誇張地嘆了一口氣。「我也想啊，可是他可配不上我這盛世容顏！」

海蒂和我都笑了。阿俊喜歡炫耀自己的容貌，這讓他有種莫名的自滿。

一到家後，海蒂和阿俊深怕隔天宿醉頭痛，便立刻回房睡覺。我走到陽台看星星，等待睡意來臨。我突然靈光一閃，用手機再次搜索麥可。一些在現場演奏、錄音室彈奏吉他的照片立刻躍入眼簾。也有在用餐或是做其他事的照片，不過大部分都跟音樂有關。

我一隻眼睛閉上地按下追蹤，然後戴起耳機，聽著錄好的劇本台詞。抬頭仰望夜空，就像世上所有迷失靈魂的人們將希望寄託在閃爍著光芒的星辰那般，回想著過往，慶幸自己有點長進。如果我沒有鼓起勇氣離開喬登，就不會認識阿俊和海蒂，跟他們成為好朋友。如果不認識他們，我不會遇到吉他手，憧憬著日後的發展。明天起床，我依舊得上班當服務生；現在，我可要再坐一會兒，好好回味一下這美好的一夜。

11. 虛幻的灰姑娘和王子

「奧斯卡得獎的是……蜜兒！」

大家又是歡呼又是鼓掌地站起來。我眉開眼笑地看著親友們驕傲的臉，他們笑著看我起身領獎。我緩緩站起來，試著拉平身上這件金色高衩 Versace 魚尾裙晚禮服。

我想著過往的艱辛奮鬥，一步一步地走向舞台。眨眨眼讓淚水忍住，踩著五吋 YSL 高跟鞋，小心翼翼地跨上通向舞台的階梯。我正要伸手去拿小金人，忽然聽見有人說話。不是頒獎人！也不是一旁那些穿西裝打領帶的安全人員。

「小姐，兩人用餐，聽到了嗎？」

把我狠狠打回現實的，是個陌生男子的聲音。

我從夢中驚醒，不知自己身在何處，也不知他說了什麼。男人不耐的大聲說：「我說，兩位用餐，我們想坐外面的位置。」

我振作精神，回到現實。「啊，沒問題。這邊請。」

客人已準備好點餐，我拿出平板，正準備記錄時，這才發現其中一人是電視明星。

「不好意思，我知道現在時機不對，但我是你的忠實粉絲，可以跟你拍照嗎？」

「當然沒問題！」她高興地回答。

正當她起身要跟我合照時……

「蜜兒，你忘記洗手間要裝捲筒衛生紙喔。」老闆甜美地說。神不知鬼不覺地冒出的她，說話的同時還將我推開。

她根本沒叫我裝！而且那不是我的工作！

我捏緊拳頭，臉上仍然掛著微笑。「沒問題。我服務完這桌客人後會立刻去。」

「現在就去，蜜兒，同樣的話別讓我說第二次。」

我轉身走向洗手間時，便聽到她叫另一名服務生來幫她跟那位電視明星照相。我猛地轉身，看到老闆正朝我冷笑，接著立刻變臉擺出一百分的招牌照相笑容。

這工作真是太糟了。我從來沒遇過這麼爛的老闆。工作內容本身沒什麼，但是老闆很討厭。儘管餐廳對著聖塔莫尼卡美麗的海灘，蔚藍的海浪溫柔地來回拍打岸邊，薄暮時分的金黃餘暉會籠罩餐廳，置身在如詩如畫的美景裡，卻讓我覺得生不如死，處境非常諷刺。

這女人簡直是令人受不了。她整天就是走來走去，什麼也不幹；員工辛勤工作時，她常出言批評，還會當著客人的面罵人。我明明一切事情都做得很到位，但她從沒讚美過我，對我的態度也很惡劣。

她第一次大聲罵我是因為她不小心撞到桌子，咖啡灑到客人的褲子上，她不僅沒有向客人道歉，也不打算支付清洗費。虧我那時還連忙跑過去清理善後，她卻把一切怪到我身上，逼我向客人道歉，但明明是她的錯啊！

煩死了，我受不了啦！有沒有搞錯啊？

也許有人覺得我講得太誇張，可是她就是這樣。她在乎的就是餐廳有沒有賺錢，還仗著自己是老闆作威作福，打從我在此上班以來，她沒對我笑過，更沒說過一句好話，把我一個人當六個人用，還不能抱怨或拒絕。我不僅要招待客人、端盤子、找員工、健保投保，還得掃廁所和發薪水。最可惡的是，她領經理的薪水，還分走服務生的小費。這種工作環境真是太糟糕。在洛杉磯找工作並不容易，但即使需要錢，並不表示得被欺負。真是太過分了！

★

我到洗手間，戴上耳機，邊聽台詞錄音檔，邊跪在地上更換衛生紙。雖然地上墊了紙巾，磁磚還是又硬又冰冷。我喉嚨哽咽，感慨萬千。多想辭掉這份工作啊！可是我的情況不允許，我需要錢。

我打算利用這獨處時間休息，於是坐在蓋住馬桶蓋的馬桶上，然後拿出手機。Instagram 有個未讀訊息通知：

@MIKE__R 開始追蹤你了

我慌亂地眨眨眼，不敢相信眼前所見。我終於下定決心，按下傳送訊息的圖示前，他已經先發訊息給我。

MIKE__R：👋👋👋

這是他兩小時前傳來的。我回了一個揮手的圖案，再加上電話號碼。就在這時，兩個女生走進來，大聲聊著塞斯・羅根（Seth Rogen）變瘦之後很性感。

其中一個女孩說：「這次的演員工作很讚吧？坐下來吃東西就好了。」

「不過不好吃。反正不用錢就好！」她的同伴回答。

我通常不會偷聽人家說話，但她們的談話內容很有興趣，我很高興這次我聽了。我想知道更多，連忙把手機塞回口袋，猛然打開洗手間隔間的門，嚇了她們一大跳。

「你們好。對不起，可以問一下你們的工作嗎？」

棕髮女生遲疑地回應我的招呼，說：「你好，你說什麼？」

「你們剛才說接到很讚的演員工作，我想知道是什麼。」

紅髮女孩笑了，轉頭繼續對著鏡子塗唇蜜，說道：「我們是臨時演員啦。一個禮拜只要工作幾次就好。」

我很疑惑，聽起來也太美好了吧。「只當臨時演員也有錢賺？」

棕髮女孩回答：「是啊，去演員招募中心登記就可以。他們叫我演一個小角色。我今天超幸運，跟塞斯・羅根一起即興演出欸！」

「真的嗎？不用試鏡？」

「不用，我今天就是運氣好。你可以去試試看。」她笑著，聳聳肩。

她們整理好儀容便離開了，臨走時還祝我好運。

我待在洗手間，盯著鏡中的自己。我年紀越來越大，機會只會越來越少。我得跨出這一步。畢竟，搬來洛杉磯不是為了當服務生，而是為了成為演員啊！

「別安於現狀。」我對自己說。

話一出口，疑問和恐懼立刻瀰漫心間。我不由自主想到可能遇到的問題：薪水不高，工作不穩定，會不會被人看不起？……就在我越想越沮喪時，口袋裡的手機忽然震動了起來，我看了一下，原來是麥可傳來訊息。我的不安消失，腦中只想著他。

麥可：今晚忙嗎？我在日落大道有一場演出。

蜜兒：好喔。

麥可：你……想來嗎？

蜜兒：好啊，應該會吧。地址是？

麥克：日落大道一八二二號。

我簡直不敢相信！這消息讓我興奮到忘了還在上班！我傳訊給海蒂和阿俊，邀請他們一起去。不過阿俊回覆明天一早就要拍攝，海蒂則表示不想當電燈泡；看來我得獨自赴約。

「不好了！」我頓時想起自己是來更換衛生紙架，新架子還放在地板上呢！我得趕快完成，儘快回到餐廳，免得老闆進來查看，不然麻煩可大了。我動作迅速得堪比閃電俠，幾分鐘內便處理好。

★

工作一整天後，我乾淨俐落地掛好圍裙，儘管一開工時就想把圍裙扭成一團丟到窗外，但我忍了下來；現在我只需要脫離這鬼地方，心情就可恢復正常。

參加公開活動總是讓人有點緊張，我坐在車裡冷靜一下。但我幹麼那麼緊張？好吧，也許是因為那個人是搖滾明星。

我已經遲到了，可得迅速補好妝，開車前往日落大道。

演唱會所在的位置是洛杉磯的主要街道，那裡擁有都會天堂的一切元素——絢麗的霓虹燈、時髦的餐廳、酒吧和夜店，街上滿是酷炫打扮的年輕人，巨型電影看板到處林立。這裡是和朋友消磨夜晚時光的好地方，即使一個人在星期五晚上來逛逛都很不錯。

街頭充滿生機與活力，對照著在餐廳工作一整天而疲憊不已的我，真是天上和地下的差異。我現在總算知道為什麼洛杉磯人不喜歡睡覺。除了城市的喧囂以外，像日落大道這些流露出生機勃勃的地方，總會讓人興奮不已，讓人覺得自己有朝一日也會功成名就。

我走進表演場所，立刻注意到這裡跟露天音樂廳的氛圍完全不一樣。場地不大，天花板投下浪漫的紫色光暈，觀眾親密地挨在一起。這裡比較輕鬆，比較私密，我也隨之放鬆了心情。

我的心再次被舞台上性感的第一吉他手擄獲。當他撥動吉他琴弦，我閉上雙眼，隨著音樂擺動身體。我彷彿進入另一次元，所有煩惱全都消失，只剩下我和音樂，無憂無慮，自由自在。

樂曲逐漸告終，我慢慢睜開眼睛，看見舞台上的他正在對我微笑。我的呼吸隨之變得急促。他彈奏著最後的音符，彷彿看進我的靈魂深處。

麥可抓住麥克風，眼光沒離開我。「你們幾天前都有去露天音樂廳對不對？」

觀眾歡呼起來，吹著口哨。

他繼續說道：「跟你們說，我遇到一個女生。我在台上用力彈吉他的時候，看到她從朋友手裡搶過酒瓶卯起來拚命喝酒欸。」

大家都笑了出來。我忽然意識到自己急著要跟麥可見面，沒先回家先換衣服，身上還穿著上班制服呢！我不知不覺地擠向人群裡，想要迅速逃離現場。

麥可在台上大喊：「等一下，你要去哪裡？」

他跳下舞台來追我。現在發生什麼事？是灰姑娘嗎？在電影裡，被英俊的陌生人追著跑似乎很浪漫，但在現實生活裡其實很可怕。特別是追你的人是搖滾帥哥，而你卻穿著服務生制服。

麥可追上我，輕輕挽住我的手。「你為什麼又要跑走？」

「蛤？」

他抓抓頭，問我：「為什麼要走呢？」

我脫口而出說：「我還沒換衣服呢。」

話才一出口，我立刻用手遮住嘴巴。我竟然對自己暗戀的人說出這種話！真恨不得有個地洞可以鑽。唉，就算是薩諾斯[3]用無限寶石彈指把我當場滅了也沒關係，實在太難堪了。

我們簡短的互動引起現場觀眾的好奇，人們開始竊竊私語，情況變得更加尷尬。麥可注意到了，抓住我的手，把我帶向樓梯間。

「你要帶我去哪裡？等一下，我還不認識你欸。」我問。

他一邊帶我上樓一邊輕鬆地笑說：「你現在可以開始認識我啦。」

3 薩諾斯，Thanos，漫威漫畫（*Marvel Comics*）中的超級反派，他的手套裝有無限寶石，有極為強大的殺傷力。

★

此刻我腦海中回想起小時候大人曾告誡過的：陌生人很危險。但，這適用於只看一眼就讓人心跳不已的性感吉他手帥哥？我的視線順著他手臂往下移，我們手指交纏，而我則是笑得合不攏嘴。

走到樓梯盡頭，他打開門，我們跨向頂樓的陽台。右邊是個水聲嘩嘩的按摩浴池，幾張配有紅靠枕的白色躺椅擺放著，唯一的綠色植物是沿牆種植的百合。

他讓我坐在一張擺滿柔軟抱枕的米色沙發。夜空清澈，滿月高掛。空氣溫暖但仍有輕風拂過，我蓋上他遞過來禦寒的毯子。麥可往後躺，腳擱在咖啡桌上，桌上的三支蠟燭閃爍著朦朧的光暈。

「說吧，告訴我你的故事好嗎？」他抬頭仰望夜空，向我問道。

「什麼意思？」

「我知道你叫蜜兒，你喜歡貼食物照，在餐廳工作。」他看了我一眼。

我專心盯著蠟燭。「在餐廳只是兼職打工，我是個……演員，至少，想試著成為演員。」

「試著？你不確定是嗎？說吧，你演過哪些作品？」

我轉過頭面對他，他深灰色眼眸正炙熱地盯著我。他的凝視讓我無法專心，甚至忘記要說什麼，只好又看著我的蠟燭好朋友。

「我的事業才剛起步，接演了一些廣告和獨立電影，過幾天要跟 Amazon 試鏡。」我回答。

他沉默了幾秒，我以為他睡著了，可是他接著說：「那很不錯呀！剛起步的演員很少可以跟

Amazon 試鏡，如果你不相信自己，別人也不會相信你。你就是演員，不是試著要成為演員。」

我簡單回覆幾句話解釋自己目前的處境。他開始告訴我，還沒有成名前的辛苦。那時他也會來這裡，向月亮傾訴夢想。這聽起來有點瘋狂，畢竟他現在可是挺有名氣。

我的感受沒有因此比較好，於是嘆了口氣：「我想，對你來說真的有用吧，看看你現在多厲害。」

「對你也會有用的。我看得出來，你很特別。」他帶著神秘的笑容說。

唉！不要再跟我說什麼「你很特別」這種老套的話啦。以前也有人這樣跟我說過，給了我不切實際的期待。我不會再相信英俊陌生人的甜言蜜語了。演員這行靠的是努力和運氣。就像我在洗手間遇到的女生，沒人能預料到運氣何時會找上你，能做的只有做好準備，努力不懈，等待時來運轉。

「我哪裡特別？」我問道，語氣有點嘲諷。

他沒說話，於是我轉頭看他。剎那間，他的臉離我好近，接著他的手伸進我頭髮，緩緩逼近我，我倆嘴唇就快貼在一起了！他的呼吸裡有龍舌蘭酒味，身上美妙的檀香味也緩緩傳向我，幾乎讓我瘋狂。

他的手從我髮際滑到腰間，我朝向他，手環繞在他脖子上，閉起眼睛，期待著事情發生。他柔軟的雙唇先是溫柔試探性碰觸我的嘴唇，接下來變成熱烈、激情的狂吻。

我們拉開距離，凝視彼此的雙眼。我舔著嘴唇，嘆了一口氣：「我以後要常常來這裡對月亮傾訴夢想。」

他大笑，把我拉過去，再度吻上我。

12. 下決心轉換跑道

我以為躡手躡腳地走進家門應該不會吵醒正在睡夢中的好友，事實證明，我真是想得太天真，因為我人都還沒踏進客廳，問題便連珠砲似地不停，諸如「跟麥可去哪了？做了什麼事？」

我回覆：「我們接吻了，對，這就是我跟麥可做的事。」

「所以，你們來真的？我們現在不能用綽號叫他，要用真名對嗎？」穿著凡賽斯絲質睡袍的阿俊，翹起二郎腿，開玩笑地說。海蒂則是興奮不已，「要是有人也帶我去頂樓玩親親該有多好。」

阿俊盯著她說：「我早就叫你重出江湖，男生一定會馬上衝上來好嗎。」

「還是免了吧。我自己一個人比較好。」

「那你就去頂樓自己親自己吧。」阿俊回嘴。

我笑著聽他們鬥嘴，其實他們心裡都是贊成我和麥可交往的，只是吵得太高興沒發現。這時我想起今天稍早的事，於是插嘴道：「等一下，你們聽過『臨時演員』嗎？」

海蒂點點頭，啜飲了一口手中的酒。「有啊，我有個朋友就是臨時演員。收入還不錯喔。」

我深呼吸了一下才開口：「我想辭掉現在的工作去當臨時演員。」這可是個重大決定，我不知道能不能順利轉換跑道，不過帳單還是得繼續支付，因此不確定這樣做好不好？我希望朋友會支持我的決定，而且我也需要他們支援。

彷彿達成某種默契般，海蒂和阿俊彼此交換了一下眼神，通常我都知道他們在想什麼，可是現在我搞不清楚。他們一起轉頭看著我，表情就像電視選秀評審要淘汰參加者一樣嚴肅。

阿俊終於微笑地開口：「當臨時演員很好！反正你一直都不喜歡現在的工作，不是嗎？」

「萬一不順利呢？」我的負面想法出現。

海蒂問道：「你還有點存款吧？」我點了點頭。「那好，你可以先試著做一個月看看，不行的話，再找別的工作。你只能活一次，親愛的，別浪費大好人生。」

我們一直聊到清晨，他們替我打氣，說會全力支持我的決定。儘管我害怕改變，有了他們的支持，我感覺沒那麼孤單。

★

「蜜兒！三號桌要餐具！」老闆隔著廚房門對我大吼。我正在炸雞塊，廚房的高溫讓我全身是汗，炸雞聞起來一定也有汗味。老闆都出聲了，我只好放下手頭的工作去應付她。

我跑出廚房，保持微笑地把餐具遞給客人。正要回廚房時，老闆又叫住我。我發誓，餐廳裡每個客人都知道我叫什麼名字了，因為老闆嘴上唯一會喊的就是我的名字。

「蜜兒！二號桌要點餐！」

我跑向二號桌，老闆又叫：「蜜兒！地板為什麼這麼髒？」

「蜜兒！快去掃廁所！」

「蜜兒！廚房為什麼還不出餐？」

「蜜兒！五號桌客人招手了！」

「蜜兒！」

「蜜兒！」

老闆的聲音越來越大，那刺耳的尖聲女高音實在太討厭了。我閉上眼睛，摀住耳朵，可是她的聲音沒消失。

「煩死了！閉嘴啦！」我大叫。

我猛然睜眼，心臟撲通撲通跳個不停，雙手顫抖，汗水浸透床單。還好只是惡夢，可是這夢境未免也太寫實了，老闆尖銳的叫聲還在耳邊迴響。海蒂說得對，人只能活一次。我才不要浪費生命，留在餐廳被壞老闆壓榨。我馬上打開筆電寫信給她。

你好，亞香里：

這封信是我的正式辭呈。我知道應該在兩週前通知你，但是我心力交瘁，不想再回餐廳了。感謝你讓我經歷這一切，祝好。

蜜兒

我關上電腦，回到床上躺下。床單濕濕的，但沒關係。我如釋重負，感覺無比平靜，馬上又睡著了。這一回沒做惡夢。

13. 明星與臨演

餐廳工作帶來的負面能量早已把我麻痺了，每天從早做到晚，像個機器人，又像是行屍走肉。離職後，整個人彷彿重生；勇敢遠離，心情才能煥然一新。我現在能更專注在自我成長和事業上，我準備好要來錄製《外籍之人》的試鏡影片。

我站在一百五十公分高的明亮環形燈前，預備情緒，房間頓時充滿活力。海蒂和阿俊都無法陪我讀台詞，我只好借助錄音來幫助自己試鏡。我還用便利貼來模擬不同角色的對話：放在一點鐘方向的亮黃色便利貼代表一個角色，而十一點鐘方向的粉紅色便利貼則是另一角色。我在說台詞時，眼神在兩個便利貼之間穿梭，讓對話更加生動。

經過幾次練習並不斷嘗試拍攝後，終於覺得自己的表現相當出色，便興奮地將試鏡影片上傳給經紀人。我深知試鏡過程的艱辛，絕不能抱太大的期望。

我真的非常感激這部戲的選角指導，慷慨地給了足夠時間練習和上傳試鏡影片，讓人得以展現最好的一面。有些選角指導沒那麼貼心，可能只給你短短幾分鐘試鏡一個長達十頁的劇本！雖然每個機會都讓我充滿感激，但要在如此短的時間內完成十頁台詞實在是太扯了；其中最讓人哭笑不得的是，我們努力了半天，而有些選角指導往往只看試鏡影片的前十到二十秒片段哩！

★

跟金・卡戴珊（Kim Kardashian）合作過商業活動的攝影師正巧是阿俊的朋友，那晚，他拿到卡戴珊家族舉辦的好萊塢大型派對邀請卡，於是邀請我和海蒂一起去。

說到派對的排場，應該沒人能跟卡戴珊相比。先通過門口安檢，跨進豪宅，只見現場布置得因應派對主題：熱帶島嶼，還專門從海灘運來細沙、棕櫚樹和椰子，非常用心。

海蒂和阿俊讚美不已，仔細品評卡戴珊和珍娜姊妹五人（Kardashian sisters & Jenner sisters）。我卻盯著手機，忙著跟麥可傳簡訊。麥可正在巡迴演出，我們已經好幾個禮拜沒碰面，很難協調約會時間，而且就算他在城裡，也只能祕密約會，不能像一般情侶那樣光明正大。心裡的聲音警告我這不正常，應該放手，但我喜歡他，而他也是個不錯的對象。這段關係裡，我一切以他為主，幾乎沒有自我，但我仍不想放棄，決定要克服萬難來維繫這段感情。

海蒂拍拍我的肩膀，輕快地說：「喂，我們現在正在好萊塢最酷炫的派對裡欸，你怎麼還在跟麥可傳訊息？等一下打電話給他就好啦。」

「好喔。」我回答，根本沒聽見她說的話。我心情不太好。我喜歡麥可，他也喜歡我，可同時我也知道，他不是那麼認真，沒有把我擺在第一位。我先前和海蒂聊過，我又犯了老毛病——對感情太投入啦！每次只要有人對我好，我就會全心全意投入。我為什麼要這麼執著？

「蜜兒，拜託啦。」

她話裡的沮喪感讓我放下手機，連忙把手機塞回包裡。

我舉起雙手說道：「對不起。我去一下洗手間，馬上回來。」

大理石牆上的金色標誌指出洗手間方向。空蕩蕩的寬闊長廊裡，我的腳步聲異常清晰。洗手間的門優美無比，看起來就像天堂樂園的入口，有名男子正坐在附近的豪華沙發上，頭埋在手裡，好像不舒服的樣子。

我小心翼翼地靠近他問：「你還好嗎？」

他抬頭看著我，眉毛糾結在一起。「應該沒事，只是有點頭暈。」

他有著非常迷人的藍色眼眸，不過臉頰發紅、額頭上汗珠淋漓，他的狀況不太對勁。

「需要我去找人來幫忙嗎？」

「千萬不要！不要叫人來，我只要……休息一下就好。」

我不能對他置之不理，從包包裡拿出瓶裝水給他。他接過後向我道謝，把水喝光。他看起來還是不太好，於是我又翻弄包包，拿出幾顆糖果遞過去。

「我想這個也有用吧。」

他的表情放鬆了，瞇著眼睛笑道：「你是行走的便利商店嗎？包包裡怎麼什麼都有？」

我也笑了，在沙發另一頭坐下。「試鏡前吃糖果可以讓我放鬆。」

「你是演員？」

我聳聳肩回答：「算是吧。你如果不大舒服，要不要回家比較好？」

他的肩膀垮下，「我得拍照，還要處理媒體的事。」

我想問他，為什麼置身豪華派對裡還這麼難過，不過又覺得這樣問太魯莽。說不定他只是剛好身體不舒服罷了。

他吃了一塊糖果後似乎好些，向我伸出手說：「對了，我叫尼克。」

我快速地握了一下他的手，「我叫蜜兒。」

「謝謝你，蜜兒。吃糖好像有用喔。」

「不客氣。」我笑著說，站起來要走。「我應該回去朋友那裡了。我想你可能是低血糖，有空去檢查看看吧。」

我還要去洗手間，轉身走進那美輪美奐的門。等我出來時，尼克已經不見了，他應該身體沒事了吧?!

我回去找海蒂，坐上她身邊的吧台椅。「你在看什麼？」

隨著她的視線，只見幾名狗仔正對著一名戴棒球帽的男子拍個不停。男子看起來很眼熟，但因頭戴帽子，很難猜到是誰；我幾秒後才認出來，興奮得拍打海蒂的手臂。

「欸，他們拍的人我認識，是尼克！」

海蒂雙眼瞪大，「你剛才碰到尼克？」

「對啊，就在剛剛。我還給他水跟糖果。」

「蜜兒，你知道他是誰嗎？」

我一臉茫然。

海蒂不敢置信地說：「親愛的，他可是好萊塢現在最火熱的明星啊。你不是演員嗎，怎麼連他都不認識？」

我喃喃說道：「不是吧？」

狗仔們還在搶拍，現場一片嘈雜。尼克朝著相機揮手，臉上掛著魅力十足的微笑。他的確很有吸引力，難怪是當紅明星。我竟然不認得他！他的氣場強大，很不一般。他身材高大，胸膛寬闊，肌肉線條滿分，那雙眼睛更是無與倫比，會忍不住讓人再次回望。

神奇好萊塢！

★

幾天後，我開始臨時演員工作，也就是跑龍套。第一個工作內容是推著嬰兒車在公園閒逛。聽起來很無聊，不過臨時演員還是很重要，他們使拍攝內容更真實。儘管沒什麼高難度，可是女主角不爽，導致我重複走了五十次！

劇組沒有替女主角準備無麩質甜甜圈，「你們這些白癡！我說了要無麩質，不可以有麩質，聽不懂嗎？」她大喊大叫，不停打斷拍攝工作，發瘋似地抓起手邊的東西丟向在場的工作人員，我也只好坐在一旁等待拍攝指令。

一個明星，無論她多了不起，為什麼就能這樣欺負辛苦的工作人員呢？我在想，麩質到底是什麼了不起的鬼東西啦！可以把人搞到情緒失控。

就這樣，我的第一次臨演工作被毀了。大牌明星抓狂時，還是躲遠一點，不要參一腳才是上策。似乎也沒有其他辦法，還是得等她發完脾氣，而且製作方一向偏袒明星，多嘴的話搞不好會被開除呢！

有個實習生緊張地拿著一打甜甜圈跑來，女主角立刻把脾氣都發洩在可憐的他身上。她一把抓過那盒甜甜圈，推開實習生，讓他跌坐在地，接著怒氣沖沖地走回自己的拖車。

製作助理很沮喪地走了過來，「不好意思，我們再拍一次，請你就定位。」

「好。」

我回到位置上，小心翼翼地推著空嬰兒車走過公園。這次我只走了三趟，便可以收工回家。我收拾包包，拿出手機，上面有兩則新訊息：

媽媽：我下禮拜要到洛杉磯看朋友，一起吃個午飯吧。

麥可：親愛的，今晚七點去接你。

就在我準備離開前，幾名製作助理還愁眉苦臉的在討論由誰去請女主角出來繼續拍攝。

★

我和麥克及時抵達他預約的高級義式餐廳PACE。這裡不僅安靜，復古的磚牆上掛著聖誕燈飾，還有很多老音樂人的照片，棕色層架上則展示著老唱片。雖然用餐方桌小到會彼此碰觸到膝蓋，卻別有一番情趣。我看得出來麥可喜歡這裡。

「你覺得怎麼樣？喜歡嗎？」他問。

我點頭回答：「很合乎你的氣場。」

有個老人走到我們這桌，出聲招呼麥可，麥可笑著站起來擁抱他，開始用義大利話聊起來。我吃了一驚，不知道麥可會說義大利語。沒騙你，說義語的他比之前更帥了十倍。

他們倆擁抱握手，結束談話。麥可坐下來，握住我的手，然後親吻著說：「我們剛才說到哪？」

「我不知道你會說義大利語欸。」

他身體前傾，凝視著我雙眼，說道：「Vuoi essere la mia fidanzata？」

我笑了，臉湊了過去，我們倆臉對臉距離不到五公分。「我不知道你說什麼，聽起來很不錯。」

他的眼神落向我的眼睛，「我說的是，你願意當我的女朋友嗎？」

我肚子裡彷彿有一堆蝴蝶、彩虹和獨角獸一起爆炸了。進度有點太快了，可是我又怕錯過我的靈魂伴侶。但如果他是我永遠的真愛，還有太快這回事？

我低下頭輕聲說：「我願意。」

★

一個星期後，我跟我媽相約在洛杉磯阿罕布拉市午餐。麥可一直傳送甜蜜的訊息給我，他的示愛讓我整天都飄飄然的。我跟我媽聊得很開心，不過每次手機響起新訊息傳送音時，多少還是讓我分心。菜單上每道菜，我媽都想點給我吃，但事後她肯定會叫我減肥。「吃完再減肥！」她最喜歡說這句話，對女演員來說，這實在不是什麼好建議。我想亞裔同胞多少都能理解我的心情吧。

手機又響了，我媽懷疑地打量我：「你為什麼笑得這麼高興？」

「哪有？」我假裝若無其事地回答，趕快把一大口麻婆豆腐和白飯塞進嘴裡，希望她別再追問。然而，我媽可沒那麼好打發。

「別裝傻。」她直白地說。

「是我交往的男生傳的訊息……」

她放下筷子，雙手交叉在胸前，「又是像喬登那樣的人吧？」

「不是不是，他一點也不像喬登。他很帥，事業有成，你一定會喜歡他。」

亞裔父母通常希望兒女交往的對象經濟穩定，在我媽的評分表上，麥可「事業有成」這點應該可以得分。

她手指敲了一下我手機，「給我看他的照片。」

我打開他的 Instagram，滑到一張看起來一本正經的照片。我們已經交往幾週了，沒想到竟然沒有一張合照！

「就看這張，不要亂滑！」我警告我媽。

我媽仔細看著照片。我成年了，她不會對我下指導棋，但她也不會隱藏自己的感覺，我很熟悉她臉上的表情——她不贊成我們交往。

「你要小心，我看得出來不會有什麼好結果。」她警告我。

「媽，你只看一張照片就知道了？」

她對著手機螢幕擺手，搖頭說：「這種男人只想玩玩而已。新鮮感讓他們一開始很熱情，不過很快就會冷淡下來。你不要太把他當一回事。」

第三章

試鏡與等待

14. 臨演的工作守則

我站在拍攝場地排隊領午餐，心裡想著我媽說的話。她只看麥可的照片一眼，就覺得他不是好對象，可我跟麥可交往一陣子，怎麼什麼都沒看到？我是不是眼睛瞎了？

有個製作助理跑來，詢問我們有沒有看到下一場要上場、名叫潔思敏的女生，因為她到現在都沒出現，整個早上也沒人看過她。我們當中沒有人聽過這名字，感到有點困惑。

「你打電話了嗎？還是要問一下選角公司？」我說。

製作助理擦擦額上的汗，「都試過了。臨時演員應該要準時才對，她還是從別的州過來的。」

「等一下，她從別州來當臨時演員？」我非常驚訝地問。

「應該是吧。好吧，我再打給公司看看。太扯了，以後我們不會用她了。」

製作助理跑開去打電話。我站在原地，訝異到忘了我媽的警告。每當接下工作時，我從來不敢遲到，而且就業界現狀來看，名聲搞壞的下場會很慘。

休息時，我和幾個臨時演員總會混在一起。我們找到一張離停車場很近的空桌，正打算坐下時，就看到一輛加長型白色悍馬豪華大禮車開了進來。大家全都轉過頭看，想知道車裡是誰。是名人吧?!

禮車在我們身邊停了下來，駕駛下車打開車門。一隻腳穿著有刮傷痕跡的 Christian Louboutin 紅底鞋，緩慢地從車裡伸出。這讓人更加期待車上的乘客了！

終於，一位金髮女士下車了！她戴著鏡片超大的太陽眼鏡，肩上披著人工皮草外套，穿著超緊身螢光粉紅洋裝，那雙被眼鏡遮住的雙眼應該炯炯有神吧。

塗著鮮紅指甲油的手指撥弄了一下頭髮，她像在伸展台上昂首闊步般，神氣活現地走過來；臉上露出覺得自己是世界上最了不起的人的嘲諷微笑。

她拉拉身上的洋裝，走向我們。還沒等她開口，製作助理跑了過來，指著她大喊道：「潔思敏！都幾點了！你知道嗎？」

她猝不及防地嚇了一跳。「你說什麼？你是在吼我嗎？我要開除你！」

「開除什麼，你連導演身邊都靠近不了啦！趕快過來換衣服，下一場要開拍了。」

「可以換衣服啊，但我的拖車呢？」潔思敏怒道。

「拖車？臨時演員啥時有拖車？」

潔思敏的臉色轉成各種紅色。「臨時演員？什麼跟什麼？我不是演主角嗎？」

「你可能被騙了吧。你的角色是拿著飲料站在主角後面，沒有對白，沒有動作，站在那裡對著攝影機擺姿勢就好。可以跟主角同框就要偷笑了好嗎？」

「可是……我……」

製作助理拉住潔思敏的手把她帶走。這對她的自尊真是沉重的一擊。她大老遠飛到洛杉磯，卻連工作內容都搞不清楚，比新人常犯的錯誤還要嚴重得多。

看樣子，潔思敏不知道演藝圈是怎麼回事，她不知道即使只當個普通演員，也得一步一步來；不知道剛入行的菜鳥要經歷過多少次試鏡、多少次拒絕，即使辛苦打拚，也不見得會有什麼了不起的成績。也許她家鄉的某人對她說了很多謊話、吹了很多牛，才會讓她相信第一次演出就可以跟千黛亞（Zendaya）一起當主角。

潔思敏接下來的行為可謂驚天動地，值得一座奧斯卡的肯定。只見她哭著甩開製作助理的手，一路跑回禮車。製作助理無言地站在那裡看她抓狂，我們這群臨時演員在一旁靜靜的看著這齣鬧劇。

手機鈴聲將我從這齣肥皂劇解救出來，是我的經紀人傳來email：

親愛的蜜兒：

《外籍之人》的選角公司邀請你參加另一個角色的試鏡，相關資料請見附檔。祝你好運！

這真是個天大的好消息！他們應該喜歡我的表現，即使最後沒有選擇我來擔任原本試鏡的角色，卻希望我去試鏡另一角色。我不討厭當臨時演員，但我想做的遠遠不止於此。

我知道自己的外表膚色跟他們不一樣，這一行也只有少數人能闖出名堂，少數族裔很難擔任主演，機會有些渺茫。不過我還是相信自己，我不能輕言放棄。

★

製作助理朝我走來，「哈囉，你是蜜兒？」她指著我說，「有沒有興趣替剛剛那位逃走的搞笑天后代班？」她看起來已經忘了剛才的混亂場面。

今天真是我的幸運日！這可是跟主角同框的機會呢！

我眼睛一亮：「當然沒問題！」

「太好了，跟我來吧。」她點了點頭看著我，拿出手機傳訊息。她帶我來到導演的帳篷，其他製作人也在這裡。導演仔細看了我一會兒，同意我演出。

我代替的角色是女服務生，雖是臨時演員，但工作人員幫我化妝、弄頭髮，今天真是我的好日子！

製作助理走來，看起來比剛才主動積極，接著遞給我一份制式授權書和一枝筆。

我問：「為什麼要簽授權書？我就是臨時演員，不是嗎？」

「對，不過如果製作公司使用了你的照片，你可以多拿三千美元的酬勞。」

哇！三千美元！對演藝圈的人而言也許不算多，可我是掙扎著往上爬的菜鳥演員，這可是一筆大數目。生活在物價高昂的洛杉磯，這些錢讓我覺得自己中了樂透。我決心盡我所能，確保自己做得盡善盡美。

他們給了我三杯飲料，其中兩杯是深咖啡色，另一杯是明亮的粉色。我趁導演在跟主角說話時，溜到攝影機後面查看了一下；鏡頭色澤是以暖色調為主，於是我回到自己的位置，左手拿起擺著兩杯咖啡色飲料的托盤，右手對著攝影機舉起那杯粉色飲料，開拍時對著攝影機愉快地微笑。

「到此為止，收工！」場務經理宣布。終於可以下班了！我覺得今天的工作很輕鬆，好像什麼也沒做，但這就是臨時演員的生活。有時可能只工作一到兩小時，但可以拿到全天的工資；有時候製作組會讓我們待一整天，把需要臨時演員的場景安排在最後拍攝，所以我總會帶著筆電來看電影、或是一本書來打發等待的時間。此外，我們經常要重複一樣的動作N遍，雖然會讓人感到疲憊且厭煩，但我會將其視為是種運動，可以燃燒卡路里——因為拍攝現場總有大量食物。食物真的很豐盛！漢堡、熱狗、披薩、三文魚、牛排、沙拉、蛋糕、冰淇淋，而且都是任你吃！有時我會把剩下的食物帶回家，兩三天不需要去超市購物。至於為什麼他們會提供這麼多食物？我也不確定，也許是為了餵飽一直不停工作的製作團隊吧。

想想看，只要付出一點時間和體力，你就可以隨便吃免費的食物，坐著看明星，還有人付錢給你。這麼好的事，我真的無法抱怨什麼。

15. 搖滾樂手搞失蹤

我媽才回去沒幾天，我就開始想她了。我打電話給她，問她最近過得如何。本來她反對我進演藝圈，現在則是全力支持，這讓我們之間的感情連結更深。

「媽，最近好嗎？」我問候道。

我媽興奮地說：「我正好有事要跟你說。」

我笑了。我媽有事急著說的時候，總是連問候都省了。我當然不介意，也興奮地回問：「什麼事啊，趕快跟我說！」

「我的學生艾倫最近投資了一家影片製作公司，他的合夥人是好萊塢的大咖喔。」

「真的假的？」

「真的！他之前是那個公司有著獅子頭 Logo 的營運長。」

「哇，好厲害。」我知道她說的是哪家公司，真心感到驚訝。

「艾倫下週會介紹你們認識，好嗎？」

「太好了。謝了，媽！」

「好，那就說定了。我東西要燒焦了，拜！」

我不由得笑了出來，我媽還沒等我提問就掛上電話，她總是這樣，聞到燒焦的味道就會放下一切事情直接跑走。半小時後她傳來簡訊，除了說她煮的東西還好沒燒焦，還給了我艾倫的電話號碼。

★

一週後，我跟艾倫和他的合夥人提姆會面，他就是我媽說的那家有「獅子頭」Logo的米高梅（MGM）前營運長。我們在謝爾曼奧克斯區范杜拉大道上一家素食餐廳的戶外區午餐。

第一次見到好萊塢的大咖，我的手心冒汗，膝蓋發抖；一開口說話，就覺得胸口縮緊，喘不過氣。為什麼我說的每句話聽起來都如此愚蠢？是因為街邊駛過的車噪音太大？還是洛城永遠高照的豔陽讓我體溫飆升？……我如此遷怒著。

我的反應騙不了人，他們一定看得出來我很緊張，不過，他們很有風度，試著引導我談話。以我的狀況來說，我決定還是少說多聽比較好。

「你很年輕，未來前途無量。演藝圈裡，不論成功與否，其實本質上差別不大。你得堅持住，持續努力，保持信心。」提姆說。

接下來他跟我分享了一段有趣的往事。多年前在一場慶功宴上，他的播放機突然故障了，兩位熱心但顯然對機電不在行的大明星硬是要幫他修理播放機，他們手忙腳亂，弄了好久仍沒效果，滿臉尷尬。我想像著兩個好萊塢萬人迷在一眾賓客面前傷透腦筋修理東西的畫面，真的太有喜感了。艾倫也說了自己一些小故事，雖然沒有提姆那麼誇張，但也挺有趣。

他們的故事讓那些名人更貼近現實，也讓我覺得我的星夢沒那麼遙不可及。我進入演藝圈已有段時日，好像有了一點進展，可是想到投入的時間，似乎又沒什麼成就，不符合成本比例。

「我在這行已經待了幾年，演的都是些小角色，或是廣告。我應該怎麼改進，讓更多人看見我？」我誠實地請教他們。

「你應該早就知道了。你得把每個拒絕都視為理所當然，繼續往前走。因為就算成名了，還是免不了會被拒絕的。」提姆苦笑。

這是演藝圈殘忍的現實，成功之路沒有必勝方程式。就算你身上有些引人注目的特質，一開始也不能保證就會成功；多數時候，你的默默耕耘不會被人看見，還得加上運氣和智慧，掌握住發光的時機。

我有點消沉，儘管眼前這位前輩說的話其實是在幫我打氣。身為亞裔女演員，我的路途比其他種族的演員又更為艱難。

「對了，有人邀請我參加一個電影首映會，我剛好跟太太去度假，你可以攜伴去參加。」提姆說道。

「太好了！非常感謝！」

「好的，我會請助理聯絡細節。」

★

我約了麥可看電影，和提姆及艾倫午餐後便急忙趕到謝爾曼奧克斯商場。我等不及想跟他分享和好萊塢大咖會面的事，並邀請他跟我一起參加首映。我到達後沒看見他，就先去買票。

二十分鐘過後，電影開演。我坐在電影院入場口旁邊的椅凳上等待麥可，眼睛一直盯著手機，他毫無訊息。到底跑到哪？我撥打他手機，電話響了幾聲後直接轉入語音信箱。

我越來越焦躁，手撥頭髮，腳尖拍打地面。我到他的 Instagram 頁面查看動態，最後一次更新是十小時前。

我開始擔心了。以往麥可就算行程很滿，也總會找時間傳訊息給我。手機上訊息未讀取，我祈禱麥可不要出事。我不在乎他讓我白白花了二十六美元買電影票，只希望他沒事就好。

又過了一小時，我決定傳訊息給阿俊。

蜜兒：天哪，我覺得麥可出事了！

阿俊：什麼意思？

蜜兒：我們約好看電影，他遲到一個小時還沒來，傳訊息打電話都沒回音。

阿俊：你有看他 Instagram 嗎？

蜜兒：有啊！

阿俊：奇怪。好吧，先回家。他可能睡著了還是怎樣吧。

聽起來很有道理，麥可巡演很累，可能真的睡著了吧。可是我又覺得不對勁，事情一定不是這樣，但我不知道自己為什麼會這麼不安。開車回家的路上，我滿腦子都是各種糟糕的念頭，大力的喘息聲成了負面思考的伴奏曲，心臟簡直要爆炸了，最後只好靠邊停車，讓自己冷靜下來。

我得趕快回家，於是試圖振作起來，卻不知道自己下一步該做什麼而動彈不得；我擔心麥可，眼裡充滿淚水，忘了如何指揮身體行動，什麼也不能做。

這時候，手機響鈴成了我的救星，把我從深淵中拖出來。我記起怎樣移動手臂，緩緩拿起手機，滑動綠色通話鍵。

「親愛的，你沒事吧？」我一接起來，阿俊就這麼問我。

「沒事。」我回答，聲音卻沙啞而顫抖。

他的聲音馬上轉為焦慮，「聽起來一點也不好，怎麼了？」

我嘴唇顫抖，哭了起來。「剛才我恐慌症發作，不能呼吸，不能動……」

阿俊很快地打斷我說：「你在哪？我來接你。」

我告訴他之後，他表示立刻就到。我頭埋在方向盤上，覺得自己快要死了。我為什麼回答沒事？不好的念頭重新浮現，再次變得焦慮不安。不知過了多久，有人拍打車窗。

「阿俊！」我看到好朋友，吁了一口長氣。

他大概擔心嚇到我，輕輕打開車門，「坐過去吧，我來開車。」

我們很快便回到家。才一打開門，就聞到廚房傳來陣陣香氣；海蒂站在爐子前料理她媽媽的拿手菜——排骨湯，以此歡迎我回家。阿俊帶我到沙發上坐好，海蒂遞給我一碗排骨湯。我趕快喝了一口，安撫一下腸胃。跟提姆和艾倫見面前，我緊張到沒吃什麼東西，本來打算跟麥可看完電影再去好好吃一頓——當然，他沒出現。

阿俊和海蒂一左一右地坐在我身旁，彼此看了一眼，沒開口說話但眼神憂慮。這種沉默很不尋常，我們三人在一起時總是說個沒完，這讓我覺得有點不對勁。

「你們為什麼怪怪的？」我問。

阿俊輕拍我的肩說：「你先睡個午覺好嗎？我們等下再聊。」

我把湯放回桌上，往後一靠，「你們有事沒說，直接說吧。」

「你剛剛才恐慌症發作，還是先休息，我們等一下會跟你說。」海蒂說。

我想知道到底怎麼回事，有點不耐煩，「你們有事不說，我怎麼可能睡得著？到底怎麼了？」

海蒂大大嘆了一口氣，看著阿俊說：「給她看吧。」

阿俊拿過手機，打開我的 Instagram 頁面，找到麥可在我某張照片下方的留言，按下 Tag（#）後滑動。不一會兒，就找到某個女生的照片，拿到我面前。我從來沒看過這名女子。

我的胃翻絞，「可能是他的歌迷吧。」

為什麼人就是喜歡自己騙自己呢？

「看仔細點。」阿俊搖著手機說。

我把照片放大，心裡已經知道是怎麼回事。照片裡有件很眼熟的夾克掛在椅背上，旁邊放著一把獨一無二、我不可能認錯的吉他。為了進一步驗證，我還找到照片的拍攝日期。日期就在我和麥可相識前後，其他照片都是在演唱會現場，或是度假時。

「她長得就像歐洲版的你。」海蒂翻著白眼說。

她說得沒錯，照片中的女子頭髮又黑又直，身材曲線玲瓏，服裝品味也跟我差不多。還有張照片裡，衣服跟我撞衫！

我已經知道怎麼一回事，卻控制不住自己繼續滑手機。我終於看到那張「關鍵」照片——那女人甜蜜微笑，戴著鑽石戒指的手放在麥可胸口，但這就算了，合照上竟還有三個漂亮的孩子，而且跟他們簡直就是同一個模子刻出來的！我的心有如被狠狠插了一刀，這傷害會讓我久久無法釋懷。

「我的老天鵝！」阿俊驚呼，一把搶過手機：「麥可有三個小孩？」

海蒂和阿俊對這個新發現驚嘆不已，我則是呆若木雞地喃喃自語：「可是他帶我去了屋頂啊。」

阿俊再次驚叫：「我的老天鵝啊，我怎麼會沒發現！親愛的，他帶你去屋頂的時候說了什麼？」

我看著他們，努力回想。「他叫我保持信心，還說他事業剛起步時也常常到屋頂上跟月亮說話。」

阿俊再度叫道：「老天鵝啊！」

「怎麼了嗎？」海蒂和我同時詢問。

阿俊冷靜之後說：「這跟我媽愛看的一部電影開場白完全一樣！我之所以還記得，是因為這句對白太肉麻了。」

海蒂和我嚇得嘴巴大張，我們都知道阿俊說的是強納森・梅爾司（Jonathan Meyers）和佛瑞迪・海默（Freddie Highmore）主演的電影開場白，關於一對音樂家夫妻和他們天才兒子的故事。

謎底揭曉，我被騙得好慘。我的老天，我可是演員啊！竟然上了這樣的當！

最後，阿俊說出我們共同的心聲：「蜜兒，他『八月迷情』[4]你了啦！」

---

4 August Rush，即前段所述電影名稱，或譯「把愛找回來」。

16. 約會圈深水區

洛杉磯的約會圈就像公共游泳池，又髒又亂，有人會在裡面小便、丟垃圾。這可不是開玩笑，就是這麼恐怖。朋友們說我犯的第一個錯，是不該沒弄清楚麥克的背景就輕易墜入情網，第二錯是不該把雞蛋放在同一籃子裡。結果呢……我主演了一次盜版「八月迷情」。

這種經驗聽起來是不是太奇怪？這座城市看起來光鮮亮麗，美好到不真實，居住在此的每個人更是看起來都既漂亮且時髦，似乎無懈可擊，有些人連行經商店櫥窗都得看一下自己的倒影，確定自己還是一樣美觀。但是只要仔細觀察，就會發現裡外不一，多數人其實腦袋空空，只想尋歡找樂。

幸好麥可跟我交往不久，結束這段感情不至於讓我一蹶不振。阿俊想要我嘗試一下網路交友，拜Netflix的瘋狂網路謀殺紀錄片所賜，我不太敢嘗試；海蒂則想撮合我跟她那位MV導演朋友。我真正需要的，是一點時間獨處，專心準備《外籍之人》的試鏡，好好拍攝試鏡影片，暫時拋開戀愛這回事。

我回到房間，把劇本交給答應幫忙讀劇的海蒂。我把她的對話標註出來，手機架在環形燈中間，在剛從亞馬遜買來的皇家藍背景板前站好。我閉上眼睛，深呼吸了一下，希望隨著呼氣忘掉所經歷過的各種倒楣事。過了幾秒，我進入角色中，那些負面想法和麥可那些不愉快的事，我不僅全都拋開，更變身為演戲機器，完全沉浸在角色裡。海蒂喜歡跟我一起讀劇本，編劇的對話可以激發靈感，幫助她創作歌詞。

我把拍好的影片上傳到指定的網站，往床上一躺，把自己深深埋進柔軟的床單裡，試圖忘記一切。我還是難以相信麥可是渣男，不過我已決定懸崖勒馬，感覺鬆了一口氣。

沒想到此時麥可竟然傳來訊息！要是在幾個小時前，我會因此而高興的。但是此時此刻，我已經氣到不知道該說什麼。他還特地為欺騙我而傳來抱歉的訊息，說他覺得不知道彼此的過去比較好，真是鬼話連篇。怎麼會有人說謊像喝水一樣自然？我不會再相信他了。

老實說，這樣結束對我比較好，我們不會再有交集，我可以趕快拋開這段過去，假裝沒事發生。但他的訊息再次影響了我的情緒，讓我心情低落。我把手機丟到一旁，拉過被子蓋住頭。

我真的受夠了！

★

幾天下來，麥可的訊息和未接的來電塞爆我的手機。看他不停傳訊息過來讓我覺得無聊又有點得意。說真的，即使知道自己不會再上他的當，心裡某個角落還是有那麼一點點在乎他，所以我不想封鎖他，畢竟我曾經認真想像過跟他共度美好未來。

不行，我不能這樣！

我馬上傳訊息給海蒂，叫她幫我約她那 MV 導演朋友凱文見面。

傳聞不少好萊塢天后級漂亮女明星通常很難搞，沒想到凱文也讓人難以忍受，這傢伙自我膨脹就像這些大明星，再加上他那極刺耳的高頻尖嗓音，讓人覺得有如在耳邊吠叫的吉娃娃。我本來可以在家看 Netflix 追劇，現在卻坐在凱文對面，聽他沒完沒了地吹噓自己，無聊到快睡著。

要到哪找到可以讓人生重啟的按鍵？我內心吶喊著，深知這個週末夜晚毀了！

「服務生！過來！」他忽然尖聲大叫，嚇得我差點跳起來。

「什麼事？」我問道。

他指著自己的飲料：「我說了要脫脂的，這個不是！」

我忍著沒翻白眼地問：「你怎麼知道？」

他頭往後一仰，好似我的問題很沒禮貌。「我喝得出來好嗎？」

一位胸膛寬闊、膚色黝黑的高個子服務生走了過來。他長得實在太帥了，深綠色眼睛非常有魅力，儘管穿著服務生制服，但看起來很像時尚雜誌的封面人物。

我的天，洛杉磯的服務生都這麼帥嗎……

我不想再忍受凱文，便起身去洗手間。才剛踏進洗手間，當下第一個反應竟然是想從頭上的小窗戶爬出去。這次約會有那麼糟糕嗎？絕對有！

算我「好運」，窗戶鎖死了！我來回踱步地盤算著脫身之道。要是海蒂或阿俊，他們這時一定會頭也不回地離開，我很希望自己也可以這樣瀟灑，但卻做不到，只能僵在此，想著要如何不失禮貌地離開。我也不方便打給海蒂和阿俊求救，他們都認識凱文。於是我打給寶兒。

「喂？」寶兒接電話的聲音聽起來有點累。

「你睡著了嗎？」我問道。

「蜜兒嗎？有事嗎？」

「我的約會對象很糟糕，你五分鐘後打給我，說有急事找我好嗎？」

「你跟誰約會？」

「一個很煩的人。拜託五分鐘以後打給我好不好？」我再次說道。

她故意大聲地嘆了一口氣答道：「好啦。」

我回到桌旁，凱文的飲料更換過，正瘋狂地傳訊息。一群服務生交頭接耳地對他指指點點。如果寶兒不趕快打來，我就要另想其他方法了，這實在太難堪。

五分鐘後，寶兒電話進來了。「有急事。」她說道。

我打開演戲開關。「天啊，真的嗎？她還好嗎？好，我二十分鐘之內趕到。」

「出什麼事了嗎？」凱文問道。這是他在我們碰面以後問我的第一個問題。

我邊哭邊說：「我的貓，跟浣熊打架受傷了。」

他皺起眉頭，「什麼？」

我收拾東西，一躍而起。「對不起，我得先走了。」

現在我只要忘掉這次約會，假裝沒事就好。我忍不住偷笑，Uber 司機從後照鏡裡盯了我一眼。這次約會真是太雷了，可怕等級大概是洛杉磯約會圈裡的深水區吧。

★

下車時，我想到剛才的脫身過程還是忍不住笑了出來，但看到一輛熟悉的保時捷 SUV 停在家門口前，我的笑容立刻消失。麥可靠在車上，身穿著 Instagram 上那件披在他太太椅子上的夾克。還真是很諷刺，我很喜歡他穿這件夾克啊。

我的身體太誠實，一靠近麥可就出現控制不了的反應，他身上的古龍水味太好聞了，我皺起眉頭，心裡波濤洶湧，為了製造一點距離感，於是雙手交叉胸前，往後退了一步。

「為什麼不接電話？」他問道，好像錯的是我。

「你問我為什麼不接電話？是不是因為你結婚了，還有小孩呢？你認真嗎？你還想騙我是嗎？」

他交叉手臂，眨著眼睛，「我們分居了。」

「那又怎麼樣？重點是你沒跟我說實話！」

「我沒騙你。」他回答。

「是嗎？那你為什麼玩失蹤、放我鴿子？」

「我……我有些狀況要處理。」

「跟你老婆的狀況是吧？」我接著他的話說。

為什麼他還能讓我情緒翻湧？為什麼明明對他的行為憤怒無比，卻仍想靠近他？我對自己的失望油然而生，我不喜歡自己這樣。

他大概以為我是天真的傻妞，而他可是知名樂手，不論說什麼我都會相信。我可沒那麼傻，沒有人能騙我第二次！我不會再相信他的藉口或是甜言蜜語。

「我好想你。」他說，假裝沒聽到我剛才說的話。

即使我多想告訴他我也想他，可是內心深處很清楚我不能再給他機會，如果妥協了，我註定會陷入無底深淵。此外，他說跟老婆分居是真的嗎？我搖搖頭，甩開紛亂的思緒。我不能再上當。

「我要怎麼做你才會接受？」

「你要為欺騙我而道歉，然後滾蛋，不要再出現！」我的語氣轉為憤怒。

他還想繼續辯解，我頭也不回地轉身走開，一進家門就拿出手機，封鎖他的號碼。如果是一年前，我可能會原諒他，壓抑自己的情緒並繼續這段關係。然而此時的我已經學到教訓，知道懸崖勒馬。我認清了他的真面目，不願意再浪費生命在這些莫名其妙的事情上。

洛杉磯給我的約會教訓就是「千萬不要輕易約會！」因為我遇到的對象，要嘛是可以分辨飲料裡有沒有脂肪的天后型人格導演，不然就是隱婚的性感吉他手。還有，我查證過，他跟老婆根本沒有分居！

夠了！

當我怒氣發作時，經紀人剛好寄來了兩封郵件，一封是告知我我被邀請參加一個選角試鏡，會以 Zoom 來進行，另一封則是《外籍之人》的選角團隊決定選擇另一位演員，並感謝我參加試鏡。

……算了，至少有通知我結果。通常，你根本不會收到任何回音。

★

「你不是韓國人吧？」選角導演在 Zoom 線上會議中問道。這個問題在虛擬空氣中懸浮著。透過筆電的小畫面，我輕輕搖頭，承認她說的是事實。

「我們只找韓國演員。」她進一步解釋，語氣冷淡得讓我無法反駁。

「噢，我明白了。我的經紀人認為我的外表適合角色的設定，特別是這角色只會說英語。」

即使我試圖讓自己不露失望，內心還是感到十分沮喪。選角導演視線轉向螢幕外，朝她的助手說了幾句話。他們一開始從那麼多的照片中選了我，現在卻連試鏡的機會都不給。

「喀嚓」一聲，我闔上筆電，靜靜地呆坐著，讓沉默填滿房間。我內心感覺五味雜陳，雖然難以用語言表達，但……我確實感到被漠視，其實不只是漠視，更像是被歧視，真的很不爽，好像心裡被什麼尖銳的東西戳了一下。

我剛剛彷彿經歷了一種不尋常的種族歧視，這種歧視甚至超越了我對種族歧視的理解，沒想到亞洲族裔之間竟然也會有這種事情。我不禁想到近年由於媒體多元性和代表性的要求不斷增強，覺醒文化雖然遲來卻極其必要，也帶來新的挑戰。

這幾年來娛樂圈引入許多亞洲作家和節目製作人，這種轉變替亞裔演員帶來機會，卻也出現一些尷尬狀態。試著想像一下，不論是哪一族群，從文化和經驗去創作故事時，自然會創造反映自身生活的角色。這些角色自然會傾向讓自己族群的演員來演繹。在各種亞裔子群體中——不論中國、日本、泰國或是柬埔寨等，都有這類情形。特定性為故事增加了真實感和深度，但它也限制了演員的機會。

問題是，這種嚴格的「文化配對」在為白人或黑人族群選角時並不那麼呆板，例如澳洲演員可以出演美國人角色，而英國人角色可以由美國演員扮演，只要樣貌、口音符合角色就行了，舉例來說，《鐵達尼號》（*Titanic*）女主角凱特·溫絲蕾（Kate Winslet）是英國人，她在電影《真愛旅程》（*Revolutionary Road*）中扮演德國人；來自愛爾蘭的演員連恩·尼遜（Liam Neeson）在《辛德勒名單》（*Schindler's List*）中扮演德國人，都獲得讚譽。

其實啊，只要符合角色，不會被特定的文化身分框限住，演員們更可以大膽地演出。沒錯，需要關注故事背景的「貼合性」，可是對角色身分背景過於嚴格的界線雖然讓故事更具真實性，就有如一把雙面刃，讓正在努力尋找機會的亞裔演員處境變得更加困難。而且，娛樂業不是需要更廣泛的亞洲臉孔來敘述亞洲的故事嗎？為什麼亞裔演員反而會面臨自我限制的嚴格文化界限？我實在無法理解。

我真心期待隨著亞洲電視劇和電影在好萊塢逐漸增長，這種情況能夠達到平衡、變得更開放。好萊塢娛樂圈就像一場永不停息的派對，滿是各種奇蹟和驚喜，還間雜著困惑與不確定性。這個繽紛世界盡是未解之謎和看似難以越過的挑戰，但這也是我選擇加入的世界。我能做的只有盡我所能，持續努力在這迷宮般的世界裡闖出一片天地，用毅力在這片星光燦爛的天空中點亮自己的星星！

17. 參加首映走紅毯

我在環球影城做臨演，正排隊等咖啡，同時邊跟海蒂講電話。她今天跟一位知名男性饒舌歌手拍 MV，導演恰好是凱文。

我聽了不禁失笑。「要聽他的聲音工作一整天？我致上無限同情。我才跟他相處了一會兒，聽他講話讓人頭好痛。」

「親愛的，我知道，我連說他都懶得說，我其實想說的是，這位知名饒舌歌手一直想把他的手放在不應該放的地方。」

「真的嗎？那你應該說出來。」

海蒂嘆了一口氣：「這樣的話，這份工作就泡湯了。你相信嗎，他不但毛手毛腳，還想約我出去。他不知道 #METOO 嗎？沒學到教訓嗎？」

「好討厭。你還好嗎？」

她沉默了一會兒回道：「還好。」

「對了，你今晚要不要跟我一起去首映？可能心情會比較好。」

「我想想……好，我去。」

「好，我得掛了，等一下再聊！」

我一手拿著咖啡，另一隻手對著電車上的遊客揮手。來到環球影城的遊客都以為所有人都是明星，或至少希望你是，總會興奮地對著現場的每個人拍照和揮手。

助理導演一看到我，馬上跑過來。她彎下身，氣喘吁吁，過了一會兒才開口：「我們在找你欸。」

「不好意思，我在等咖啡。」

「好的，沒關係，跟我來吧！」

她迅速地往反方向走去，也沒回頭確認我有沒有跟上。我小跑步地追過去，好不容易才跟上她。今天的拍攝內容很神祕，沒有人告訴我拍攝內容，而且服裝造型很像兵馬俑，我很好奇到底要怎麼拍。

現場擠滿了演員、化妝師、服裝人員和製作助理，這表示接下來要拍的是大場面吧?!我在拍攝期間經常看到替身演員，但是當一名神似史蒂芬．史匹柏（Steven Spielberg）的人從我身邊走過時，還是讓人驚嘆不已。

工作人員叫演員們集合，向我們解釋拍攝內容。原來是拍攝新成立的北京環球影城宣傳短片。太令人興奮了！

我走到拍攝現場，綠幕前有座人工搭建的萬里長城，長度大概約有二十輛大卡車車長，高度則有十層樓那麼高。我又看到史匹柏的替身了，他跟中國知名導演張藝謀的替身正巧站在一起。

「哇，他們也太會找了吧。他跟史匹柏真的長得一模一樣！」我小聲地說。

正在夾板上寫字的製作助理聽到我的話，忍不住出聲笑道：「他們不是替身啦，真的是史匹柏跟張藝謀本人！」

什麼！怎麼可能?我的下巴快掉下去了。沒錯！我是《侏儸紀公園》（*Jurassic Park*）的忠實粉絲，之所以頭暈目眩不是因為我的偶像就站在身邊幾步外，而是因為我身上穿著五公斤重的兵馬俑盔甲啊！

鎮定，蜜兒，鎮定點！

我身上的盔甲好重，服裝師還一直再加上裝備；除了一張巨大的弓綁在我身上，還有裝滿箭的箭袋，簡直讓我動彈不得。如果我真的是戰場上的士兵，一定會第一個掛掉！有個助理過來幫忙攙扶著蹣跚的我到拍攝位置上站好。

現場一片安靜，等著史匹柏一聲令下宣布：「開拍！」

彷彿有股神祕的力量籠罩著，深刻且直接地讓我體驗到，一切的目標都是可以實現的。對於經驗豐富的演員或明星來說，和史匹柏、張藝謀一同工作或許不過是工作的一部分，但是對我這種初出茅廬、亟待肯定的新人而言，這不僅僅是工作，更是難得的機會。此外，就像在吸收他們的精神力量，我的潛力更是被激發出來。

★

那天晚上，海蒂和我忙著梳妝打扮出席首映會，阿俊則躺在我床上跟我聊天。他生動地向描述著他跟羅迪歐大道上愛馬仕店員交手的經過。

「我叫他把我排進三十公分柏金包的等候名單。」

阿俊試圖重現當時的場面，還舉手假裝抱著他心愛的狗狗鬆餅。我停止化妝，從鏡子前轉過身看著阿俊，想知道接下來發生了什麼事；他則裝成正在店裡東張西望地尋找鬆餅的樣子。

海蒂說：「拜託趕快講下去啦！」

阿俊舉手表示讓步，接著說：「我告訴店員，我是VIP。可是他竟然說等候名單已經滿了，六個月以後才能增加新的名字！」

海蒂和我同聲驚呼。

「可是呢……他被我逮到正偷瞄我的胸肌，我慢慢鬆開一顆扣子，靠在櫃檯上。」

「不是那一顆扣子吧。」我開玩笑說，對他眨眨眼。

「親愛的，聽好了，要是只有那一顆扣子，我就得排在兩年後的名單上。我使出殺手鐧，解到第二顆扣子，他就把我的名字加入，還把排名往前挪了很多！」

阿俊的遭遇真精采。如果我不用工作的話，真想跟著他到處轉，見識一下他遇到的事情。我敢打賭，一定會像他每次說的那樣妙不可言，要是能拿著一桶爆米花在旁邊親眼見證就好了。

海蒂打扮完畢，坐到阿俊身邊，「你不跟我們一起去？一定會很好玩的。」

「不了，我跟鬆餅要在家放鬆一下。」

「好吧，不過你不可以趁我們不在時偷追劇喔。」我警告他。

我們正在追Netflix上的一齣韓劇，好看得不得了，每天都衝回家準時收看新上架的集數，但今晚，海蒂跟我要參加首映。

一小時後，海蒂和我抵達好萊塢星光大道上的中國戲院，準備走紅地毯。好萊塢中國戲院氣派非凡、富麗堂皇，我第一次看到時感動不已。戲院前的廣場非常有名，讓人印象深刻，有演藝界歷代巨星前輩們留下的種種印記，包括瑪麗蓮・夢露（Marilyn Monroe）、湯姆・漢克斯（Tom Hanks）、阿諾・史瓦辛格（Arnold Schwarzenegger）等。走在星光大道上，我覺得那些名人都在向我招手以示歡迎，彷彿在對我說：「你也可以在這裡刻上名字！留下紀錄！」

戲院內部裝修得很華麗，牆上裝飾著經典電影場景，紅絲絨座椅上繡著美麗圖案，像皇室御用一樣奢華。

這是我第一次以貴賓身分參加電影首映會，緊張得不得了，此刻仍不敢相信自己站在指標性的中國戲院前面，正要步上紅地毯。海蒂注意到我的心情，輕輕挽住我的手。「親愛的，給他們好看！」她說道。

「好像哪裡怪怪的?!別人又不認識我。」

「你以後一定會變成厲害的大明星，現在就開始練習走紅毯吧！」海蒂無視我缺乏自信，把我推向現場的活動負責人。

我很感謝有這樣的好朋友替我打氣，他們會替我加油，叫我要相信自己；他們對我的支持和信任太重要了，讓每次因為被拒而造成的傷害看起來根本不算什麼。

負責人對我彈指，問道：「叫什麼名字？」

「蜜兒。」我不安地回答，一邊看著其他名人從容優雅地走在紅毯上。

她核對我的名字後打勾，沒理會我有多緊張。「你走過去，到有記號的地方停下來，再走然後再停下，就這樣一直走到最後面。知道了嗎？」

我還來不及回答，她就舉起寫著我名字的牌子，讓在場的攝影記者看，接著引導我走到紅毯的起點，我一踏上紅毯，快門就閃個不停。

「請看這邊！」

「這裡，看這裡！」

「太漂亮了！笑一下！」

我盡力配合每個人此起彼落叫喊的指示，燈光讓我看不見他們的臉因而有點摸不著頭緒，卻喜歡這種感覺。媒體負責人輕輕拍了一下我的肩膀，讓我走到下一群攝影師前面接受拍攝。真奇妙，我會愛上這種感覺！

走到紅毯尾端，我不禁一陣激動。我不敢相信我做到了！海蒂也跑過來擁抱我，我滿臉笑意。

「哎，看看你，電影明星欸！」她尖叫道。

我不好意思地四下張望說：「小聲一點，不要這樣講。我根本沒參演這部電影。」

她擺出誇張的姿勢，「你太厲害了，大家都在拍你！」

我玩笑似地一拳捶向她的肩膀，隨即挽住她的手，一起走進戲院。今天我的好運勢不可擋，先是見到心儀的導演，又走了夢寐以求的紅毯。如果演藝圈是我該走的路，命運引領我來此，我欣然接受。

一名穿著絲質襯衫的中年男子突然走了過來，對我們打招呼：「不好意思，你好。」

「你好。」我們禮貌地回答，儘管搞不清楚他到底是誰。

他向我伸出手，說道：「你是演員吧，最近才來洛杉磯？」

「嗯，我來這裡兩三年了，不過在演藝圈還算是新人啦。」

「您是？」海蒂問道。

他驕傲地微笑說：「我是經紀人，這部電影就是我旗下的藝人主演的。」

他邀請海蒂和我跟他的藝人一起坐，我們很有禮貌地答應。那位藝人跟比他年輕很多的女演員聊得很起勁，經紀人則跟我聊天，海蒂無聊到只好滑手機看 TikTok。

電影開演前，他說想要安排會面並遞給我名片，還詢問我的聯絡電話。我裝得若無其事，但心裡卻尖叫著，像個小女孩一樣高興得跳上跳下。

燈光暗了，四周安靜下來欣賞電影。我無法專心投入電影情節，一直想著那張放在錢包裡的名片，錢包都快被渴望燒出洞啦。我沒聽過這位經紀人的名字，也不認識他的藝人，不過有人注意到我，還是很值得高興。誰知道呢？說不定這正是我長年渴求的機會之窗。

結束後，經紀人和那位藝人留在現場進行問答互動，我們搭 Uber 回家，沒來得及向他道別。但沒關係，我有他的電話號碼。

才一坐進 Uber，我的手機螢幕亮了，有個不認識的號碼傳訊息給我。

經紀人：很高興認識你，何時有空方便見面再告訴我。

我：我也很高興認識你！星期五可以嗎？

經紀人：星期五我的行程都滿了，星期六可以嗎？

我目前的經紀公司是小公司，從不認識什麼大牌經紀人，不太清楚當中的運作模式，但約在星期六見面似乎有點奇怪。

我登入 IMDb 帳號，搜尋這位經紀人的公司。他旗下有很多一線明星，製作過很多票房很好的電影。他或許就是讓我實現夢想的關鍵人物！我不敢相信幸運女神這麼眷顧我，讓我認識這麼厲害的人，好萊塢可容不得猶豫不決，機會來敲門時就要打鐵趁熱。別人不會留時間給你好好考慮，除非你已是大牌明星，於是我毫不遲疑地答應星期六的約會。

經紀人：我真是迫不及待想見到你，我很看好你！

天哪，大牌經紀人看好我欸！儘管明天有一場試鏡，今晚我還是開了一瓶很貴的香檳，跟好友們一起慶祝這個好消息。

18. 試鏡撞上意外驚喜

我終於從洛杉磯的緩慢車陣裡脫困，抵達亞馬遜 Prime 的試鏡地點！由於大部分公司都要求試鏡者自行拍攝影片上傳，所以我已好一陣子沒參加面對面的試鏡。才一走進會場，便看到十五個跟我類型很像的女孩，有些正對著牆壁說話、練習台詞，有些對著空氣說話，有些則是呆坐著出神。哇，我完全忘記房間裡坐滿類分身的奇妙感。

我在其中一個女孩身邊坐下，她剛結束試鏡，正在收拾東西。我笑著跟她打招呼，問她入行多久了，閒聊了一會兒後才問她有沒有獲得演出機會。

她看著我，表情很生氣。對於長年待在演藝圈卻混不出名堂的人來說，這個問題無疑是在傷口撒鹽。但就在選角指導過來叫下一位女孩入場時，她立刻展開微笑的表情說：「我曾獲得幾個角色，不過還沒有突破性。」

「演藝圈很競爭，我來洛杉磯之前，還以為自己很特別。而你還獲得演出機會，真的很厲害！」我告訴她真心話。

如果自信心不足，也不夠堅強，試鏡很容易扼殺你的信心。你走進房間後看見其他外表跟你長得很像的試鏡者，發現自己沒被選中時，心中的焦慮會油然而生，會不斷懷疑自己：

為什麼我剛才要那樣說出那句台詞？

為什麼我會以為他們喜歡我的表演方式？

他們知道我很緊張嗎？

他們知道我故意不看他們的臉，但其實很想偷看嗎？

他們是否注意到我沒有抬頭挺胸嗎？

他們聽到我結巴了一下嗎？

他們提問時，有聽到我嘆氣嗎？

他們是否看到我走出房間的時候絆了一下嗎？

你對自己的一切吹毛求疵，試圖找出根本不存在的缺點，需要對自己解釋為什麼沒入選。但他們從來不給理由，反正就是不要你。

跟我聊天的女孩拎起手提包，對我說：「如果你想在跟你長得很像的一群試鏡者裡脫穎而出，就得做些讓人有印象的事，讓人忘不了你。」說完便轉身離開。我想她的試鏡大概不怎麼順利。

這種景象我已看過多少次？有多少次我就是那個垮著肩膀走出房間的女孩？

她已離開一陣子，但所說的話還在我腦中迴盪。我聽過相似的話，卻直到現在才有所體認。在一群外表相似的女孩裡，我有什麼特別？身為演員，我又有什麼獨特魅力？

我深呼吸了幾次，理清思緒，專心看著等一下要表演的台詞並開始練習，進入角色的情緒裡，我不想帶著失望離開。

情緒準備是表演的重要環節。演員必須進入角色內心，還要判斷角色在各種情境下的反應；除了悲傷、憤怒等負面情緒，正向情緒也包含在內。情緒準備沒有通用的萬靈丹，有些演員用音樂來觸發情緒，有些則靠著想像特定場景進入。有些演員演出前會花一段時間自然地醞釀情緒；

有些則會分析劇本，利用到片場途中想像劇中場景。總之，沒有一定的準則，只要對當事人有用就好！

我看著台詞，練習何時該轉換語調，或是暫停一下，或是以平穩的語氣演出。這時選角助理打開房門，裡面的試鏡者的表演聲，斷斷續續地傳入我耳中。她的表演方式竟然跟我練習的一模一樣！

接下來的二十分鐘，我試著用不同方式說出台詞。我原本可以照原定計畫，但應該沒什麼好處；快速適應環境變化是演員的必要本領。我練習新的方式，進入說哭就哭的表演節奏。選角助理走出來，叫了我的名字。

我跟著她走進房間，「我有把你的名字唸對嗎？」她問。

「有。」

演出前的焦慮在我體內凝聚，先是沿著脊柱上移，接著落到腳趾，擠壓成一顆一顆的小球。

選角指導看了我一眼，點點頭說：「準備好了就開始。」

我像往常一樣地深呼吸了幾次，讓心情平穩，站好表演姿勢。走進眾人等著替你打分數的房間實在很可怕，為什麼《美國達人秀》（*America's Got Talent*）的參賽者敢在那麼多觀眾面前表演?!

我剛才已經練習了二十五分鐘，很快便入戲，眼眶馬上充滿淚水，手也顫抖著，準備開口說第一句台詞時，熟悉的 iPhone 鈴聲響了，打破寂靜的空氣。選角指導伸出一根手指叫我停住，接起電話。

滿臉淚水地站著有點尷尬，我擦乾眼淚，等待進一步指示。但等得越久，情況越糟。我只覺得緊張又難為情，之前的準備工作完全白費。

過了幾分鐘後，選角指導才講完電話，接著看著我說：「好，從剛才的地方開始吧。」

這太困難了，幾乎不可能做到。哪有人有辦法在情緒轉換間穿梭自如？但我別無選擇，只能盡力，於是再次深呼吸，清清喉嚨，正要開口時，選角指導又打斷我。

「等一下，你要不要試試看演酒吧漂亮女生二號？只有一句台詞，不過我覺得你完全符合我們的需要。」

我充滿熱忱的說：「好的，沒問題。」試鏡就是如此，機會出現就得答應，即使臨時換角色也一樣。

「原來的那一段還要演嗎？」我問道。

她搖了搖頭。「製作公司已經把角色給別的演員了。我們明天就會拍到酒吧女生，你時間可以嗎？」

「沒問題！」

她給我封面上標註「酒吧漂亮女生二號」的劇本。我搞不清楚這是怎麼回事？難道我來試鏡的角色早就內定，本就沒打算錄取任何人？他們為什麼選我不選別人？我都還沒開口說話，他們就決定給我角色。

「把劇本拿回去，我們會跟你的經紀人聯絡相關的細節。」

「等一下，我錄取了嗎？」

她諒解地微笑道：「我們會聯絡你的經紀人。」

★

這一切太不真實了。晚上經紀人打電話恭喜我，我才慢慢感受到這份喜悅。即使這角色只有一句台詞、只露臉五分鐘，比起臨時演員，也好多了啊。

那晚和第二天早上，我都興奮得不能自己，無法安靜下來。這是我第一次演出好萊塢大製作電影，不是當臨時演員，是真的演員，雖然只有一句台詞！這可是我演藝生涯的轉捩點，戲分再少也沒關係。

第二天，我滿心感激地坐在拍攝現場只有雙人床大小的拖車裡，這個狹窄的小空間是我一路以來的奮鬥成果。我終於拿到電影角色！終於走進了拖車！

有人敲門。「蜜兒在嗎？」

「在。」

「請到拍攝現場。」

我立刻站起來跟著他。經紀人曾提醒我，拍攝時要準時，才不會讓人有藉口挑剔，甚至是開除。是的，如果犯了錯，惹到什麼人，真有可能一秒被開除。何況我還是新人，必須更加小心翼翼地做好這份工作，才能爭取其他角色。

導演看到我，誇張地抓著自己的胸口說：「我的漂亮女生二號來了！」

我微笑著走向他，他招手讓我靠近一點，不知道他接下來會說什麼。我走到可以和他說話的距離後，他指著一個熟悉的面孔說：「尼克，這是蜜兒。蜜兒，這是尼克，這部電影的男主角。」

尼克激動地指著我喊道：「我認識你，你是那個給我糖果的女孩！我們在那場宴會上見過面，對吧？」

「對。」我臉紅了。

導演轉頭看著尼克，「你們認識？」

「是啊，幾個月前見過。」

「太好了！」導演鼓掌，走到別處去檢查東西，留下我跟尼克單獨相處。

好吧，我曾說過暫時停止約會，專心衝刺演藝事業，可是我實在無法忽視尼克的吸引力。他高大健美，深色頭髮配上淡藍色眼睛，還有融化人心的笑容，親和力十足。

「我在社群媒體上搜尋你，可是找不到。」他說。

「真的嗎？我等一下給你帳號。」

他笑了，嘴角線條彎成最性感的弧線，不知道他是發自內心，還是有意為之，總之，他的魅力確實傳達給我。我不想分心，搖搖頭地提醒自己，不要忘記喬登和麥可給我的教訓。男人就是麻煩。當前最緊要的事就是專心準備好我那句台詞。

他走回拖車，我叫住他，「對了，尼克，問你一件事。」

他馬上轉身走回來：「什麼事？」

「我知道等一下要拍的那場戲我只有一句台詞，可是我想知道你會怎麼演。」

尼克拿出劇本，看著那場戲的台詞，「我看看……我剛經歷慘痛的離婚，跟你飾演的女生在酒吧打情罵俏。嗯，很複雜的一場戲。」他的手指掠過棕色捲髮髮梢，低頭看劇本的模樣讓睫毛顯得很長。

我聳聳肩，緊張地笑著說：「是啊。」

「你有時間嗎？我們可以在拖車上練習看看？」尼克那雙如海水般蔚藍的眼睛看著我。

我深呼吸了一下，試圖忽略自己觸電的感覺，「好啊，走吧。」

我一點也不意外尼克的拖車比我的大上一千倍。裡面有間臥室，廚房設備完善，冰箱裡充滿食物，客廳擺著五十吋平面電視，黑色皮革沙發和一張躺椅，劇本四散在工作區。

尼克和我走向拖車時，我的眼角餘光注意到有幾名工作人員正交頭接耳地對我們指指點點，顯然在議論我們。尼克像是活在自己的小宇宙裡，連看也沒看他們一眼，逕自走進拖車。

我們在沙發上坐下，討論應該怎麼做才能表現出最佳效果。尼克對角色的分析細膩精準，我認真聽他描述他的角色背景和情緒變化，以便能更深入了解我的角色。

尼克再次看了一遍那場戲，點點頭說：「這場有很多內心戲。雖然你只有一句台詞，不過整體上情緒張力很大。」我們快速地走了一遍整場戲。我的心情在尼克的幫忙下慢慢放鬆，對於等一下該如何表現、如何說台詞也有了把握。

我正要起身離開，尼克叫住我。「等一下，蜜兒。」我喜歡我名字從他舌尖自然吐出的音調。

我假裝沒事地慢慢移動腳步，心跳卻跳得比饒舌樂團鼓手崔維斯・巴可（Travis Barker）的鼓聲還快。我有什麼好緊張的？我沒有期待尼克會對我發動攻勢，也沒有想要對他怎樣，不過我的身體反應卻不聽話。

「今天晚上我朋友要在好萊塢山辦派對，工作結束以後你想去嗎？」

冷靜點，蜜兒！

我把一撮髮絲塞進耳後，然後說：「好喔，聽起來不錯。」

★

我走向妝髮的座椅，好讓工作人員在開拍前整理好我的外表。離開尼克的拖車才幾分鐘，奇怪的是，我卻渴望再見到他。我的眼睛一直盯著鏡子，希望捕捉他的身影。我之前明明才下定決心不談感情、專心事業，但是遇到他就不爭氣地融化了。

「各就各位！十五分鐘以後開拍！」助理導演喊道。

我的妝髮完成了！走到拍攝現場，只見尼克坐在高腳椅上，身體低趴，眼前有一杯酒——當然不是真的酒；身旁擺著一瓶威士卡，也僅供拍攝使用。有個飾演酒保的臨時演員正在吧台裡擦著杯子。

我朝尼克身旁隔一個位置坐下，接著蹺起二郎腿，款擺腰肢，展現性感。身上那件緊身黑色小洋裝讓我姣好的身材曲線畢露；頭髮梳向一側以展露臉龐，並朝向尼克和攝影機。

工作人員調暗燈光，現場安靜下來。導演喊出：「開拍！」

尼克用手指撥弄著頭髮，喝了一大口杯裡的酒，接著轉開威士卡瓶塞，又倒了一杯。我面前有杯看起來像是油漬馬丁尼的飲料，我輕撫著杯緣。尼克完全就是個心碎無望的醉漢，藉著酒精麻痺痛苦。演得超級逼真。

他倒了第三杯，眼神從我光裸的腿一路上移到胸部。他拿著酒杯，挪到我身邊的座位，身體轉向我，最後定睛看著我，我們雙目交會。

「像你這麼漂亮的女孩怎麼會在星期五晚上獨自在酒吧？」他說。

我輕蔑地一笑，喝了一口「酒」——原來杯子裡是氣泡蘋果汁。依照劇本，我應該在等人，不過不想告訴他。

接下來的幾分鐘，他繼續跟我調情；我則時而微笑、時而大笑、時而冷笑。這一段是縮時攝影，並非實時拍攝，因此道具人員趁著拍攝空檔還擺了兩個用過的馬丁尼杯在我前面的吧台上；裡面還有橄欖，呈現酒被喝過的模樣。

導演示意我們可以講台詞了。這時尼克雙腳跨在我座位兩旁，和我臉對著臉。我伸出一根手指頭滑過他手臂，他的手則放我腿上。

尼克把酒杯放在吧台上，靠向我，「我帶你去個好地方……爽一下，我會好好照顧你。」他的臉靠得很近，一副想把我吃掉的樣子。儘管知道只是演戲，我的心還是忍不住陣陣悸動。

我看看手腕上的金錶，朝他靠過去，幾乎碰到他的嘴唇，說出我那僅有的一句台詞：「今天晚上要好好被照顧的人應該是你。」

我滑下吧台椅，從容地走開，回頭看了他一眼。他把杯中剩下的酒一口氣喝光，跟著我一起離開。

「卡！」導演大聲喊，工作人員紛紛鼓掌。

「了不起，演得太好了。」尼克雙手環抱我邊說，我則緊張得四肢僵硬。有位工作人員過來請他去弄妝髮，準備下一場拍攝，打斷了這一幕。

我只有一場戲，比尼克早收工，我留下來看他拍戲。從之後拍攝的幾個場面看得出來，這部電影的劇情引人入勝。我專心觀賞，以至於幾乎忘了在等待尼克。

★

結束後，尼克開車載我來到好萊塢山的一棟豪宅。派對正如火如荼地進行著，有許多妝容精緻、身材曼妙的美女，我都不知道眼睛該往哪看。尼克拉著我的手擠過人群，來到客廳後面一個沒人的角落。我猶如離開水的魚，雖然很不安，但我決定要好好享受派對。

一開始，我不知道派對主人為什麼要求每個帶照相機的人在門口就用膠帶把鏡頭貼起來。現在看到大家都盯著尼克和我看，讓我很感激派對主人考慮周到。大多數女人臉上的表情都很不爽，我知道她們在想什麼。

眾人的目光讓人感到難熬，為了躲開那些窺視，尼克帶我走向後院，有張白沙發擺在火爐前，我們坐了下來。他的手輕輕撫摸著我。

感覺很好，不過這一次我不會那麼快就上鉤。跟麥可分手後，我不再相信演藝圈的男人。事實上，是完全不相信所有男人。過去的經驗告訴我，每段感情到最後都是傷心的結局；因此我寧願單身快樂，也不要幾個月的美滿歡暢後面對破碎一地的心。我慢慢拉開跟尼克的距離，坐到離他稍遠的地方。

「真抱歉。」他說。

「沒什麼。對了，洗手間在哪？」

他告訴我最近的洗手間，我跟他說會很快回來，而且我當然得回來——因為是他開車載我來。想到這，我立刻告訴海蒂他們我的位置，以及剛才的事，同時拜託他們先不要傳簡訊轟炸我。我知道他們一定很想趕快問個仔細。

我站在洗手間的鏡子前，看著鏡中的自己。尼克是正在快速上升的性感明星，知名度跟提摩西・查拉梅（Timothée Chalamet）同等級吧，派對裡有那麼多美若天仙的超級模特兒，他為什麼選了我？他明明要追誰都可以啊？他跟我在一起想幹什麼呢？

尼克條件很好，如果談戀愛只需要對方條件好的話，我會立刻飛撲過去。沒錯，我們不能僅靠外表論斷一個人，不過女性的直覺很準確，我清楚尼克沒辦法給我承諾，我們不可能靠著彼此的信任和尊敬經營真正的愛情。至少在他即將成為大明星的此刻，不可能定下心來談戀愛。

洗手間隔間突然傳出兩個女人的談話聲。我不想偷聽，想專注在自己的思緒上，可是談話聲很大聲，而且話題是我。

「欸，你有看到那個女的嗎？」

「跟尼克一起來的那個？」第二個女生冷笑著回答。

第一個女生歇斯底里地笑著說：「我真想知道為什麼。我是說，她長得不錯，身材也好，前凸後翹，不過誰知道她是誰啊。」

「前凸後翹咧，你是要說她胖吧？」

我真的氣死了！我想像著當她們走出來時，要好好對付她們。可是依照我的個性，我沒辦法跟陌生人吵架。如果她們比我漂亮十倍，就更不可能。討厭的不安全感此時又占據我的思緒，我根本還沒看到她們，就已經先說服自己相信她們比我漂亮。

「我心胸寬大，不跟她們計較。」我對自己撒謊，然後越過人群到擁擠的舞池。

我其實一點也不寬大，真正的感覺是害怕。跟尼克在一起感覺很好，卻引發了我心底深藏的情緒。當臨時演員時，沒人看著我，我會忘記那些焦慮和不安；現在聚光燈照向我，人們盯著我、嘲笑我、用手指著我，我覺得難以承受。
每個人都說要在演藝圈生存，必須有堅強的意志。我相信自己夠堅強，但是旁人惡意的批評與負面能量，卻讓我覺得快要滅頂了。
不知道那些一舉一動都被媒體放大檢視的大明星是怎麼正常過日子。一場派對就讓我如此焦慮不安，那些光鮮亮麗的明星私底下究竟如何自處，真的難以想像。
我沒有回去找尼克，轉而搭 Uber 回家。我不應該來的，當初沒答應出席就好了。幸好明天就是星期六，是我跟那位重量級經紀人約好見面的日子。今晚我不要再想別的事。

19. ME TOO

第二天早上，阿俊帶著鬆餅和我約在日落大道的餐廳早餐。跟我有約的經紀人辦公室就在同一條街，而阿俊等會兒要跟那名愛馬仕店員約會。

我趕在阿俊來餐廳以前提早到達，想為待會的會議做好準備。

走進餐廳後，我懷疑自己進入最新一期《柯夢波丹》（*Cosmopolitan*）。服務我這桌的女服務生不僅貌美，身材高挑，曬成古銅色的膚色，有如亞馬遜族女戰士般。其他服務生也都顏值驚人。男服務生的髮型和指甲精心打理，女服務生多數留著長髮，並紮成俐落的馬尾。他們身穿時髦的黑色制服，配合餐廳裡時尚氛圍。

女服務生領我走到阿俊預約的庭院露天座位坐下。

餐廳裝潢得溫馨舒適，超耐磨木地板，挑高天花板上掛著線條簡單的燈飾，鮮明的藍黃色餐桌椅符合現代風設計。我微笑地看著餐廳顧客帶著搖晃著尾巴的小狗進來，拍攝可愛的照片。整體來說，餐廳風格既時髦又對寵物很友善。

我一坐下，服務生立刻過來遞上菜單。我點了杯飲料，拿出筆記練習等一下要跟經紀人談話的重點，等待著阿俊和鬆餅。

二十分鐘後，阿俊來了！他戴著新買的 D&G 太陽眼鏡，鏡框上鑲滿水晶；但可能水晶鑲得太多，感覺似乎戴得有點辛苦。

他抱著鬆餅朝我走來……就在這時，一個有點年紀的男人突然出現，在我對面坐下。

「我喜歡你的眼睛。」他伸出舌頭舔著嘴唇，對我說道。

我呆住了。現在發生了什麼事？我反問：「蛤？」

「我說，我喜歡你的眼睛。」他重複說了一遍後並開始喘息，好像很興奮。「我喜歡亞洲人的眼睛……好性感。」

我本能地往後退，想盡量離這個怪老頭遠一點。「好喔，謝謝。」

阿俊走到桌邊，盯著那個人看，他才起身離開。我大大喘了一口氣。終於可以呼吸了！真是讓人太不舒服。

「那傢伙是誰？」阿俊問我。

「不知道，他直接朝我走來，說他喜歡亞洲人的眼睛。」

「怪胎！種族歧視！」也難怪阿俊火大地朝著那男人的座位說。

「不敢相信，真是莫名其妙。」我邊說邊收起筆記，專心跟阿俊聊天。

「好了，不管他了。我要聽八卦，告訴我你跟帥哥尼克的事吧。」

我笑了，像過聖誕節一樣開心。「他太完美了。我知道應該保持專業，可是我們演得好逼真。然後在派對上，他把手放在我膝蓋上……」

「拜託一下，你找到機會親他了吧？」阿俊很想知道接下來的事，他咬著嘴唇。

「沒有。你也知道，跟男生在一起，我沒辦法像你那麼主動……」

「說到這，我的約會對象很火辣喔。這讓我好興奮。我們還買了情侶外套，我平常不做這種事的，你知道吧？」

「那，你現在可以用員工價買愛馬仕了嗎？」我開玩笑地說。

阿俊看著手錶，為了避免碰到眼鏡框上的水晶，還小心翼翼地拿起杯子喝水，但眼鏡還是從他鼻樑上滑了下來。「今天晚上就知道了。」

「你幹麼不把眼鏡拿下來？」

他大聲說道：「親愛的，你好大膽啊！我戴的不是太陽眼鏡，是Dolce！」

我再次看了要跟經紀人面談的筆記時，有個陌生號碼傳來簡訊給我。

424-335-xxxx：蜜兒，我是尼克。昨天晚上你怎麼了？我有點擔心。

蜜兒：你好，不好意思。我身體不太舒服所以先回家了。你怎麼知道我的電話號碼？

424-335-xxxx：通告單上面有寫啊。（大笑）等你身體好了我們再約吧。

蜜兒：好啊。

我收起手機，不想在面談前分心。時間差不多了，我開始收拾東西。

「我得走了。」我說，抱了阿俊一下。

「好吧，不過你回去後要跟我說說電影明星男朋友的事，說得詳細點。」

我轉身離開，給了他一記飛吻。我們今晚一定會來個姊妹會，交換一下感情生活進展。我提醒自己，面談結束後要記得買幾瓶酒回家。

★

車子沒開多遠，就抵達經紀人辦公室所在的大樓。走廊上掛滿他的獎牌，還有他跟名人的合照。因為是星期六的關係而顯得空蕩冷清。

我走到他的辦公室門口，門開著，他正坐在一張橡木辦公桌後面，翻閱文件和瀏覽電腦螢幕，一看到我，便抬起頭來，笑著招手叫我進去坐在沙發上。

「你來了，太好了。」他很開心地說，站起來把門關上。門喀的一聲關了起來，我內心有點抖，但仍微笑著說：「謝謝你抽空跟我見面。」

「別客氣。你喜歡哪一種音樂呢？」他問道。

「音樂嗎？我想……節奏藍調吧。」

我的微笑有點僵。現在是什麼情況？經紀人的時間很寶貴，通常都會單刀直入切入主題。難道因為今天是週末，所以可以比較輕鬆？只見他拿起手機，連接音樂播放器，按下播放鍵。他在我身邊坐了下來，「喜歡這首歌嗎？」

「當然。」我緊張地回答。

「要喝點什麼嗎？」他降低音量，看似輕鬆地說。

「噢，不用了。我得開車。」

我內心警報器大響！他坐得離我太近，我們的腿碰在一起。我知道接下來會發生什麼事，可是我不願意相信這種事會發生在我身上。

他伸出手指頭撫摸我的手臂，「跟我說說吧，你演戲多久了？」

我的眼睛跟著他的手指頭移動。「嗯，大概五年了。搬來洛杉磯之前還進修了幾年邁斯納表演課程。」

「那麼你如何規劃演藝生涯？」

「我一直在參加試鏡，我想繼續嘗試，磨練表演技巧，一定會有點成績。」

他發出短促而響亮的笑聲嘲笑我。我沒有抬頭，但我知道他靠得很近，呼出的熱氣吹在我脖子上。

「一部電影有上百個演員，可是呢，主角卻只有一個！」他若無其事地說道。

我身體挪移得更遠一點後說：「我知道，我願意努力試試看。」

「好了，別說廢話了。我會實現你的夢想，但我想要你來作為回報。」他的語調從慵懶轉為急促。

我還來不及回應，他猛然捧住我的臉，嘴唇強壓在我嘴上。那短暫的一秒讓我嚇呆得無法動彈。就在幾分鐘前，我走進他辦公室時，想的是拓展演藝生涯的新篇章，不是性騷擾啊！

我用盡全身的力氣推開他，跳了起來。還好我們之間隔著一張咖啡桌，不過我其實更想立刻奪門逃走，假裝這一切都沒發生。

「你到底在幹什麼？」我邊尖叫邊往門口移動。

他雙腳往咖啡桌上一蹺，滿不在乎地笑著說：「我在幫助你成為大明星啊，蜜兒。」

「我不要。我不接受這種方式。」我激動地搖頭說道。

我奪門而出，快步走回停車場，沿路不斷回頭張望，怕他會因為四下無人跑出來追我。我坐上車，加速駛離，發誓再也不要回到這個鬼地方。

沿著日落大道行駛時，我委屈的淚水不斷噴湧而出。此時我看見路旁的巨型電影看板上是一部賣座大片的宣傳海報，執行製作正是剛才騷擾我的人。我腦海裡不斷重複剛才那幕，對自己的遭遇難以置信，於是猛踩油門，故意超速，希望眼不見為淨。我一直聽說演藝圈演多黑暗，現在算是親身經歷了。

「主角只有一個！」他的聲音在我耳邊迴盪著。我用力緊抓方向盤，手指關節泛白，被侵犯的感覺揮之不去。

我像個瘋婆子般一路狂飆，道路在兩旁飛逝而過。腎上腺素和怒火讓我的手抖個不停，時速超過一百英哩實在不妥，但是我只想離開現場，越快越好。

那個男人可以任意毀掉我的演藝事業，畢竟他有人脈，有金流，大可封殺我所有演出機會，而我還是個菜鳥啊！我內心的恐懼感正在蔓延。

不知道開了多久，可能有一輩子吧，才終於到家。我轉進車道停下，煞車聲尖厲地衝擊耳膜；有如剛跑完一場馬拉松般地感到呼吸困難，喘著氣地走進家門。

我情緒很混亂，腦中一直想著剛才的事，不知道下一步該怎麼辦，也不知道該打電話給誰。我不知道自己的感覺是憤怒？是悲傷？還是恐懼？不知道自己是麻木還是堅強。我想哭，也氣自己；這種荒謬場面、這座城市，目標和夢想……全都讓我憤怒不已。為什麼他這種人還可以為所欲為？真不可思議。

ME TOO 根本沒讓他學到教訓。

★

在閃閃發光的好萊塢，在明亮的星光與紅毯上，隱藏著不為人知的黑暗祕密；長久以來深植的剝削文化不能再被視而不見。

海蒂曾在音樂錄影帶拍攝現場遇到一名國際流行樂巨星。他是音樂界巨擘，手握多項葛萊美獎（Grammy Award），擁有全球數十億粉絲。對海蒂來說，在他家中錄製一首歌曲無疑是個大機會。在好萊塢，藝人明星們在家中錄製音樂，這並不奇怪，更何況這位流行樂巨星還邀請了其他人，她也因此鬆懈警戒。

到達這位巨星的豪宅後，不意外的，每個人都得交出手機並簽署保密協議，這是與名人打交道的標準模式；進入這個獨特世界的小小代價，就是身分和生活都得暫時被拋在門後。

然而，進入錄音室後卻是噩夢的開始。海蒂發現錄音室只有她和巨星二人，她成為這位巨星試圖性侵的目標。門被保安鎖上，海蒂感到非常害怕和無助。但她很聰明，她說她需要去洗手間。在那裡，她找到了一扇小窗戶，她用了所有的力氣爬出窗戶，成功地逃走了。

阿俊和我聽她講述那可怕的經歷後，告訴她應該報警。她報警了，但是正義的輪子轉動得慢且過程痛苦，從幾週變成幾個月，完全沒有任何進度。警方說他們嘗試去巨星的家，但他總是不在家。沒有證據，他們就不能搜查他的房子。

這麼多人因施暴者的財富和影響力，在面對如此邪惡行為而選擇袖手旁觀與沉默，除了讓人震驚外，還顯示出更深層的問題，就是：財富和權力可以讓一些人逃脫法律的懲罰。事實就是，有些人用他們光鮮亮麗的表象來掩蓋那些陰暗的真相。

阿俊也經歷過類似的情況。他曾接受一位男模的委託，希望能製作一本視覺回憶錄。這位男士想為自己、也為了傳世後代，打算以這本攝影紀實替自己年輕帥氣的面貌做個永恆的見證。這份甜蜜的心願感動了阿俊，他毫不猶豫地接下這份工作。

抵達男模的住處時，阿俊受到熱忱歡迎，男模不僅殷勤招待他，還提供茶點，兩人之間的對話也很愉快，氣氛平靜融洽。男模生動地描述了自己對拍攝的想法，這與阿俊產生了深刻的共鳴。氣氛美好，一切似乎都在順利進行之中。

然而，情況突然轉變。男模突然毫無預警地脫下衣物，赤裸地站在困惑的阿俊面前。甚至還毫無羞恥地脫下內衣。這露骨行徑打亂了阿俊的節奏，他感到手足無措。阿俊從未涉足過裸體攝影領域，他的不安顯而易見。情況繼續失控。男模朝向阿俊，想要赤裸裸的和阿俊進一步接觸。大膽的侵犯讓阿俊很困擾、驚恐，這完全超出他的專業範疇。

阿俊本能地迅速抓起自己的包包，在包內尋找著因安全顧慮而隨身攜帶的胡椒噴霧罐，毫不猶豫地直接將噴霧噴向男模的眼睛，利用這暫時的混亂逃離了可怕的場景。他離開時腎上腺素充滿，感到終於解脫，但留下猶如一場噩夢的回憶。這工作不只是普通的攝影！

這類超瞎的事情真的是見怪不怪了，真的不知道這些變態在想什麼鬼！阿俊早年擔任名攝影師助理時，有一次聽到一個超震撼的八卦。那時候有家超夯的時尚雜誌找了一位大師級的攝影師來拍奧斯卡影后的照片。結果那位影后當天居然遲到了四個小時，讓所有助理都在那邊猜來猜去、八卦個不停！

據影后助理事後透露，之所以遲到是因為她去找一位在業界有影響力的電影大亨，這位大亨約她在一家飯店的房間見面。影后迫切表示，希望即將主演的電影能獲得大亨的財務支援，這傢伙竟然說只要她願意跟他上床，他就願意投錢！影后也是很拼啦，為了作品不得不答應這個超不要臉的要求！

然而，就在她準備出賣自己靈魂的那一刻卻突然改變主意，這讓電影大亨極度憤怒，對她暴力相向，並強姦了她。由於傷得很嚴重，她只得前往醫院接受治療，這就是她遲到的原因。

為了封口，這位變態噁心的電影大亨兌現他的承諾，全力支持該電影的資金需求，以確保她的沉默。數年後，電影完成上映，影后因其優秀的表演再次獲得奧斯卡獎的殊榮。

這些故事點出了一個殘酷的事實：即使在充滿夢想和奇蹟的好萊塢，也存在著黑暗和危險。提醒我們，無論身在何處，都必須保持警惕，並勇於站出來保護自己。

雖然如此，好萊塢倒不是全黑的，也有那裡人性的光芒——在困境中找到力量，勇於逃脫那些試圖剝奪我們尊嚴和自由的人。海蒂和阿俊就是這樣的例子。他們讓我明白，即使在最黑暗的時刻，我們仍能找到自己的光芒，給我們溫暖，並保護我們自己。

第四章

★

戀愛腦

20. 演員人生重啟

一個閒散的週末午後，海蒂和我坐在阿俊的衣帽間地板上，試穿他的設計師衣服，喝著含羞草雞尾酒。

「我想暫時休息一下。」我突然脫口而出。

海蒂皺著眉頭說：「你說什麼？」

阿俊問：「哪一種休息？」

「不論是約會還是演戲，我都想先暫停。」我邊說邊試背阿俊的香奈兒羊皮愛心包。

這陣子發生的事讓我筋疲力盡。離那場和經紀人的恐怖事件已經過了三個星期，這期間可以應徵的工作機會很少，我一直參加各種試鏡，卻都沒有回音。他沒說錯，演藝圈這行的確需要人脈。不過我寧願繞遠路，用自己的方式抵達目標。

阿俊對我眨眨眼，海蒂搖搖頭，喝了一口手裡的酒。

她放下杯子，抬頭說：「我想，休息一下也好。你最近的狀態確實不太好。」

「我只是不想再假裝了，我累了。」我說。「我對自己的出身很驕傲，不想在鏡子裡看見偽裝白皮膚的蜜兒．雀欣，這形象根本不像我。我需要好好想想該怎麼做。」

阿俊原本翻弄著衣架上的設計師外套，這時走過來衣帽間，跟我們一起坐在鋪了地毯的地板上。「我跟你們說過嗎？以前有些客戶不肯跟我合作，只因我是亞洲人、又是同志。他們擔心我拍不出陽剛氣息的產品照片。因為太需要錢，我只好假裝自己是直男。我討厭這樣。」

海蒂聽著，不時地點頭。她沒有開口分享，不過我跟阿俊知道她的死穴，就是她的年紀。

知道有人跟你有相同的經歷會產生很獨特的感受。我們三人分別來自三個不同的亞洲國家，卻在洛杉磯面臨相似的困境。我們經常被歧視，但為了好好安心生活，只好迎合別人錯誤的刻板印象和審美標準。我們越聊越深入，於是我鼓起勇氣說出自己最近的傷心事。

和經紀人會面的狀況，我一直羞於開口告訴他們。我怎麼會這麼蠢？我以為自己夠聰明，但顯然不是，我太輕易上當。每當閉上眼睛，他嘴唇壓上來的噁心感彷彿歷歷在目。我的好友們不知道這件事，還鼓勵我不要放棄演戲，不要放棄約會。現在應該是我鼓起勇氣告訴他們的好時機，不然我可能又會改變心意。

「我去經紀人辦公室那天，發生了一點事。」我咬住下唇說。

聽完我說的話後，他們豎起耳朵，眼神雙雙會意，可能已經猜到是怎麼回事，或者也有過同樣的經驗。

我表示自己很高興能參與一些很棒的試鏡機會，可是也覺得自己被掏空，想要暫時休息一下，接著說出那天的事。他們聽完後氣得想找他理論，但我覺得這樣太冒險。我們還聊到如果我沒逃走，可能發生什麼事；我的運氣還算不錯，他沒繼續追過來對我施暴。

我們轉移陣地，來到廚房餐桌坐下。

「我不知道這一切是不是真的值得。」我說。

阿俊啜了一口含羞草：「怎麼說？」

「這些試鏡真的讓人覺得好累。」

阿俊望著海蒂，她點點頭。阿俊嘆了口氣說：「我知道你的感覺，遇到這種事情真的很不幸。」

「不只是這件事。」我說，「我總覺得要是不配合，不跟誰睡，我的演藝事業就無法有進展。為什麼會有這樣的想法呢？感覺真糟。」

「我們一定要舉發他。你就休息一下，等這件事處理完再說。」海蒂說。

「謝謝。我很感激。」我回答。

演藝圈中，無論你資歷有多深、成就有多高，似乎都無法完全擺脫性騷擾的威脅。當然，如果你還沒那麼有成就，會更容易地成為被鎖定的目標。

最後阿俊問我，要不要跟他一起去旅行。他和一些攝影師朋友再過幾天就會出發，踏上公路之旅。

「一定會很好玩的。你可以忘掉最近這些亂七八糟的事。」他說。

「謝了。不過我想要一個人靜靜。這些事搞得我心很累。」

「親愛的，你就好好休息吧，多久都沒關係。」他說，「但你要記住，你很棒，別讓那個變態阻止你發光發熱。」

海蒂也說：「沒錯！等你休息夠了，再開始戀愛和追夢吧。千萬別放棄！」

★

我喝了三杯含羞草後回到房間，躺在床上滑手機，看看有沒有表演課程。演藝工作的現實面讓我心累，因此我想退後一步，去進修演藝課程。參加表演訓練課程，適時充電一下應該會很有幫助。

瀏覽網頁時，有些廣告讓我分心，最後我又回到自己的 IMDb 頁面上。粗體字標示的蜜兒・雀欣這個名字，讓我感到胃在翻攪，於是我把頁面上的名字改回本名：劉蜜兒。

一旦開始行動，接下來的一切就順理成章。我把簡歷上的名字全都改回本名。

我之前以為不寫本名、不讓人家知道我的姓氏，可以爭取多一點工作機會。但是現在我明白那是不對的。我不願意再假裝成另一個人。我就是我。我要展現自己的真實面目，我的文化、血緣和認同。

我從小的夢想是在銀幕上展現自己，那個自己必須是真正的我，不是配合外界委曲求全的我。從現在起，無論別人喜不喜歡，我都要忠於自我、展現本色。我知道不管周遭的人如何看待我，都無法影響我繼續追夢的決心。

「好了，現在只剩下一件事要做，粉底的色號要買對！」我不由得竊笑。

這時，我看到經紀人寄了一封 email 給我。

親愛的蜜兒：

有一部電影（片名待定）預定邀請你擔任主角，希望你過去試鏡，演出劇本詳見附件。祝你好運！

我看到附件標明角色名稱為「克莉絲汀娜・吳」，當下覺得這一定非常適合我演出。她二十歲出頭，從台灣來美國的大學生，中英文都很流利。我馬上點開附件看劇本。

這簡直就是替我量身打造的角色！

克莉絲汀娜的每句台詞都讓人眼睛一亮。我仔細標記台詞，在底下做筆記，揣測她說話的心境。我想像著自己演出這部電影的情景，精神隨之振作，等不及想趕快開始。這個角色寫得真好，對話很自然。讀劇本時，我覺得好像真的聽見她的聲音。

幾天後，我坐在最近報名的表演課程的教室裡，這班的學員比較資深，都演過電視電影的主角或配角，現場氣氛讓我感到異常尷尬又不舒服。自我介紹時，每個人的工作經驗一個比一個精采；我只是演過一些不起眼小角色的臨時演員，非常害怕輪到自己自介。

我覺得胸口越來越沉重，恐慌症就要爆發了！這時……

「這到底是表演課還是自戀狂訓練營啊？」有個溫柔的女聲悄聲對我說，把我拉回現實。

我轉過頭，看到一個淺金色頭髮、冰藍眼睛的漂亮女孩。我朝她笑笑，表示贊同。

「這還只是暖身而已。」我小聲回道，還看了手機，以示自我介紹的時間太久了。

她竊笑，指著身邊的男人說：「我叫肖娜，他是布萊恩，我的男朋友。」

布萊恩面無表情地說：「我以前也很自戀，看看我現在成了什麼樣。」

我噗哧一笑地說：「你很愛開玩笑欸。」布萊恩也笑了。

肖娜和布萊恩看起來人不錯，我們彼此分享來到洛杉磯的經驗。我們雖然都走上演藝之路，各自際遇卻大不相同。

經紀人忽然傳訊息給我，我說聲不好意思，拿起手機。

經紀人：蜜兒，恭喜！克莉絲汀娜．吳這角色的試鏡結果，你進入第二輪。選角公司邀請你再次參加試鏡！

蜜兒：天啊！

經紀人：祝演出順利！

★

我上完表演課後到洛杉磯市中心，去海蒂參加選角的地方找她，我們約好一起晚餐。海蒂是我見過最厲害的人之一，多才多藝，辦事能力十足。選角現場還有其他模特兒，但是在這群人裡，穿著銀色緊身洋裝，粉紅色長靴的海蒂顯得非常出眾。我到的時候，她獨自坐在大廳裡，呆看著其他模特兒互相聊天。

「怎麼了，為什麼不高興？」我問道，在她身邊坐下。

「你看她們幾歲？」她看著那些女孩子說。

我觀察她們幾秒，聳聳肩。「不知道，二十出頭嗎？問這幹什麼？」

她還沒來得及回答，工作人員就拿著筆跟夾板走過來。我看得出海蒂有些不自在，但不清楚原因。

「海蒂小姐，合約上需要填寫出生日期和年齡，麻煩你。」工作人員說。

「沒問題。」海蒂回答，不自然地笑了一笑。

海蒂最大的心結就是對自己的年齡很不安。只有她的家人和親密朋友，像是阿俊跟我，才知道她的實際年齡。別人以為她二十六歲，不過她已經過了八次二十六歲生日。

我能理解海蒂為什麼謊報年紀。好萊塢就是這樣的地方，機會稍縱即逝，外表大於一切。一講到年紀，每個人都超級敏感，因為這決定了你有多少演出機會。先不論種族因素，海蒂的年紀就已經讓她在競爭時屈居下風。

海蒂填完資料，把夾板交給工作人員。工作人員看著填寫的內容，她皺起眉頭，這反應讓我立刻知道接下來會發生什麼事。她看著手上的文件，對照海蒂填寫的資料。

「這裡是不是寫錯了？出生年分是一九九五嗎？」她遲疑地問。

海蒂雙手抱胸，「是的。」

工作人員把手上的簡歷資料拿給海蒂看，「小姐，我們的資料顯示你是一九八八年出生。」

「你們的資料錯了。」

「我們的系統自動幫你加了七歲？不太可能吧？我以前沒遇過這種錯誤。」

海蒂盯著這位女性工作人員，詢問道：「你覺得我看起來有三十多歲嗎？」

工作人員後退了一步，沒說話；這種沉默通常不是什麼好兆頭。她跑回座位，飛快地敲打電腦鍵盤，幾秒後抬頭看看海蒂，對著她皺眉。

那位工作人員手裡拿著新文件走了回來。

「噢，天啊！為什麼她又過來了？」海蒂小聲地喃喃自語。

「小姐……」

「我叫海蒂！」海蒂不客氣地說。

「不好意思，海蒂小姐。我需要你的ＩＤ號碼來核對資料是否有誤。」

我本想插嘴幫忙，但這是專業的試鏡場合，還是保持沉默比較好。我知道海蒂不會提供

ＩＤ；如我所料，她跟工作人員爭論了起來，工作人員說提供ＩＤ是強制性規定，公司必須確保未成年少女不會混入演出ＭＶ的應徵者裡。

工作人員看著我，似乎想請我協助；我慌張地轉移視線，假裝看著牆上的裝飾品。我知道不管是誰，海蒂都不會提供真實年齡。只要工作人員繼續堅持，爭論就會持續下去。

她們的互動引起關注，製作人走過來查看情況。

「你們在吵什麼？」他問道。

工作人員看似鬆了一口氣，開始解釋向海蒂驗證年齡的經過；製作人根本沒在聽，他抿著嘴打量海蒂，伸手撫摸下巴，不一會兒，他彷彿想起什麼般，忽然眼睛一亮。

「我認識你！」他說道，伸手指著她。「你演過蕾哈娜（Rihanna）的ＭＶ，對吧？」

「對啊。」海蒂甜甜地笑著說。

「哇，很高興看到你。凱文跟我說過你今天會來。不好意思，讓你久等了。」

他伸出手臂讓海蒂挽著，陪她走向試鏡辦公室，興奮地跟她說明拍攝的構想。海蒂回頭看了我一眼，眨眨眼睛，然後瞪了那位盡責的可憐工作人員……

★

不用說也知道，當天晚餐相當精采。

我們去了山城日式餐廳。這裡提供精緻的日式料理，環境高雅。不僅食物美味，還可以俯瞰好萊塢，景觀絕佳，是好萊塢最有人氣的餐廳之一。

餐廳前方有個廣大庭園，室內用餐區裝飾著竹製屏風和燈籠，配有精細木製家具和榻榻米地板，裝潢風格令人宛如置身日本。

海蒂和我選了較小的用餐區，座椅舒適，還可以欣賞美麗的日落。服務生遞上菜單，我們點了酒。除了點菜時候，海蒂整個用餐時間一直不停抱怨剛才試鏡時的事，她還是很不爽，我耐心地讓她發洩情緒。

就在海蒂說個沒完時，我注意到鄰桌的拉丁裔家庭，大人們正專注地聊天，其中一個小女孩的衣服引起我的注意，衣服上印著知名韓國女團BLACKPINK的照片，女孩邊吃邊唱她們的歌。

亞洲明星的影響力已經遍及全球了?!這真的讓人驚喜。

「你看，亞洲勢力已經擴展到全世界，很厲害吧。」我回頭對海蒂說。

「對啊，不錯，很厲害。」她心不在焉地回答。「不過，那個女的一直問我年紀是什麼意思？把我當成騙子還是菜鳥？」

「說不定她是新進員工，不要放在心上。」

但海蒂聽不進去。「有人應該要教她才對。我跟那間公司已經合作很久了，固定每隔一週就會過去。憑什麼把我當犯人一樣審問！」

「你說得沒錯，不過你已經得到演出機會，可以立刻大展身手，忘記這些不愉快吧。」我努力轉移話題，讓她不要再繼續糾結。

海蒂還是無法停止抱怨，就連拿出隨身鏡查看妝容也一樣繼續說個不停；餐桌上也有不少人拿出鏡子來照，幸虧這裡是好萊塢，見怪不怪。

「你看起來很漂亮。」我第N次告訴她。

她最近才做過美甲的手指戳了戳自己額頭，「真的嗎？我覺得有皺紋要跑出來了。」

「才沒有。」

她深吸一口氣，嚴肅地問：「蜜兒，跟我說實話，我看起來是不是很老？」

「拜託，你看起來就是二十五歲的模樣。那個女生只是公事公辦，不是針對你。」

海蒂不理我，繼續戳著自己的臉。我看得出來，她今天心情真的很不好，這不太尋常。她成功瞞住真實年齡快十年了，不過最近確實越來越多人質疑這點，但我猜可能還有別的事。

我猜得沒錯。她說：「那個女的不是唯一一個覺得我年紀大的人。」

「怎麼了？還有誰？」

她闔上化妝鏡，看著眼前那盤冷掉的大蒜麵，這讓我開始擔心了。海蒂通常不會浪費食物，除非有煩惱；可是她平常我行我素，煩惱並不多啊……

她很小聲地說：「你還記得不久前我們一起去的首映會嗎？」

我怎麼忘得了！就是在那裡認識對我性騷擾的經紀人。我其實不願再回憶那天的事，但為了海蒂，只好試著回想。我記得……經紀人來搭訕時，海蒂不太說話，我以為是因為覺得無聊才不講話。

「怎麼了？那天有什麼事嗎？」我問道，頭靠了過去好聽清楚她的聲音。

她遲疑了一下說：「那個男主角，就是那個人渣經紀人帶來的人，他從頭到尾都沒正眼看我。」

我記得那位藝人大概五十多歲，整晚都纏著一名年約十七歲的女演員，跟她打情罵俏。海蒂當時還說，這傢伙很奇怪，在場明明有那麼多美女，當然也包括海蒂本人，他卻執意要糾纏未成年少女。我終於懂了。

「你想要他對你發動攻勢？」

「是……等一下，不對。我是說，那個青少女到底有什麼了不起？我走過和他打招呼，他也沒看我。算了，我不想再提這件事。」

我並非不了解海蒂的感受，也很訝異，我以為她只是因為稍早跟工作人員的事而不開心，原來想的卻是那晚那個不怎樣的男演員忽略她，沒有正眼瞧她。我真想抓住她的肩膀搖醒她，然而我也知道，最嚴厲的批評者是她自己，海蒂能夠對我坦承心事，已經很不容易。

我們重新點了一份麵，我用我進入第二輪試鏡的事來轉換話題。

21. 試鏡焦慮症

第二天，我坐在試鏡辦公室，等待叫號。謝天謝地，來參加的應徵者沒有我想像中得多，但外表類型都很相似。

試鏡場地裝潢極簡明亮，我感受到一股寧靜的氣息。白色牆面上掛著知名演員的黑白大頭照，他們以前都曾來過這裡試鏡。我聞到刺鼻的消毒水味，難怪房間這麼乾淨，地板光滑異常。

這種場合通常都很安靜，不過大家會小聲練習台詞，因此可以感覺到緊繃的氛圍。有些女孩戴著耳機自言自語，有些人對著牆壁練習，還有人看著天花板排練。儘管這種場合我已經歷過無數次，但每次試鏡讀劇本，我都會很焦慮緊張，這次也是。

不過有兩件事情值得我驕傲，除了用本名應徵外，也沒有掩飾自己的膚色。我丟掉那個虛假的我，相信自己能發揮自己真正的實力。

試鏡助理叫道：「媚兒？」

「來了。」我很習慣人家唸錯我名字。

「我有唸對嗎？」

「其實是蜜兒。」

「抱歉。」她邊說邊領我走進試鏡的房間。「各位，蜜兒進場。」

裡頭至少有十個人，看起來像是製作人或高層，大部分都沒抬頭打招呼。「好，輪到你了。」

選角指導說，所有人忽然全一起轉頭盯著我。

我已經把台詞背得滾瓜爛熟，也深入鑽研這角色，我毫不遲疑地立刻讓克莉絲汀娜．吳上身。

「拜託啦，今天是星期天欸。星期天就是要吃點心，這是我們家族傳統……」

「等一下，克莉絲汀娜應該有口音才對，你可以用中國口音講台詞嗎？」選角指導打斷我。

我點了點頭。然後按照選角指導的指示，帶著口音說出台詞。

他再度打斷。「口音可以重一點嗎？」

為什麼他們總是認為亞洲人說英語時應該有口音？

「劇本說克莉絲汀娜在台灣讀的是國際學校。她的英文應該很ＯＫ。」我說。

「先演演看再說吧。」其中一個製作人插嘴說。

現在是什麼情況？我試鏡以來第一次遇到中途修改角色。不過我沒有時間想這些，只能照著指示演下去。

但很快的，又有人打斷我，這次是另一個製作人。「克莉絲汀娜很性感。你可以表現這一點嗎？」

我點點頭，開始唸台詞，讓聲音聽起來嬌媚。

「克莉絲汀娜也很悲傷，她剛來美國，遠離故鄉。」選角指導說。

「要又性感又悲傷嗎？」我問道。

「還有，她應該瘦瘦的。」有個製作人咯咯地笑著說，他把夾板遞給同事，而那人正指著我對著我笑。

「沒錯，我同意。我們需要有曲線的瘦子。你沒問題嗎？」選角指導說。

「沒問題，我可以去健身房。」我回答。

「不行，練得太壯也不行，那樣不好看。你必須做有氧運動，講話要有口音，身材瘦得有曲線，要性感、要悲傷，很簡單不是嗎？」選角指導看起來很不耐煩。

「好的。」我很困惑。

「太好了，謝謝你來參加試鏡。」選角指導說。

其他人開始做自己的事，不再理會我，似乎都同意選角指導所言。太奇怪了，這是在客製泰迪熊？

我疑惑地問：「我只唸了一句台詞而已欸……」

選角指導看也不看我，逕自地說：「這樣就可以了，謝謝。如果有進一步消息，我們會通知你的經紀人。下一位！」

我走出房間。他們不讓我演完讓我很驚訝，但經過其他應徵者面前時，我臉上還是掛著充滿信心的微笑。直到一坐進車裡，我立刻崩潰。

為什麼我總是不夠好？

我在淚眼模糊中抬起頭，看到雨刷上夾了一張白色紙條，立刻知道那是什麼。奇怪，這裡沒有禁止停車的標示啊！就在這時，指示試鏡辦公室方向的告示被風吹起，露出禁止停車的標示。

老天爺選這種時候來搞我？

「老天可真行！真是太了不起了！」我憤恨的叨念著。

這時我的手機響了，是尼克打來的。那次派對我不告而別，內心有點歉疚，因此沒再聯繫他。雖然我現在心情不佳，不想接電話，但也不希望他誤會，以為我躲著他。

我清了清喉嚨，讓自己聲音聽起來開心點。「喂，尼克！」

「你還活著嗎？太好了。那天晚上怎麼了，你還好嗎？」

「不好意思。」我答道，尋思著可用的藉口。

「你只想告訴我這句話嗎？」尼克回答，聲音聽起來有點擔心。

我知道自己必須卸下心防，誠實面對他。「其實我覺得自己不夠好，配不上你。最近比較不順，所以心情不好。」

他沉默了一會兒，顯然在考慮什麼。「我了解。我也走過這條路，但演藝圈就是這樣，這種感覺永遠不會消失。你得學會在逆境中保持平靜的心情。」

這個建議很有意思。我以為成名後就不會再有憂慮和煩惱，可是尼克說焦慮感不會消失，有了名氣後，隨之而來的新壓力是如何保持人氣。我跟他聊了幾句後感覺好多了，也看到演藝圈不同面向。我沒那麼沮喪了。

應該是吧……我想。

22. 在演藝圈的困境

選角指導在那次試鏡說的那些關於身材的建議一直困擾著我，我不知道該如何反應。以往的試鏡從來沒有人那麼針對性地批評我，如果他們覺得我需要減重，那我就減吧。

我跟著阿俊來到春分健身俱樂部（Equinox）西好萊塢店。春分健身俱樂部不是一般健身房，它可是流行文化的象徵，品牌形象高級且奢華，還擁有大批名人客戶，是健身和奢侈精品的完美結合。這間高級健身俱樂部可以先免費體驗，再來考慮要不要加入。

第一眼看過去，俱樂部設計得現代化，空間開闊、牆面配色為冷調的純白色，導入的自然光線讓這裡看起來就像五星級飯店。室內設計走極簡風，採用木質和金屬元素，品味非凡。這裡除了時髦漂亮，同時又配置了尖端健身器材和設備。

當然，會員費可是天價。來到這裡的人全都身材火辣，身穿 lululemon 健身服，打扮得美美的。天哪！這種體態還有必要健身嗎？這裡看起來就像健身雜誌裡的圖片。

經紀人還沒通知我試鏡結果。不過我持續健身，為下一輪試鏡做準備。阿俊則是想把肌肉練壯些，在 LGBTQ 社群裡爭取地位。

阿俊左顧右盼，打量著身邊每一個人。他有點緊張，抓著身上的香奈兒牛仔布肩背包當救命索，似乎不太清楚自己應該看哪裡或是做什麼。

「我覺得我不屬於這裡。」他聳肩說道。

「親愛的，那是因為沒有人會穿香奈兒來健身啦。」我笑著說，想讓他放鬆心情。

他抗議道：「這個包跟我的衣服很搭啊，而且健身房就是異性戀者才會來。」

「阿俊，這是春分健身房西好萊塢店欸，本就有很多同志好嗎？」我邊說邊指著不遠處幾個舉重的帥哥給他看。

在外人眼中，阿俊很有自信，但是我知道他對自己的性向和男子氣概有心結，很擔心別人怎麼看他。別誤會，他對身為同志很驕傲，但難免會有退縮和自我懷疑的時候。現在在健身房裡，到處都是完美的胴體，這引起他的不安，可在我看來，他才是這裡最出色的人。

這時，三個好像泡過助曬霜的橘色傢伙指著我們笑了起來。他們模仿著阿俊抓住肩背包的樣子，顯然是在嘲笑他。

阿俊很難過地轉過頭說：「看吧，算了，我們還是走吧。」

「等一下。」

只要有我在，誰都不能嘲笑我朋友。真是難以置信，現在都什麼年代了，怎麼還有人這麼落伍啊！我怒氣沖沖地走了過去，根本不管他們的塊頭比我大上五倍。

「有什麼好笑的？」我問道。

他們沒有反應，呆呆地看著我。在高大的他們看來，我就像螞蟻一樣弱小吧。他們會當場愣住應該是以前總是仗著身材優勢嘲笑別人，從來沒被當面質疑過。

「你們應該感謝發明類固醇的人，沒吃這東西的話，你們應該不是長這樣吧。」我繼續說，「你們真丟臉，竟然嘲笑來這裡健身、想提升自己的人。」

我再次嫌惡地瞪了他們一眼，緊緊挽住阿俊的手臂走開。有個男的跑來跟在我們身後，拍了阿俊的肩膀一下，我注意到他的衣領上別著經理的名牌。

「真是抱歉。我們致力於讓健身房成為友善場所，我會確保以後不再發生這種事。」他說。

「謝謝。不過我們還是要離開。想去吃韓國烤肉，鍛鍊一下嘴巴。」阿俊回答。

我笑了，阿俊驕傲地甩動想像中的及肩長髮，大動作轉身離開。他很勇敢，也很了不起，沒讓這些事影響心情。

我們走向車子，手機響了，是我的經紀人。

「喂？」

「蜜兒，選角公司想請你過去再讀一次劇本。」經紀人告訴我。

「真的嗎？上次我都來不及唸完台詞欸。」

她笑道：「怎麼說呢，這一行就是這樣，有時就是這麼莫名其妙。總之，他們希望你三十分鐘內過去，你來得及嗎？」

「當然沒問題！」

「好，祝你好運囉，蜜兒！」

我掛斷電話，滿心驚訝。怎麼會這樣？他們看起來並不喜歡我，我以為沒希望了。

阿俊發動引擎，笑著說：「不能去吃烤肉了！」

★

阿俊載我到試鏡辦公室，還留下來等我。這種試鏡甄選通常會花不少時間，我很感激他的支持。

這次試鏡的人不多，我是唯一的亞洲面孔，加上克莉絲汀娜．吳這角色是亞洲人，讓我不由得信心大增，覺得拿到這個主演角色已勝券在握。

「大家好！」我打招呼，興高采烈地踏進試鏡房間。

依舊是那十個人要聽我讀劇本，我覺得這次他們看起來比較親切，也比較投入。這讓我更是信心滿滿。

選角指導看到我穿著運動服，讚許地說：「你已經開始健身了。」要是他知道我今天根本沒運動就好笑了。我笑了，想起阿俊說的：用韓國烤肉鍛鍊嘴巴。

「這是查爾斯，本片導演。」他告訴我。

我有點緊張，但還記得保持微笑。試鏡過程中，製作人和導演等人都可以輕易察覺你的緊張感。就算最後沒拿到這個角色，我也得留下好印象才行。

查爾斯把夾板放在一旁，盯著我看。「你的試拍影片不錯，不過應該可以更好。試試看吧。準備好就開始。」

此時選角指導低聲說：「記住，性感、憂傷，有口音，再加一點樂觀和天真無邪。」他的聲音小到就像在自言自語般，感覺不像在對我說話。

他到底在講什麼？這個角色有躁鬱症嗎？我真心不懂，卻還是點點頭，立刻開始唸台詞。

「星期天就是要吃點心，這是家族傳統……」

這次我順利唸完台詞，沒有人打斷我。跟上星期大不相同，我走出試鏡辦公室時，心情很好。可以在導演面前讀劇本，應該是好事吧？我應徵電影工作以來，還沒有進展到這階段，這是第一次。

尼克忽然傳來約我出去的訊息，打斷我興奮的心情。這一陣子我忙著試鏡，完全忘了他。看到他的訊息，我內心小鹿亂撞。我和他交往不深，為什麼心情總會受他影響？好吧，大概是因為他是一線明星，而我是無名小卒。我還是不知道他為什麼會喜歡我，難道是童話故事情節真實上演？

蜜兒：好啊，出去玩吧。

★

隔天晚上，一輛深色車窗的黑色凱迪拉克凱雷德休旅車（Escalade）停在我家門口。一名戴著耳機的魁梧壯漢下車替我打開後座車門。不會是有人想綁架我吧！我差點要跑回家打電話報警，還好尼克從車裡探出頭來，朝我揮手。

「太好了，我還以為有人要綁架我。」我笑著說，鎖上大門，跳上車。

車門一關，尼克在我頰上吻了一下。我有點驚訝，不過假裝沒事。他穿著素色扣領襯衫和黑色破洞牛仔褲，我穿著白色亮面背心、皮夾克和黑色中長裙；我們沒有事先說好穿著，卻搭配得非常完美。

儘管尼克已經是大明星，卻非常平易近人，我們聊個不停，也沒有留心行車方向。突然間，我聞到濕濕鹹鹹的海風氣息。

「要去海灘？這麼慎重其事喔？」我開玩笑地說。

「你很好笑欸。」他笑著回答。

車子停在一處不對外開放的私人海灘。海灘中央有個帳幕，上頭點綴著閃閃發亮的彩色小燈串。我們走了過去，帳幕下有張點著蠟燭、鋪著白色桌巾的餐桌。桌上放著一打玫瑰花、巧克力和兩份精緻的菜單。

這約會像不像《格雷的五十道陰影》（*Fifty Shades of Grey*）？還是好萊塢名人都是這樣？他們大概太忙了，不想浪費時間，因此省下彼此聊天熟識的工夫，直接進入正題。

尼克領著我走向餐桌，幫我拉開椅子，然後在我對面坐下。我輕聲讚嘆：「哇，真是太棒了。」

他開心地對著我笑，「很高興你喜歡。」

這時弦樂四重奏抓準時機，開始奏起輕柔的樂聲。剛才不知道躲在哪裡的服務生也從屏風後面走了出來，招呼我們。我得承認，一切安排得太好了。這是我體驗過最浪漫的事，而這只不過是我們第一次約會。

「你真的很用心欸，還有什麼比得上這個？」我說。

他牽起我的手吻了一下。「這只是剛開始呢，我還有很多本事，你等著看吧。」

尼克對我的呵護讓我自我感覺相當良好，可是我不能不去思考他為什麼對我這麼好。他為什麼喜歡我？我有什麼特別？這個大明星為什麼會看我第二眼？第三眼？第四眼？

原本看著菜單的我偷偷抬起頭，盯著專心研究菜單的尼克後，我放下菜單。

「尼克。」

「什麼事？」

「我不知道怎麼說比較好，就老實說了……你看上我哪點？我是說，我又不是維密（Victoria's

Secret）模特兒。」

「我覺得你懂我。你看過我狀況不好的時候，就在卡戴珊派對那次。」

尼克的話讓我有點心疼。他的日子似乎並不好過，就算心理或身體狀態不佳，還是必須在人前開心微笑、保持完美形象，這一定非常辛苦。

尼克和我有很多共通點，例如我們全心投入演藝事業，但相對的，也得面對演藝圈黑暗面，有時那些事情實在難以讓人忍受。跟我相比，尼克的處境更是艱難，儘管受到無數粉絲愛戴，也有家人和朋友支持，但是他深藏內心的祕密與辛苦，無法與他人分享，倘若有人將這些事洩漏給媒體，那就糟了。

那天在派對上，我看到他的脆弱，幫助他，安慰他。我事後什麼也沒說，沒有像其他人那樣想紅而四處爆料，我保護他的隱私。

我體會到為什麼演藝圈裡滿是寂寞的人，就連所謂的「死黨行動」也不過是一群人在媒體面前裝裝樣子罷了。你必須處處小心，好朋友也可能隨時從背後捅你一刀。你還得隱藏真實的自己，創造一個符合群眾喜愛的人設，並且維持下去，否則會被抵制，人氣就會消失。

尼克看著拍岸的海浪，陷入沉思，最後才轉頭對我說：「話說回來，演藝圈實在太刺激過癮，我就是喜歡這種感覺。」他再度看向遠方，深吸了一口氣，「我不知道這樣說有沒有道理，我喜歡演戲，因為我可以不用當我自己。演戲時，我不用是自己。」

很多演員都說，演戲可以逃離真實生活，可是尼克這說法我還是第一次聽到。我想，尼克這個人應該比我想像中更複雜，我不禁對他的童年經歷和過去遭遇大為好奇。

我不想太冒失，想了一下才小心翼翼地問：「你從小就有這種感覺嗎？」

「跟我說說台灣的事吧。」他說，無視我的提問。

因為是第一次約會，我沒追問下去，希望透過持續的相處能讓他敞開心扉。另方面，我也不想對他透露太多自己的事，我親身經歷的那些不愉快的關係，不想再重蹈覆轍。

「好喔，你真的有興趣聽嗎？以前都沒人問過我。」

尼克笑得露出酒窩，「因為我喜歡你啊，蜜兒。我想了解你的一切。」

那晚我們聊著各種無關緊要的事，避免觸及複雜問題。我看得出來，不聊工作讓尼克覺得很新鮮。幾小時後，他送我回家。

「我再打給你。」他說。

「好，我想更了解真實的尼克，不是大明星尼克。我覺得你真的很好。」

「我一直都跟你說，我是好人。」他竊笑著說。

我輕輕捶了他一下，跳下車。「等你電話。」

他搖下車窗，高度只夠我看到他的眼睛。「我一定會打來的，親愛的。」

我站在那裡微笑揮手，目送他的車離開。真不敢相信，洛杉磯的爛蘋果裡竟然有尼克這種好人。他是大明星，有禮貌又成熟，講話還很風趣，還有比這更好的事嗎？

★

這兩天的好事也太多了！第二天早上，我心情振奮地帶著巧克力和經紀人最喜歡的葡萄酒來到她的辦公室。我很感激她替我安排那麼多試鏡機會，也想知道上次的試鏡有沒有新進展。她辦公室的門開著，我輕輕敲門，她示意我進去。

「看到你心情不錯，真是太好了。」她說。我把禮物放在桌上。

「這禮拜我過得很好。」

她露齒而笑，拿起酒瓶來欣賞。「我今天太需要這個了，謝謝你。」

「不客氣。我想問一下，選角指導那邊有消息嗎？」

她的笑容不見了，放下酒瓶。「真抱歉，蜜兒，他們選了別人。」

我很驚訝，張大嘴巴。我把頭髮塞到耳後，以為自己聽錯了，但她臉上遺憾的表情說明了一切。她拿過 iPad，給我看入選者的照片，是個褐色頭髮、綠色眼睛的白人女性。

我不可置信地看著她，「克莉絲汀娜．吳不是從台灣來的嗎，應該是亞洲人才對啊。」

「我知道，導演跟製作公司就是非她不用，他們大概會改劇本，讓她變成國際學生什麼的。」

我夢寐以求的角色被照片上的女人取代了！我完全聽不進去經紀人說的話，只是呆呆地看著照片。我知道演藝圈不能講求公平，沒料想到情況會這麼糟糕。

我的經紀人知道這張照片讓我很難過，她收起 iPad。「你表現得很好，蜜兒。結果不如人意，不過這不算輸。你進入最後一關，在製作人面前讀本了，不是嗎？」

我點點頭，站起身離開，「謝謝。」

克莉絲汀娜．吳是台灣女孩，她爸爸來美國工作，追求美國夢，所以她也來美國讀大學。她和家人住在有錢姑姑家的地下室，為融入美國社會而努力奮鬥著。儘管故事的角色設定是亞洲女孩，但不僅僅關注種族議題，還有更深入的內容。這角色形象多樣化，她必須面對充滿敵意的環境，適應新的生活。她覺得格格不入，因為身邊的人都跟她不一樣，讓她沒有歸屬感。她掙扎著思考，到底該留在美國還是回到台灣，畢竟台灣是她熟悉的家鄉。整部電影裡，儘管生活艱辛，她都一直保持樂觀進取的態度。

到頭來，電影公司早已意有所屬，打算重寫劇本?!在好萊塢，這種事很常見，也是為什麼不怎麼樣的劇本都可以拍成電影。就像這次，克莉絲汀娜的亞裔身分才是劇本核心，替角色增添複雜度，她的行為動機清晰可見，改寫後的劇本把這些全數作廢，等於拿走角色的靈魂，故事也不會太精采。

我垂頭喪氣，步伐沉重地走出經紀人辦公室。在洛杉磯打拚已經好幾年了，用盡一切方法，還上了很多表演課，但一切似乎都沒發生作用。是我沒有自己想像的那麼有天分？我不夠漂亮？我不禁想，要是我有藍眼睛或灰眼珠，種族特徵不明顯，就容易拿到角色吧！事實上，之前我塗上淺色粉底，用蜜兒．雀欣作為藝名時，演出機會確實比較多。

遭遇這麼多莫名其妙的挫折，我真的有點想改回蜜兒．雀欣，讓自己的演藝生涯順利些。不過我立刻想起，改回中文本名的時候我有多麼感動，多麼為自己和原生文化驕傲。於是我不再亂想，決定繼續堅持下去。

23. 變身廣告主角

得知克莉絲汀娜‧吳這角色被改寫後，我真想放棄一切，轉身離開。不過，這個念頭只出現兩秒鐘，雖然嘗試進入電影圈的經過有如惡夢，但是明星夢仍然在我心中燃燒；第二天早上，我打起精神，照常去工作。

今天的拍攝地點是在海灘，內容是某品牌果汁廣告。我不知道拍攝廣告對演藝生涯有沒有幫助，但無論發生任何事，我都要繼續堅持著。

抵達現場後，工作人員還在布置場地，於是我走向早餐攤位。我媽堅信要先吃飽再煩惱，我打算遵照她的建議。我拿了一堆食物，走到座位區，找到一個面海的好位置坐下想藉由大吃一場來恢復心情。太好了！世界上沒有什麼事是不能靠吃頓美食來解決！我能夠坐在這裡，看著遠處落日，享用奶茶、菠菜加量蛋捲和大份西瓜等美食，真是太值得感謝了。

過了一會兒，製作助理喊道：「臨時演員請就位！」

製作方大喊時，臨時演員就得放下一切，趕快滾過去，這是規矩。我跟著助理走到拍攝區域，接到的指示是坐在沙灘上看風景。

「坐著就好了嗎？」我問。

「對。就是這種閒閒沒事，來這裡吹吹海風，看看天空的感覺。」

「了解。」

臨時演員通常不用管主角的拍攝進行，只要做好交代的事就好。就在此時，另一個製作助理突然跑來，拍了一下我的肩膀，我嚇了一大跳。

「你能跟我來一下嗎？」他說完便轉身帶路。

我趕快站起來，拍掉沙子，小跑步地跟上他。他把我帶到一般人禁止進入的導演帳篷。導演、廣告商和製作人正坐在摺疊椅上，正在檢視著一些女演員的側面輪廓照片。助理推我上前後說「找到合適的人了」。我滿臉問號，不過還是跟著指示把頭轉向，讓他們從各個角度看個清楚。

「可以把頭髮往後撥嗎？」導演問道。

我立刻握住頭髮並往後撩高，讓他們可以清楚看到我的側臉輪廓。現場響起一陣驚嘆聲，這應該是好現象吧?!我不想期待太高。

「我喜歡她。」導演對廠商代表說。「她的頭髮跟你很像。」

我看了一眼廠商代表，她戴著一頂大帽子，帽子下面露出深色鬈曲頭髮，頭髮大概用定型海鹽噴霧噴過，大波浪線條很明顯。我因為坐在沙灘上吹了幾小時海風，頭髮也呈現蓬鬆波浪狀。廣告商跳下椅子，走過來仔細觀察我的臉。她傾身看我的頭髮，香水味很明顯是香奈兒五號。我說不出哪裡怪怪的，但什麼也沒說。帳篷裡一片死寂，每個人都安靜不講話，看著她打量我。

她終於說道：「我喜歡，好，可以。」

導演大喊：「就用她了！」

原來是導演臨時要增加女人單獨喝盒裝果汁的片段，我就這樣從臨演晉升為主演。只要坐在海灘上，讓潮濕的海風吹過我那頭跟廣告客戶頭髮一樣的大波浪頭髮就好了。

還真是出乎意料！就像吃角子老虎，有時你花了好幾個小時不停塞入代幣，卻只能兩手空空離開；有時你什麼也沒做，卻可能意外中大獎。我花了好幾年努力試鏡，仍舊只是臨演，反觀這次根本沒應徵，卻有人雙手奉上主演的機會。演藝工作這行，成功或失敗真的就在那一剎那，誰也沒法預料。

現場忙著為追加的鏡頭布置場地，我得以休息幾分鐘，於是走到放東西的置物櫃，拿出手機打給尼克。

手機顯示有未接來電，是尼克打來的，我忍不住微笑。自從那次浪漫的海灘約會，我就一直不停想著他。

電話才剛一撥通，他立刻接起來：「喂？」

「我沒吵醒你吧？」

他笑出聲，「對，你吵醒我了。可是有關係嗎？我好想你。」

我肚子裡的蝴蝶開始瘋狂跳舞，甚至打籃球[5]。「我在海灘上拍廣告，所以想到你。」

「喔，拍得順利嗎？你一定迷死全場。」

我笑著說：「臨時演員是要怎樣迷死全場？不過我的頭髮很爭氣，還因此被選為主角呢！」

「你的頭髮很漂亮，又很有演戲天分。一點也不奇怪。」

5　「肚子裡的蝴蝶」意指談有戀愛感，引申形容心情七上八下，緊張得不得了。

我們一起大笑。尼克的好個性深深吸引我，我知道他是大明星，但跟我相處時，他就像個普通人。

我朋友勸我這次應該慢慢來，甚至要稍微欲擒故縱。尼克條件優秀，我相信他跟我以前遇到的渣男不一樣，但我還不了解他，還是得小心為上，不要再像以前那樣立刻獻出真心，陷入這段感情裡。不過我喜歡他，對我們交往也抱持著正面期待。

我告訴尼克變身廣告主角的經過。

「我們要慶祝一下。」他說。

24. 祕密戀情

尼克帶我來到位於山上的一處私人酒莊，老闆是他朋友，也是熱門電視影集演員。在那裡約會很不錯，我們可以在豪華舒適的環境裡盡情享受，不需擔心狗仔偷拍干擾。

我們抵達時已是薄暮時分。樹叢和走道裝飾著彩色小燈泡，排列整齊且結實纍纍的葡萄藤一直延伸到遠方的小溪，映照著夕陽餘暉的光芒，園子裡還有孔雀四處走動。

接待人員走過來歡迎我們，引領我們來到可以俯瞰山丘和樹林的露天餐廳。我跟尼克十指交握，欣賞著落日美景。服務生拿來一瓶紅酒，仔細替我們倒了半滿的酒。

我看著身旁如畫的景色感嘆道：「這裡真美！」

尼克說：「是啊。」

我轉頭看著他，「謝謝你，我覺得自己就像在電影裡。」

「不客氣，蜜兒。」他輕柔地碰觸我的手指。

我倆身體慢慢靠近，彼此試探、摸索，品味著這一刻。終於我們的雙唇碰觸了，誘惑的慢舞逐漸開展。如果這一場是夢，我希望永遠不要醒。

這時我放在桌上的手機突然震動。我們分開，雙雙對這意外的打擾失笑。

我解鎖螢幕，告訴他：「是我的經紀人。」

經紀人：蜜兒！恭喜！你拿到那筆三千美元的分紅了。

「天啊，上次拍的廣告選了我的照片！我多賺了三千塊！」我興奮地叫道。

尼克不在乎地笑道：「小錢而已，沒多少嘛。」

我臉上的笑容立刻凍結，看著他，想知道他會不會說些話圓回來。我知道他賺得比我多得多，但對我來說，這件事還有這三千元可是大有意義！沒想到他竟然說出這種澆我冷水的話。

「不是，寶貝，你誤會了。我是想到之前朋友說過的笑話。」他說。

這話有點牽強，不過我不想再多說什麼，免得破壞氣氛。尼克對著服務生彈指，點了香檳替我慶祝。我的心情更糟了，因為這瓶香檳要價遠遠超過三千美元。

「好了，不要生氣了。高興一點吧。」他看到我臉上的表情後如此說道。

我試著對他剛才的話一笑置之，專心約會。可是接下來的時間，尼克表現得跟剛才一樣，覺得我有點傻，為了那點小錢而激動。我不禁想，難道這才是他真實的性格嗎？

我質問他，他回答：「寶貝，我只是開玩笑，你太敏感了。」

他的話讓我冷靜下來，但心裡依舊不舒服。我不喜歡男人說女人太敏感，可是一小時後，他的助理拿來一大束玫瑰花，以及一條漂亮的綠寶石項鍊，讓我忘記一開始自己生氣的原因。

★

這個禮拜過得不錯。尼克帶我到洛杉磯近郊的凡奈斯小型機場搭私人飛機到紐約，參加他最新電影的閉門試映會。

我這輩子到現在只搭過一般客機，還是經濟艙，擠在狹小的座位裡，跟鄰座乘客爭奪座椅扶手的使用空間。第一次搭乘私人飛機，我頗為緊張。飛機起飛後，尼克握緊我的手，直到抵達紐約才鬆開。現身公開場合可能會讓我們的一舉一動都被狗仔拍到，因此只要有外人在，尼克會把我當成助理。

飛機降落在甘迺迪機場，一輛賓士G-Wagon在停機坪上等著我們。我們迅速鑽進那輛豪華越野車，朝著中央公園西區的方向駛去。尼克在那裡有間頂樓公寓，地板以白色大理石鋪成、黑色家具，配上簡潔俐落的現代化家電設備，寬大的落地窗，可以飽覽城市的天際線，還能俯瞰整個中央公園。我第一次踏進去時，滿心讚嘆，真是太奢華了。

我們稍微整裝，再度坐進車裡，出發前往私人首映會的戲院。現場人不多，沒有媒體，只有他的經紀人、電影導演、製作人，以及漂亮的大明星女主角。能夠出席這種場合讓我與有榮焉，儘管表面上我只是尼克的助理。

尼克拉過女主角的手親吻，眼睛盯著她不放，輕撫著她的手說：「你來了，美女。」

她背部挺直，胸部顯得非常突出。我睜大眼睛，不敢置信地看著她造作地把一撮想像中的頭髮塞向耳後，一邊將她的雙峰頂住尼克的胸膛。

我知道，男女主角的化學反應很重要，這樣觀眾才會買單。但這不是私人首映會？根本沒有觀眾！我以為尼克會顧慮到我在場，多少體諒一下我的心情，但他顯然完全不在乎，整場試映會他真的把我當成助理，一直跟女主角摟在一起大聲說笑。他竟然可以極為自然的態度一百八十度大轉變，我完全呆住了。我不想讓他難堪，只能配合演出，強忍住不爽的心情。

「你是怎麼回事？」坐在自己的位置上後，我小聲地問他。

「我只是表現友善而已。」他聳聳肩，一副沒事的模樣。

「友善個頭啦！」

尼克的頭往後一仰地抱怨：「蜜兒，你不是很酷嗎？不要跟那些沒有安全感的女生一樣，你應該懂的，這不過就是工作。」

女主角就坐在他另一邊，頭還靠著他的肩膀，整場都這樣黏在他身上。我默然不語。這當然不能怪她，我只是尼克的「助理」！問題是尼克，他一整晚都把我當成局外人。

回到頂樓公寓後，我依舊無言。如果他覺得這只是公事，不打算跟我分享珍貴的時光，為什麼要帶我去首映會？

我站在巨大的全身鏡前梳頭髮，心裡很不好受；我很想閃人，但不想花錢買回程機票，因此還是忍了下來，把委屈吞下。尼克好似什麼事都沒發生過，從背後抱住我。他來真的嗎？怎麼會這樣？

我輕輕推開他，「尼克，不要碰我。」

「寶貝，我知道你還在生氣，這就是工作而已嘛。」

「你不尊重我。」

「寶貝，我沒辦法，一定要表演一下，製作人都在看。你自己也是演員，我以為你會懂才對。」

不，我不懂。我不懂為什麼燈光變暗後、沒有人在看時，他們依舊卿卿我我，我就坐在他旁邊，不是嗎？

我知道尼克很擅長方法演技（Method acting），這類演員會完全沉浸在角色裡，跟角色合而為一；有時候會太過投入，電影拍完了還走不出來，無法回到現實。

他再度開口說：「你是演員，應該更清楚演藝圈是怎麼一回事。」

我嘆了口氣，「我知道，我知道你的意思，不過你演得實在太好了！」

我知道聽起來很奇怪，當他說我是演員，而且還說了兩次時，讓我覺得自己的身分獲得認可——我不是臨時演員，而是真正的演員。我終於被看見了！努力得到了回報。然而，這項認可讓我忽略了今晚的危險訊號。

★

由於尼克約了經紀人見面，我們隔天一大早得飛回洛杉磯。我早早起床化妝，回到臥室時，他也起床了，並已收拾完畢。他一看到我，很愉快地笑了，擁我入懷親了一下。

「真想多待幾天。」他說，額頭貼著我的臉。

儘管我很享受閃電飛行的浪漫假期，卻想趕快回家。我需要獨處，想想此行的一切。我喜歡尼克，可是……他是好對象嗎？

「為什麼急著回洛杉磯？」我問道。

「外界還不知道，不過我可以先告訴你，我接下來幾個月會很忙。我想當導演，準備執導一部電影，但是電影公司不肯，要我再多等幾年。我才不想等，我要自己拍。」

這番話讓我愣住了。首先，我很驚訝竟然有人會拒絕他的提議，畢竟他可是好萊塢炙手可熱的大明星啊。

再者，他這個主意不錯，與其等待別人的認可，不如自己來拍片，自導自演。我之前怎沒想到？

第五章

水星逆行

25. 我的影片被偷走了！

紐約行不怎麼順心，但是尼克的話卻神奇地鼓勵著我。我想嘗試拍一部屬於自己的電影。

我在很小的時候就想拍一部特別的影片，大學時還寫出一齣短劇劇本。那是我婆婆告訴我的故事，關於她童年的幾位好友一九四九年中國大陸國民黨和共產黨內戰時各自分散的經歷。婆婆說這個故事是為了讓我了解何謂平等、愛和友誼。

我清楚自己沒有充足的預算拍攝一部戰爭大場面電影，為了降低經費，我把它改成短片，重點放在我從故事裡得到的體會：兩個不同出身的好友之間的愛、平等和友誼。短片將闡述我自豪的根源——亞洲文化價值，自從移民到美國後，經常有意無意的被刻意壓抑。

我對這部短片充滿熱情，想跟最適合的人合作。自從在表演訓練班認識肖娜和布萊恩，我跟他們就成了好朋友，而且為期八週的表演課程結束後，依舊保持聯繫，肖娜跟我更是每天都用FaceTime 通話。我們對於宗教和精神世界有類似的觀點，我告訴他們台灣廟宇中和尚修行的故事，也拿小時候奶奶送給我的護身玉飾給他們看。肖娜則跟我分享冥想的體驗，如何靈修才能進入更高的精神境界。

於是我約了他們倆見面，討論拍片的構想。

我在一家人氣餐廳訂好位，還提前抵達；幾分鐘後他們出現，便立刻點菜，表示已經斷食一週，現在餓得發慌。等待食物上桌的空檔，我迫不及待地跟他們分享拍片的構想。

「電影內容是講兩個好朋友蒂芬妮和琦琦的故事，時空背景在九〇年代。蒂芬妮是獨生女，父母是亞洲人，教養方式很嚴厲；琦琦來自傳統的美國家庭，兩人因為一起上學而成為好朋友。有一天，蒂芬妮必須隨家人搬回香港，她答應寫信給琦琦以維繫彼此友誼。多年後，蒂芬妮回紐約探望琦琦，卻發現她已經在一年前過世，琦琦的回信是她過世以前寫的。」

肖娜和布萊恩驚喜地看著我，鼓掌叫好。肖娜更是興奮得不得了，不只專注地看著我，還隨著故事情節起伏而拍打布萊恩的手臂。

「我的天，我好喜歡這故事！」她叫道。「蜜兒，把劇本寄給我，我有個朋友是導演，有後製經驗，他一定會馬上加入！」

布萊恩終於開口說：「那我負責前置作業，服裝、場地、工作人員之類，好嗎？」

我當下立刻把劇本 email 給他們兩人。

★

一切都進展得好快。不過才幾週，我們便完成前置作業，準備開拍。唯一的問題是，肖娜的導演朋友無法參與，她希望改由布萊恩掌鏡。

某晚，我跟肖娜 FaceTime 時跟她說：「我知道布萊恩很厲害，可是這是我真心熱愛的作品，是我的寶貝。他不是從沒當過導演？」

「我了解你的顧慮。親愛的，相信我好嗎？我們可以找有經驗的攝影師，我們也會跟你分擔拍片的預算，這樣可以嗎？」

老實說，我對布萊恩不是很有信心，他很有才華，但是也很敏感，一旦受到批評，總是防衛心很重。但我被說服了。要是他們願意出錢投資，應該就是對作品真的有信心。對我來說，最重要的是他們願意認真對待這部短片，並投入全部心力；他們真的說到做到，一萬美元的拍片經費，我們各自分攤一半。

一切都很順利，但開始著手進行拍攝後，一些狀況讓我感受到有些問題，但又說不出問題在哪裡。我就是感覺有些不對勁，直到正式開拍前，我請肖娜提供布萊恩的拍攝製作風格、以及攝影師的簡歷和作品時，問題終於爆發了。她莫名其妙地大發脾氣，認為我不信任他們；我則覺得她不尊重專業，也不尊重我。氣氛變得越來越緊張，我倆漸行漸遠。

我很懊惱，要是我在決定跟他們合作前有考慮這些因素就好了。這部作品是我多年構思的心血，而且辛苦賺來的血汗錢已經投進去了。到了這階段，要回頭已經太遲。

此外，在片場時，肖娜有如天后一樣發號施令，吹毛求疵。就算天氣不熱，也要人隨侍在旁幫她搧風；指使製作助理跑來跑去幫她做事；對台詞的唸法很有意見。我們是預算很低的獨立電影，有些工作人員根本沒支薪，只求掛名，她這樣實在太扯了。

有次正在拍攝中，肖娜突然暴怒，大聲喊道：「布萊恩！不行，我沒辦法。」拍攝因此中斷。

「寶貝，剛才那樣就很好，保持下去就好。」布萊恩回答，看起來有點難為情。

「我不行。蜜兒講話的樣子太奇怪了，她的氣場不對。」

我對她莫名其妙的行為早有意見，沒想到她還將過錯推給我，明明是她亂搞一通、破壞進度！於是我很不耐煩地轉身看著她，「肖娜，你在開玩笑吧?!你就只有一句台詞，有需要講十五遍嗎？趕快演完啦，要拍下一場了。」

她再度大叫：「布萊恩！」

布萊恩很沮喪，露出祈求的眼神看著我。「蜜兒，先不要講了。肖娜這場戲很重要，需要放感情去演。」

我舉起雙手，「那你覺得我在幹什麼？我不需要放感情嗎？」

「今天是最後一天拍攝，我們趕快拍完好嗎？」他說。

接下來的時間是我人生度過最漫長的三個小時。我必須忍受肖娜的裝腔作勢、布萊恩的消極被動。好不容易結束了，我跑向場邊，儘快收拾東西。

肖娜走了過來，用無辜的眼睛看著我說：「喂，剛才跟你發脾氣，我道歉。」

我聳聳肩。「沒關係，你能找到厲害的剪接師剪片就好。」

「當然沒問題，我已經找到了。拍好的部分也已下載到筆電，今晚就會寄給他。」

「好喔，等不及了。」我簡短回答，不想再多說。

我其實很火，不想在她身邊多待一秒，便跟要搭我便車回家的工作人員說我先去車裡等。有些人會隱藏自己糟糕的個性，沒有相處過是看不出來的。我逐漸體認到，演藝圈裡這種人還真是不少。

★

幾天後，我跟著海蒂去洛杉磯市中心的錄音室錄音。等她錄完音後，要一起去參加阿俊的第一場攝影展。

我坐在製作人後面的沙發上，海蒂在錄音室裡認真唱歌，中途還停下來與製作人討論節拍；我聽不懂，於是拿出手機看 IMDb 打發時間。我們已為短片建置了 IMDb 網頁，我想查看一下效果如何。

「什麼鬼？」我大喊，從沙發上跳了起來。

錄音師轉頭瞪我。我連忙遮住嘴巴地坐了下來，迴避海蒂飄來的眼神。錄音室的使用費很貴，每一秒都不能浪費，我剛才的行為等於干擾了錄音。不過我知道海蒂若是了解情況，她不會生氣。

導演：布萊恩・理查
副導演：肖娜・克勞斯
編劇：肖娜・克勞斯
剪接：肖娜・克勞斯

電影海報是肖娜的照片，影像區放的也是肖娜、肖娜、和肖娜。其他演員、工作人員還有我的照片都被不見了。

我聽過剽竊這種事，可是怎麼也沒料到會發生在自己身上。他們偷走了我的電影！

26. 各自的難題

我焦躁不已，在錄音室外來回踱步。真不敢相信，我的兩個「朋友」竟然這樣明目張膽地搶走我苦心經營的電影構想。

我犯了大錯，因為太想拍這部電影而盲目地信任肖娜和布萊恩。真是難以置信，竟然有人可以這麼厚顏無恥地盜走別人傾注靈魂和感情的作品。我不喜歡衝突，可是這一次我得採取行動，不然我會氣得爆炸。我決定打電話給肖娜。

「你搞什麼鬼，肖娜？」

「怎麼了，親愛的？」她回答，聽起來很無辜。

「劇本不是你寫的！這是我婆婆的故事好嗎？」

「哎呀，蜜兒，不是吧……你婆婆的故事是中國內戰，跟這部電影沒關係。再說了，我臨場發揮，加入很多東西，技術上來說，我的確寫了劇本，不是嗎？」

她是嗑藥嗑到產生妄想症，還是瘋了？事情才不是她說的那樣。為什麼我沒早點發現她這一面？我暗自希望她只是在惡作劇。我想找找看身邊有沒有隱藏攝影機，等待有人跳出來大叫：「你被耍了！」

沒有攝影機……沒人跳出來……

「劇本不是你寫的，而且你也沒有參與導演的工作！」我說。

「她貢獻了很多意見，我願意讓她當我的副導演。」布萊恩忽然開口說話，原來他就在她身邊聽著我們講電話。

我的腦中閃現了無數個髒話。FXXX、AXXX、SXXX，你能想到的都有。但咒罵他們解決不了問題，我也不會更好受。他們盜走我的電影已是事實。

「我會找律師。」我說道，掛斷電話，不想繼續糾纏。

海蒂正好從錄音室出來，她看到我崩潰的樣子，於是雙手環抱著哭泣的我；我激動到沒辦法跟她解釋原因，這讓她很擔心。

等我冷靜了一點後，海蒂用面紙替我擦掉眼淚。

「怎麼了？」她問道。

「你記得我在表演課認識的那對情侶嗎？他們偷走了我的短片！」

「該死！你沒有跟他們簽約嗎？」

我搖搖頭，臉埋在手掌心裡。「只有一份備忘錄。天啊，我真笨。我以為他們是朋友，所以才信任他們。」

我擦乾最後幾滴眼淚，翻著包包找化妝品。儘管我很生氣，但是阿俊的攝影展很重要，我得先拋開這件事。他準備這場展覽很久了，我一定要到場支持。展覽結束後我再來好好對付這兩個叛徒。

我手顫抖著尋找手機裡尼克的名字，然後撥電話，因為要開車而切換到耳機模式。

「喂。」他說，聽起來很分心。

「尼克，你現在忙嗎？我們能聊一會嗎？」

他沉默了一下，然後嘆了口氣。「怎麼了？」

「還記得我在做的那部短片嗎？肖娜和布萊恩……」

尼克打斷我，「誰在乎你的短片？聽著，寶貝，我得走了。我的私人教練遲到了，我還要見導演，真的累死我了。」

我皺眉，不知道該說什麼。尼克總是把所有焦點都放在他自己身上，完全不顧及我的感受和困擾。

「對不起，讓你不舒服了。」我機械地回答。

「謝謝你，寶貝。我晚點再打給你。」尼克掛了電話。

★

在梅爾羅斯大街的 LA Art Box 附近，阿俊的攝影展熱烈地進行著。他今天穿了件白色鈕扣上衣，搭配一條復古 Levis 牛仔褲，頭髮整齊地梳向一側，裝扮超級保守。很明顯的，他現在不太對勁，和他被戲稱為「愛馬仕」的男友王子正站在角落。

我們第一次見到這位神祕男友，這可是件大事，但我感覺今天會出問題。我和海蒂交換了擔心的眼神。

當我們走近時，聽到他們爭吵的最後幾句話。王子想要見到阿俊的父母。這要求本該合情合理，畢竟他們已經在一起六個月，阿俊也見過王子所有朋友和家人。但問題在於，阿俊從未向他父母出櫃。

王子轉身離開，看起來很沮喪。

「那是不是我想的那個人？」我開玩笑地對阿俊說。

阿俊深深地嘆了口氣，摸著太陽穴，「是的，就是他。」

海蒂轉過頭，又看了王子一眼，「哇，他好帥啊！這帥哥臉上彷彿沒有毛細孔。」

「你為什麼穿得像你父母？那麼保守！」我戳了戳他的衣服。

「因為他們在這裡。」他低聲說道。

就在這時，一對年長的夫婦喊了他名字並走向我們。儘管這次場合比較輕鬆，他們還是穿著非常正式和保守的服裝。我看得出來阿俊一直害怕向他們出櫃。

阿俊立刻向他們鞠躬，「媽媽，爸爸，這是我的朋友蜜兒和海蒂。」

我們也鞠躬，這是多數亞洲文化中表現禮貌的方式之一。他的母親友善地微笑，但他父親完全不理我們。據我耳聞，他們很高興兒子有亞洲朋友，不希望他忘記自己來自何處——至少他的媽媽是這麼想的。

他的父親看著阿俊身後的作品，突然皺起眉頭說：「這個展覽跟你一點都不像。」

跟阿俊一點都不像？如果他們知道這裡的一切看起來就像從《*Vogue*》雜誌裡走出來一樣，每一寸都充滿阿俊的個性，那該多好。老實說，再也沒有比這裡更像「阿俊」。

「兒子，我們以你為傲。」他的母親勉強地微笑說，「這很有創意，也很……有色彩。」

這樣的互動讓我感到悲傷。亞洲文化對成功和失敗的界線非常清晰，所以從事藝術工作常常不受鼓勵。我記得我花了很長時間才說服我媽讓我從事表演，我很能體會阿俊為了捍衛自己的喜好所面臨的困難。

「我們要去那邊吃東西。」海蒂拉著我的手，慢慢向後退。

我們再次鞠躬，然後快速逃離。儘管我們非常愛阿俊，也支持他，但我們知道不要挑戰亞洲父母。此外，他和他父親之間似乎有著很深的敵意，這需要他們自己去解決。

「嘿！」海蒂突然像是看到鬼一樣地轉身面對我。「你試過檸檬牛肉泡菜嗎？超級好吃！」她突然在我嘴裡塞了一大口。

我站在那咕嚕咕嚕的嚼著，不明白她為何有這麼奇怪的反應，直到聽到一首熟悉的旋律。我全心祈禱這只是一段錄音或播放。當然這只是美好的想像，因為我轉過身看到麥可正站在舞台上彈吉他，並且直盯著我看。

我上次跟麥可說話是在六個月前我發現他已婚並質問他時，此後我們沒有任何接觸。我看到他的第一個反應是躲起來，毫不猶豫地朝通往樓梯的門疾跑。

但為什麼是我躲起來？他欺騙了我，他才是應該要躲起來的人吧！

念頭一轉，我抬頭挺胸，準備回到派對面對他。就在這時樓梯上方傳來的聲響，我趴在欄杆上抬頭往上看，只見王子獨自坐在昏暗的台階上，這讓我很難過。他看到我走上樓梯時，很不自然的把身體靠在牆上。

「他的父母不知道他是同志。」他抽噎著說。「他很棒，但我不想為了和他在一起而隱瞞自己。」

我坐在他旁邊，希望自己的陪伴能給他帶來安慰。儘管我是阿俊的死黨，但很大程度上，我能理解他的感受。王子已經全力以赴地投入這段關係，然而他卻必須成為祕密，並為此感到不安和被忽視。

在他傾訴完心情後，我告訴他：「我為你要經歷這些感到難過，你是對的，不要隱瞞自己。」

王子看起來很累，「我只希望他至少考慮先向母親出櫃，你知道嗎？不是為了我，是為了他自己，因為這種虛偽真的傷害了每個人。」

「挑戰韓國父母需要很大的勇氣。也許這不是你想聽的，但我相信阿俊快做好準備了。請給他一點時間。」

對他提出這樣的要求讓我很內疚，但我理當先保護我的好朋友，我知道他愛王子；與此同時，我覺得也需要對王子公平，甚至想著他和阿俊可能不太合適。

幾個小時後，展覽結束，海蒂和我在外面等待 Uber，阿俊留下來和一些賓客交流，並確保從廠商到清潔人員將場地都收拾乾淨。

海蒂突然不再說展覽有多棒，反而朝著我身後的某人皺起眉頭，臉上的表情說明了一切。

「Uber 五分鐘後到。」她說並指著他，「我會盯著你的，麥可。」接著走到路邊，戲劇性地轉身瞪著麥可。

說真的，我的朋友都太棒了！如果不是因為海蒂的滑稽動作，遇到麥可本該是一次糟糕的經驗。

「你不打算對我打招呼，或者至少給我一個擁抱吧？」在海蒂遠離後，麥可說道。

「嘿。」我翻了個白眼。

我的心再也無法像以前那樣對待他。他的眼睛再也沒有當初我喜歡他時的魅力，我肚子裡的那些蝴蝶已經飛往更美好的未來。我甚至生不起喜歡他的感覺，只因曾經的那股吸引力早已消失殆盡。

「你好嗎？」他的嘴角露出我們第一次見面時讓我感到虛弱的微笑。

我呆呆地看著他，「我很好，而且我的 Uber 來了，得走了。」

如果有人發明了「步行遠離」的學位，那我現在可是博士等級。自從來到洛杉磯，我好像一直在遠離有毒的人和情況，讓我不禁懷疑自己是不是吸引了這種能量，還是這才是這個城市的原始樣貌。

「蜜兒，等等！」我上車前，他大聲叫住我，「對不起。」

好的，我沒想到他會這樣，但你知道嗎？我很感謝他的道歉。許多人做了一些很糟糕的事情，卻從未為此道歉，他能夠意識到傷害了我，並表示懊悔，這值得稱許。

★

快近週末時，我和前米高梅營運長提姆給我介紹的專屬律師碰面。說來有點尷尬，這位律師向來只處理數百萬美元以上的案件，客戶都是名人。我知道因為營運長的關係才能見到他，不過我此行還有另一個目的，就是建立人脈並請教意見。其實這種小事他可以推薦沒那麼高階的人來幫我處理，例如他助理的助理。

我的短片被侵權，我實在太愚蠢了。我沒有一點警戒，竟然沒有和他們簽署合約，以為好朋友之間，幾句話就行了。最重要的是，我毫無根據的信任他們。

「蜜兒，我建議你放棄，向前看。」律師勸我，「你當然可以上法庭，但這只會耗費你的時間和精力。」

律師分析，如果和肖娜和布萊恩進行冗長的法律訴訟，最後可能只是要回我投資的五千美元，而他們已經從我身上得到足夠的東西。我應該拒絕把我最寶貴的時間浪費在他們身上。

儘管如此，這仍然很艱難的決定。坐在這裡，我難以接受自己將永遠失去短片的這個事實。該怎麼說呢……我已經學到教訓了，雖然難過，卻教會我要使用具有法律約束力的合約來保護我自己。我發誓，永遠不會再讓這種事情發生了。

蜜兒：律師告訴我，讓它過去並從中記取教訓。

尼克：短片那類不算什麼。寶貝，如果你因為這種事情感到挫折，那表示這個行業不適合你。

蜜兒：什麼?!

尼克：我這麼說是因為我真的很關心你。

世上就是有這種人，他們聲稱關心你，卻毫不理解你，甚至說出最惡毒的話傷你。我以為尼克會明白為什麼這件事讓我如此傷心，以及為什麼這部短片對我來說如此重要。他怎麼敢說這個行業不適合我？他憑什麼決定我的人生？我氣得火冒三丈，拒接他的來電；我擔心如果跟他講話，這段感情會結束得比他呼吸還快。

我跳上車，用力關上車門——我從不用力關車門的，我可不想經歷這一切後還要付錢修車。對我來說，這一切並不陌生，只是我永遠無法適應，究竟這行業要讓我失望多少次我才能徹底看透……

我試圖讓自己冷靜，車開得比正常速度慢很多；我不想讓負面能量影響生活，也不想總是對朋友傳遞壞消息。

那天晚上回到家，阿俊正用智慧音箱播放 BTS 一首熱門歌曲。我經過陽台時，他獨自坐著啃食韓國外帶餐。哦，不，不知發生了什麼事讓他如此煩惱。阿俊、海蒂和我有個共通點，每當沮喪、焦慮或生氣時，都會吃東西來發洩情緒。

我慢慢打開玻璃拉門，坐在阿俊旁邊，他還在吃，沒有理我，仍舊低頭咀嚼食物，臉上布滿淚痕，還有些浮腫。我知道他很悲傷，想問他發生什麼事，但忍住不開口，我確定是跟王子有關。

他聲音哽咽地說：「我和王子分手了。他希望我做自己，但我連這都做不到。」

看到阿俊這樣，我很難過。他應該不用隱藏真實自我，生活在沒有任何家庭設定的期望中。我明白他的處境比其他人看到的還艱難。在他父母眼中，阿俊不是他們期望的醫生、律師，或是工程師，也不是其他白領，作為一個藝術家，阿俊讓他們很失望。

可悲的是，亞洲文化對成功有非常具體的標準，這也是為什麼會有「所有亞洲人都擅長數學」這類刻板印象。儘管我熱愛我的文化，但它總是讓人陷入固定模式，許多人默默承受痛苦，無法擺脫束縛，無法按照自己的意願享受生活。

「阿俊，你覺得如果告訴父母真相會怎麼樣？」

他聳聳肩。這點他連想都不敢想，但我希望我的問題能喚醒他為自己發聲的勇氣。我希望他意識到他不必永遠活在沒有窗戶的房間裡。一天有 86,400 秒，一個月有 2,628,288 秒，一年有 31,536,000 秒，我們大部分時間都在討好別人。

不知道阿俊何時才能勇敢地向全世界展示真實的自己，不再為了符合父母期待的人設而浪費寶貴時間？他不敢對父母說實話，但，說不定他的父母可能會接受這一切，繼續愛他？無論如何，他需要為自己做這件事，我希望他能認清這點。

27. 賭城狂歡夜

我們來到賭城拉斯維加斯啦！沒錯，就是讓人放膽狂歡、盡情享受人生的拉斯維加斯！人生至少得來這城市一次，這地方簡直是瘋狂且好玩！我們為了慶祝寶兒的生日，在這週末和朋友們來到凱撒皇宮酒店。飯店套房美極了，每間臥室都有特大床，挑高的天花板，裝飾著金色線條，還能欣賞到拉斯維加斯大道的美景。

晚餐後，我們決定去看寶兒癡迷不已的太陽馬戲團，接下來會在 XS 夜店結束這美好的夜晚。當大夥準備好迎接今晚的狂歡時，我一直盯著手機，等待那部短片的相關消息傳來。即使我讓肖娜和布萊恩占了上風，但我還是想知道結果如何。

肖娜和布萊恩把我從所有社交媒體平台上剔除，包括我們為電影所設立的社群。其中一位演員答應在短片上線後會傳給我連結，所以我焦急地等待著，當收到連結時，我鬆了一口氣。

「媽呀……啊！」我不由自主地尖叫，嚇到房間裡的所有人和圍在樹上的鴿子。大家全都轉向看著我。

「怎麼了？」寶兒問，探身過來看我螢幕上的內容。

「他們改了一堆東西！他們刪除了蒂芬妮和她家人慶祝中國新年、吃餃子、家人打麻將，身為獨身女的她與父母的關係等這些該死的中國民間故事背景……整個電影都是關於肖娜。」

寶兒拍了拍我的肩膀，回去為海蒂化妝。「別想了，」她說。

「別想了」這三個字說得容易，但實際做起來卻很困難。我憤怒得全身發抖，想要尋求平靜；這個傷口太深了，沒有人知道我需要花多久時間才能放下這一切，和這結果和平相處。我需要時間來療癒傷口，最重要的是，我需要時間來原諒我的「前」朋友，即使我不會忘記他們所做的一切。

★

那晚在夜店裡，我們和寶兒的朋友凱爾和艾咪、以及寶兒最好的朋友、史丹佛大學的室友琳恩見面。琳恩的父母是柬埔寨難民，她的家庭曾面臨過種種困難，她們後來搬到美國，開始在洛杉磯的唐人街賣衣服和假睫毛。她和寶兒一樣，憑著全額獎學金從史丹佛大學畢業。凱爾的祖父則是個擁有數十億資產的大富豪。他和艾咪都是寶兒在史丹佛的同學，艾咪十八歲時就嫁給凱爾。

阿俊、琳恩和寶兒跑去拿螢光棒，在舞池中央跟著節奏狂歡。海蒂和我則去酒吧點酒，避免額外支付高昂的開瓶服務費。我們想要盡情玩樂，但這並不意味著要浪費金錢。凱爾停止跳舞，帶著我們走向他預訂的VIP區桌子。

「不用擔心，今晚的費用我請客。」他在嘈雜的音樂中大聲喊道。「生日快樂，寶兒！」

我們都歡呼並感謝他的慷慨。這個晚上從「很棒」變得「超級棒」！我比任何人都更加感激，寶兒值得獲得更多，她規劃自己的學途和工作，努力達到預定目標，我和媽媽在她成長的過程中給予她但並不多。我有幸能離家追求我那「非傳統」的目標，而她卻必須遵循「可接受」的職業道路。更讓人驚奇的是，她總是那麼周到，從不抱怨。

★

回到房間後，每個人都睡得跟豬一樣，除了我。我還不想睡，決定先快速洗澡，換上背心和短褲後出去走走，直到感到困倦。

拉斯維加斯這座城市從不休息，旅館周圍總是熙熙攘攘，我決定去比較安靜的泳池區。待我坐下後，將腳伸進其中一個泳池時，我的手機突然亮起尼克的名字。

尼克曾經讓我對自己的事業充滿自信，但最近他卻要我放棄自己的夢想，讓我很煩惱。我真的無法理解，明明我們都是演員，為什麼他就不能理解我也想實現自己的夢想、我也想發光呢？

我接起電話。「嗨，你好！」

「哇，你很冷吧，那水應該很冷！」尼克開玩笑地說。

「是有點冷，但我還可以忍受。」我回答。

就在我這麼回答時，尼克突然出現在我身旁！他掛斷電話，慢慢地走向我。對於某些人來說，這可能是完美的浪漫時刻，畢竟正和家人朋友們一起度假時，一個電影明星悄悄出現眼前。但對我來說根本就是糟糕的意外，尼克只是來看看我，確保我沒有做出他不贊成的事。

「你來這裡幹麼？」我問道。

「我想念你。」他漫不經心地回答，然後在我身旁坐下。

「尼克，我真的需要一點私人空間。我知道你覺得短片之類的都不算什麼，但這對我卻很重要，是我自己寫的劇本，結果被我認為可以信任的好友搶走了！」我感到內心的挫折和失望正在上漲。

「啊，我懂，可是你知道，這個行業非常辛苦。我只是關心你的心理健康罷了。」尼克輕輕地將我的頭推到他肩膀上說道。

我趕緊接續話題，「那你想表達什麼？」

「不如搬來跟我住吧，我會照顧你。」

「尼克，我喜歡我的工作，你應該了解我的。」我說。

「是啊，我了解你。但這也是為什麼我不認為這對你是好的。」他回答。

我感到有些受傷和失望。尼克曾經是鼓勵我的人，現在卻想打擊我的熱情。

「你告訴我，因為我也是演員，我應該能夠理解你的行為。你一直在騙我嗎？」我問道。

「我是說，你確實學過演戲，還在這方面做了一些努力。但是，噢，親愛的，別忘了，現在還沒有人知道你是誰。」他說，聲音充滿了甜蜜。

又來了！我從泳池裡站了起來，輕輕擦乾身體。尼克一直試圖讓我放棄夢想，已經持續了好幾個星期。我感到很厭煩，這是我熱愛的事業，我不想為任何人葬送未來。

從我年幼時，家人就一直告訴我放棄我的夢想，我卻一直努力爭取他們的認可。雖然尼克很帥，生活方式也很吸引人，然而我的夢想和目標比這一切都更璀璨閃耀。我不想因為這個男人而放棄一切。

「我得回去了，我妹妹在等我。」

尼克微笑點頭，「好吧，只是要記得，我關心你。」

我強顏歡笑地親了一下他的臉頰，然後回到房間，以免我妹妹和朋友擔心我被拉斯維加斯的皮條客綁架了。幸運的是，當我回到房間時，每個人都還在睡。

★

尼克的出現讓我的心情從壞變成更糟。我的作品被盜，演藝事業停滯不前，男友還看輕我的工作，毫不尊重我的努力。我試圖不去想這些，轉而專注於天花板上繁複的設計。這個地方的室內裝潢真的很壯觀。

我清醒地躺在寶兒身邊，想著凱爾和艾咪做的一切。即使他們一直堅持要替我們支付一切費用，但還是讓我覺得不妥。我媽媽教育我們要努力工作來獲得一切，不要占別人便宜。

我為寶兒策劃這次旅行，但她的億萬富翁朋友卻不斷升級一切，這遠遠超過我們能負擔的。所有問題的壓力把我壓在床上胡思亂想。如果我在幾年前就成功了，這一切都不會發生。在好萊塢奮鬥這麼多年，自己想要抵達的地方仍是那麼遙遠。我想像著這幾年來，家人們對我的付出，他們都在等待我的成功。尤其是我媽老了，我真擔心再拖下去，她若得了失智症，就看不到我的成功了。

我的眼睛睜得老大，身體卻完全鬆軟。過去幾個月裡，我一直覺得我的生活失去控制；在我熟睡的妹妹身旁，這種感覺更是強烈。

我以為我是誰？為什麼我認為我能打破行業既有的亞洲刻板印象，替更多像我這樣的人鋪路？為什麼我以為自己可以把亞洲文化的真實面帶到好萊塢？

我對亞洲影響力進入美國感到興奮，因為這意味著不管來自哪個亞洲國家，都有機會以獨特的方式講述我們的故事。

每當我在夜店聽到音響傳來 KPOP 歌曲，我都為那些努力在這個我們不被重視的地方讓自己聲音被聽到的藝人感到驕傲。

近年來，我注意到人們討論包容性和擁抱多元文化有很大進步，注意到越來越多亞洲娛樂在世界舞台引起關注，甚至在美國的電台播放。這是好事。然後我看到《瘋狂亞洲富豪》（*Crazy Rich Asians*）、《媽的多重宇宙》（*Everything Everywhere All at Once*）、《寄生上流》（*Parasite*）、《尚氣與十環傳奇》（*Shang-Chi and the Legend of the Ten Rings*）等電影成功……但我仍然覺得這還不夠。

我寫的那齣短劇講的就是蒂芬妮的故事，她來自傳統的亞洲家庭，後來和琦琦成為最好的朋友，琦琦在完全不同且比較開放的環境中長大，她們交換並向對方展示自己的文化，友誼立基於此。故事講述的是尊重、愛和友誼，主題是無論你來自何處，不論你是誰，愛都能戰勝一切。

這就是我在劇本中試圖傳達的，然而肖娜和布萊恩完全背道而馳。他們說想和我合作，最後卻把我所關心的一切都拿掉，轉變成肖娜的想法，他們聚焦在琦琦的微笑，她在世上所做的美好事物，完全偏離原意。

此外，最後由扮演琦琦角色的肖娜親自擔任剪輯，整部電影幾乎全是她的特寫鏡頭，即使是其他演員在說話，鏡頭出現的卻是肖娜。

真讓人受不了！我真的快崩潰了！……

我以為這只是我個人特殊的遭遇，但當和一位在拉斯維加斯工作的獨立電影導演聊天時，他說他也有過類似經歷。他建議我，如果想讓事情往好的方向發展，我需要有堅定的聲音；找到屬於我的社群，確信我的故事具備獨特性和細緻度，值得被訴說。

大螢幕經常呈現對亞洲人的刻板印象，但事實上，我們的劇本和角色都超越了膚色，是有著複雜和獨特經歷的真實人物。雖然娛樂界對亞裔已出現比較正面的態度，但我們仍有很長的路要走。我們必須在螢幕上呈現更多、更真實細緻的亞裔故事，這樣才能擺脫束縛已久的陳腐印象。

此外，有人擔心好萊塢這陣子對亞裔演員和劇本產生興趣只是一時炒作起來的潮流，難以持久。其實這已經醞釀了很長一段時間，這是真正的文化和社會變化的運動，現在已越來越成熟了。我們值得在電影和電視中看到真實的自己，反映我們多樣化的背景、文化和經歷。

讓我們保持動力，向世界展示我們是真正豐富、多樣和充滿活力的族群！

亞洲人不僅是一項潮流。

寶兒伸出手來探尋我的手。她的眼睛依然閉著，但臉上的微笑表明她已醒了。她的觸摸讓我身體充滿力量，我突然又有了活力。

「你知道嗎？我在我的史丹福申請論文中寫了你。」她說，一天的活動讓她聲音顯得疲憊。

「是嗎？」

她點了點頭：「所有朋友都寫他們的父母或祖父母，但我決定寫你。」

「為什麼？」我低聲詢問，討厭自己聲音中的悲傷。

「因為你跟我們都不一樣，很奇怪。大多數人都害怕追求自己的夢想，但你不是。我很欣賞你的勇氣。」

她再次入睡，留下我思考她剛才說的話。這段時間，我一直擔心自己讓家人失望，但他們仍然對我評價很高。我的小妹帶著微笑入睡，她為我感到自豪。我精神一振，真好，家人並沒對我失望！寶兒對我的肯定，是我多年來頭一次覺得自己還挺不錯的。

28. 生日B計畫啟動

在拉斯維加斯第二天的重頭戲是參加史蒂夫．青木（Steven Aoki）的音樂會。真是太巧了，這場音樂會就在我們住的酒店舉行。「凱爾和艾咪真的是我見過最棒的人！」阿俊在抵達會場時興奮地說。我們還未進場，已經迫不及待地跟著音樂搖擺，臉上塗著閃亮的古銅色彩妝，就像巨星 JLO（珍妮佛．羅培茲）一樣光彩奪目。

「凱爾和艾咪有家庭事務要處理，搭今天早上的飛機走了。他們把送給我們的票留在保安那裡。」寶兒解釋。

琳恩顯得不安。「你確定嗎？」

寶兒顯然不擔心，她說他們倆經常從學校消失。很顯然的，只要億萬富翁祖父電召，每個人都要放下手邊的事情去見他。

我們來到隊伍最前方，自信地告訴保安我們的名字。他看著名單，然後鐵面無私地看著我們。

「你們都不在名單上。」

氣氛稍微低迷，寶兒確信這只是個誤解。

「可以再檢查一下嗎？」寶兒請那名長鬍足以藏匿松鼠的壯男保安再檢查一遍。

「你們的名字根本不在這上面。」他語氣冷淡地回答。

保安要求我們站到旁邊，讓後面的人進場。寶兒尷尬地看著我們，身後的人在竊竊私語。

「肯定是哪裡出錯了！」寶兒說著，拿出手機打給艾咪。

鈴聲響了一會兒便直到進入語音信箱，她繼續嘗試，就在準備撥打時，便收到艾咪的簡訊。

艾咪：這一切都是考驗。大家總想利用凱爾，可是你們過關了！凱爾喜歡你們，下次他一定會大方請客。回頭見！

「有錢人有病！」寶兒生氣道。「你們相信他們說的嗎？這一切都是為了考驗我們是否被凱爾喜歡。」

她把手機傳給大家看艾咪的簡訊，我驚訝萬分。為什麼會有這樣的人？這到底是怎麼回事?!

我不能讓這件事毀了我妹妹的生日，所以我拍手喚醒大家注意。「好吧，執行B計畫！我們自己買票，然後待在普通區。」

阿俊撇著嘴。「我特別為貴賓區穿了香奈兒。」

我們再次走向保安，希望能買到普通區的票。這時，一位飯店前台員工遞給保安兩張帳單，還跟他小聲說了些話。保安的冷漠立刻轉為同情。「你們應該交些更好的朋友。」他說。

寶兒皺眉。「為什麼？」

保安遞給我們兩張長長的帳單。我氣憤地從他手中搶過來，仔仔細細地看。我們每個人的名字都至少出現一次，最後的帳單由凱爾、艾米和我們每人平分。

我大吃一驚。「天哪……」

海蒂從我手中拿過帳單看了看，直到她找到讓我震驚的原因。她抬起頭看著我，臉上露出相同的表情。前一晚那些奢華的體驗，也就是凱爾聲稱他要請客、並且已經付帳的部分，整齊地列在帳單上，最後以大大的黑字寫著總金額一萬美元。

「我沒有一萬美元。」我喃喃自語。

我討厭向朋友借錢，但在這種情況下，別無選擇。我已經把大部分積蓄花在房費和機票上，而且是我邀請朋友來，我也支付了他們的費用。

這件事真是莫名其妙！我的身體開始發熱。我穿著無袖短裙，又站在陰涼處，但感覺就像有人在我旁邊燒火。我要從哪裡弄到這麼多錢？更糟糕的是，被盜走的電影已讓我損失了五千美元。

我已經語無倫次。「好吧，呃……我想……好吧，等等，我……」

寶兒抓住我的肩膀。「冷靜點，姊。我們可以解決這個問題。」

我搖搖頭。「我想，我可以支付我和寶兒的費用。」接著轉向阿俊和海蒂。「你們介意支付自己的嗎？我保證會還給你們。」

他們在我說完前就已經掏出信用卡。

「別傻了，」海蒂說。「這個週末太棒了！支付自己的費用是理所當然的。」

我對琳恩感到最抱歉，她家境不富裕，但為了和我們一起慶祝寶兒生日，花了九個小時的車程從灣區來到這裡。昨晚在夜店，為了省錢，她只點便宜的飲食。但即使如此，她二話不說，自掏腰包付了這筆帳單。

儘管我反對，寶兒也拿出信用卡付了自己的費用。我的心情自然感到沮喪，因為我本想給妹妹一個好玩和開心的週末。

保安非常同情我們，居然同意免除普通入場費，因為我們已經付了凱爾和艾咪帳單一萬美元的七分之五：七千一百四十三美元！這簡直是欺騙！

我們這些蠢蛋……

★

一進入會場，到處都是穿著比基尼的身影。這是個瘋狂的場景。人們在泳池邊的VIP亭裡跳舞、喝酒，和朋友們狂歡。太陽猛烈地照在我們身上，導致大部分人都在泳池裡；泳池盡頭處是大舞台，由於還不是演出時間，巨大的螢幕上播放著音樂錄影帶，現場觀眾隨著音樂跳舞。突然，BLACKPINK的新音樂影片出現在螢幕上，全場歡呼。

「哇！這太猛了！」阿俊驚叫，開始跳起舞來，寶兒在旁邊扭動著。

我不想去想剛剛花了多少錢，只想盡情享受，歡度時光。海蒂為大家點了一輪酒讓我們放鬆，忘記凱爾和艾咪的背叛。

「好吧，姊妹們，」她舉著酒杯說。「這是在這裡的最後一天，我們要痛痛快快地玩！」

我看了一眼VIP區，想像著若我們在那裡的情景。這次實在太差勁了，原本是要讓寶兒和海蒂他們過個難忘的週末，結果卻讓他們大破費，我內心崩潰、心痛、歉疚。

也許是因為我的凝視突破了VIP區的屏障，我覺得有人直接盯我們，並指著我們。

我的眼睛瞪大了。「海蒂，天哪，海蒂！那不是Lil Cats嗎？」

海蒂幾乎把口中的可樂噴了出來，她們四目相接。Lil Cats示意我們過去，但我們一動也不動。這怎麼可能是真的？

一名從頭到腳都穿著黑色的壯男來到我們面前。「Lil Cats 邀請你們到 VIP。」

我們全員（除了海蒂）興奮得跳了起來。這不是一般的社交場合，海蒂必須保持她酷炫的饒舌歌手形象，不過我能看出她非常高興。

我們就像忠心的小隊般地跟在海蒂身後，她露出微笑。我真的相信有一天這會成真，因為她太有才華了。

Lil Cats 看到海蒂很興奮。「嘿，美女！」

「嘿！天哪，謝謝你！」

「這沒什麼。我剛才路過，看到你們在入口。聽說你們朋友坑了你們。」

「是啊！超級煩人的！」

我們三人舒服地往沙發坐下，海蒂和 Lil Cats 聊天。我為海蒂驕傲，她在自己的偶像面前保持鎮定，倘若換成是我，我可能會激動得像閃光般爆炸。

舞台導演叫 Lil Cats 上台表演。她是史蒂夫．青木的開場嘉賓。海蒂到我們座位區，興奮得尖叫了整整一分鐘。她抓著頭，震驚地看著我們。

「掐我一下好嗎？」她氣喘吁吁地說。

當 Lil Cats 登上舞台時，人群瘋狂歡呼。我們站了起來，隨著她的表演搖擺。她的舞台魅力令人驚嘆！所有目光全集中在她身上，跟隨著她每個動作。

當她唱到最後一首歌時，她告訴 DJ 暫停一下，對海蒂眨眼。

「你們都好棒！」她對觀眾說。「現在我想跟大家介紹把這首歌變成傑作的人。來吧，海蒂！」

海蒂呆住了。「我做不到，我做不到。」

阿俊和我互相看了一眼，緩慢地帶著她走向舞台。這是她等待多年的機會，我們不能讓她錯過。

海蒂上了舞台後，露出微笑，我們看得出來她內心其實瘋狂地緊張。Lil Cats 告訴海蒂，演唱她這幾個月來一直在練習的歌曲。

海蒂的手機裡當然有這首歌。每個藝術家都知道要隨時做好準備，特別是想在娛樂圈出名的時候。她迅速地把歌曲發給 DJ，然後接過舞台導演遞過來的麥克風，雖然看起來仍然很緊張，但音樂節奏一開始，她立刻變成另一個人。

我一直知道海蒂非常有才華。她在舞台上燦爛綻放，人群瘋狂地隨著她的歌曲跳舞，甚至連 Lil Cats 也被音樂感染，這讓我感到非常震撼。

阿俊開始錄製一段 TikTok，我們瘋狂表現得像是海蒂的狂熱粉絲。他在影片中使用語音產生器說：「當你的朋友成為亞洲碧昂絲。」

29. 那些被霸凌的日子

回到洛杉磯的第二天，我們還不停談論著海蒂精采的表演。她一走進房間，阿俊和我就扭屁股跳舞，模仿她的歌曲，她笑得也加入歡樂的行列裡，進房間前還會先通報自己。

我的手機響鈴打破了歡樂的氣氛。我以為是尼克打來的，沒看來電顯示就接起。

「喂。」

我的經紀人咳了一下。「嗯，嗨，蜜兒。」

「哦，嗨！我猜你一定有好消息要告訴我。你從來不在星期一早上打電話給我。」我笑著說。

「蜜兒，我覺得你應該休息一段時間。」她認真地說。

現在我糊塗了。「為什麼？我上次的試鏡搞砸了嗎？」

「不，你表現得很好。這個……聽著，待在家裡，暫時遠離社群媒體，好嗎？」

就在這時，我聽到海蒂和阿俊兩人倒抽了一口涼氣。他倆頭靠在一起看著阿俊的手機。我腦中第一個想法是，會不會和我被盜的短片有關，可是我又沒做錯什麼，為什麼要躲起來？

到底發生了什麼事？

無論是我的經紀人、好朋友，甚至是剛剛傳簡訊來問我是否還好的妹妹，沒有人告訴我怎麼回事。

「既然沒人想告訴我，那我就自己找答案。」

在海蒂和阿俊阻止我之前，我跑回房間，把自己鎖在房內。他們敲我的門，求我相信他們，不要上社群媒體。我不理會他們，倘若事情跟我有關，我想知道。

我立刻打開 Instagram，點擊「搜尋」圖標。看到我的臉出現在每個帶有「緊急新聞」標籤的貼文上，我摒住呼吸。

是一張我在拉斯維加斯泳池邊親吻尼克臉頰的特寫照片。有人想知道「助手」如何「俘虜」這位富有的明星。有人聲稱尼克是迫於無奈才與我交往。還有人認為我只是個「拜金女」。所有部落客、網紅、甚至認識我的人都在談論我和尼克的關係。

這些評論還算堪可忍受，還有些更惡劣，充滿了髒話、性別歧視、排外、種族主義和仇恨。

回到你的國家去，豬頭！

噁心，她會污染他。

尼克，如果你需要我們救你，眨兩下眼。

這女人得死！我不能相信她搶走了我的男人。她以為她是誰？？

一旦開始閱讀評論，我就停不下來。我看了數百條評論，有些轉移到製作梗圖。我翻閱了數百張以我為主題的梗圖，有的把我畫成豬，有的把我畫成功夫龍，有的在我頭上畫上魔鬼的角，說我是惡魔脫衣舞孃，應有盡有。

我看到右上角有個之前沒注意的私訊（DM，Direct Message）圖標，點擊後，裡頭有成千上萬條要我去死，或者要我別惹尼克的訊息。

「尼克……我需要和尼克講話。」我撥打他的號碼，等待著電話接通。他可能在片場，但即使是在片場，他的經紀人通常會留著他手機，以防有緊急情況。如果這不算緊急情況，那什麼才算？

電話沒有接通，我再次打給他，結果一直轉成語音信箱。幾秒後，我收到他的訊息。

尼克：讓我們暫時保持低調，等這一切過去。

蜜兒：過去？尼克，我收到了死亡威脅！

尼克：這是這些事情必然的過程。他們很快就會忘記，我保證。

蜜兒：所以你是指你不打算做任何事，而我應該暫停我的生活，以免你的瘋狂粉絲來傷害我？

尼克：我很抱歉。我會先休息一下，過幾天飛往歐洲，粉絲們會關心我在做什麼，很快就會忘記你的事，也許這樣能讓你感覺好一點。

蜜兒：真的？這就是你的計畫？

尼克：你要明白，我是知名演員，而你是無名小卒。我損失得更多。

「無名小卒」？尼克這樣說過好幾次。他總是在聊天中開玩笑地說這些話，或者在我邀請他去某個普通且低調的地方時隨口一提。起先我以為他是開玩笑的，後來反覆回想，發現這從來都不是笑話。我所有疑慮都是真實的，他真的認為自己比我優秀，而我就是無名小卒，不足輕重。

當數百萬的粉絲在網上毫不留情地攻擊我時，他要去度假，休息放鬆，希望回來時人們都忘記這件事。我呢？我的生命安全呢？我的工作呢？儘管我喜歡尼克，但我不能再忽視這些警告信號。

蜜兒：尼克……我受夠了。

就像生活周遭發生的所有事物，無論是好是壞，我都能找到方法度過這一切。我爬上床，把自己埋在被子裡。滿是仇恨的評論在我腦海中翻騰。我知道它們都不是真的，但這並不表示不會傷人。

仇恨評論，尤其是那些精確觸及你不安全感的評論，是生命所能經歷過最糟糕的事。說這些話的人是誰並不重要，但他們的話都會深深地傷害你。我閉上眼睛，迎接痛苦。明天……明天我會再次堅強。

★

隔天早上，我的手機被滿滿的仇恨評論和死亡威脅淹沒。這股仇恨氛圍不會停止。我真的不明白為什麼陌生人會在網路上散播如此多的仇恨言論？他們根本不認識我，只因為我和明星交往，便以此攻擊我，威脅我的生命。

「蜜兒，別再看那些東西了。」海蒂說，「你這是在折磨自己。」

「對啊！」阿俊附和，「那些白癡都躲在鍵盤後面，他們絕對不敢當面對你說那些話。」

我的朋友說得沒錯，我不應該看這些評論，但我忍不住，很難不去閱讀每分鐘湧入的數百條訊息，我想要知道人們在談論什麼，即使知道他們的意見無關緊要。這無法減輕我的痛苦。我不敢相信竟然因為一個渣男而經歷這一切。

我深吸一口氣，把手機扔到廚房檯面上。我的手機螢幕可能已經破裂，我沒有購買手機保險，但無所謂了，我只是希望這一切能趕快過去。

儘管我不希望這些影響我，但我的職業需要關注大眾輿論。不論公私，這些輿論傷害了我，在風波平息前，我無法參加任何試鏡，無法接任何工作；即使狀況如此糟糕，不知有人會不會願意冒著名譽受損的風險，聘請一位有這麼多負面新聞的新進女演員？

「我得做點什麼。」我喃喃自語，眼睛盯著我的 iPhone。

「什麼都別做！」海蒂和阿俊同時大聲說。

「我必須做點事。也許我應該發表一份聲明，說我和尼克已經分手，或是之類的事。」

海蒂雙手握住我雙手，直直盯著我。「聽著，親愛的。不管你現在說什麼，媒體和其他想從這當中賺錢的人，都會把它扭曲成負面。」

我的眼淚止不住地流下來。感到無助。

「那真相呢？那我的說法呢？」

她搖搖頭。「親愛的，這些蠢人根本不在乎真相。八卦賣座，真相不賣座。」

我知道她說得對，但我很想說點什麼。尼克的公司已經發表聲明保護他，我卻沒有公關或法律團隊來為我澄清。在阿俊和海蒂的要求下，我沒有閱讀尼克的聲明，也不打算讀。尼克可能是糟糕的男朋友，但我不想認為他會傷害我。

「那我應該怎麼做？」我問我的朋友們。「待在這裡，直到幾個月後人們忘記我？我年紀也不小了，機會可不會等我。」

「小姐，外面的人瘋了，你的生命危在旦夕。是的，你要待在這裡直到這一切平息。」阿俊堅決地說。

「我有電費、電話費、信用卡、房租，一堆帳單要繳！」我反駁。

阿俊捏了捏眉心，猛然吸了口氣。「好吧，你暫時來當我的助手吧，我有一些待處理的大客戶，他們不讀部落格和八卦小報，不會認出你。」

「真的嗎？」

阿俊點點頭。「我們會陪你度過這段時光，蜜兒。這一切都會過去，很快你就能重拾生活。」

★

阿俊說對了！隨著時間過去，人們對我漸漸失去興趣。從每天收到數千條仇恨留言，到幾百條，再到幾十條，最後只有尼克少數的鐵粉會每隔幾天留下一條仇恨留言。有時候，看到他們冒出來，我反而感激，因為他們讓我的貼文有更多互動。

我利用這段休息時間，瘋狂的看電影，學習那些資深演員的演技。我也重溫之前的試鏡片段，尋找需要改進的地方和不同的演繹方法。我還去做了心理治療，這對我超有幫助。

我意識到在我們亞裔美國人的文化裡，情緒問題似乎是個禁忌。我們常常壓抑自己的情緒，更不敢公開討論，害怕露出自己的脆弱。其實，我們都是人，都有情緒的高低起伏，出現問題就去找解決方法，尋求專業人士的幫助，有什麼好羞愧的？這真的沒必要！

兩個月後，我的經紀人帶來一個超級好消息：「你被選上拍一個大廣告了！」
「真的嗎？我都沒去試鏡啊！」
經紀人興奮的說：「導演看到你之前的作品和照片就想找你了。」
「太棒了！謝謝！」
我的生活又重新充滿了希望和色彩。

30. 拍攝著名的香水廣告

終於可以重返戶外了！經歷網路霸凌和狗仔不斷找上門的幾個月，再次回到無名小卒的感覺真好。我上車，駛向廣告拍攝現場。有點難以相信，經歷這場風波，我竟還有機會繼續當演員，也幸好公司理解一切。

正要進入停車場時，看到片場已有幾個人走來走去，他們是在等我嗎？他們似乎拿著相機在拍照。是狗仔隊？還是只是該品牌的粉絲？不管怎樣，我嚇壞了。

我躲在方向盤後面，慢慢駛過，然後停好車。我從後視鏡裡看著他們，耳邊都可以聽到心跳聲。這不可能是陷阱，經紀人也檢查再三，我卻還是很害怕。

我閉上眼睛，深呼吸了幾下。「加油，蜜兒！你是堅強、自信、有才華的女人，非常努力才走到這。一切都會好起來，一切都會對你有利。」

自我肯定的話語讓我立刻冷靜下來，我拿起皮包走出車子，昂首挺胸地走向入口處。走近那群拿著相機的人後才發現原來他們是遊客。

其中一人還把相機遞給我，請我幫他們拍照。拍完後，他們繼續前往下一個景點，留下我獨自對自己剛才像間諜般地躲在方向盤後的行為傻笑。

走進廣告拍攝現場，原來空曠的片場竟然變成了另一個國家，這總讓我著迷。我這次拍攝的廣告是個奢華香水品牌。整個場景轉變成迷人的義大利城市，鋪著鵝卵石的道路，穿越拱橋，白色大理石建築，豪華庭院和美麗花園，一切都仿若置身義大利。我準備扮演一個讓人無法抗拒的美女，她的香氣吸引了一名性感男子進入一座祕密花園。

哈哈，好笑吧！

我戴上橄欖綠隱形眼鏡，身穿一條緊身紅裙，裙上大膽開衩直達大腿根部，黑色高跟鞋，亮紅色口紅，濃密的波浪長髮固定一側。外貌產生極大變化。

當我走進片場時，導演站了起來，在我的兩頰上吻了一下，我立刻喜歡上他。他讓我想起具備優雅和戲劇氣息的阿俊，也像阿俊一樣，身穿Prada的他看起來極為時尚。

他退後一步，從頭到腳地打量著我，接著做出擺弄扇子的動作。「哦，蜜兒，親愛的，你就是女神！」

「謝謝。」我臉紅了。

「親愛的，今天你要好好鍛鍊臀部喔！好，你會從皮爾身邊走過，對他投以誘人的一瞥，然後搖擺地走向另一邊的門。」

皮爾是廣告的男主角。天哪，這個男人太帥了！他就像從希臘神話中走出來的神，腹肌像好時巧克力（Hershey's）般刻畫的完美無缺。他看起來像義大利人，真不知道他們從哪找到這樣的極品。他就像巨石強森（Dwayne Johnson），那些肌肉簡直不可思議，說不定是同一工廠製造出來的！

「所以我只是走到門口，再對他瞥一眼，然後消失在門後？」我問。

「是的，親愛的。」導演說，轉過身來對著房間裡的人。「大家就位！」

我深吸了兩口氣，挺直肩膀，在導演喊「開拍」時投入角色。我讓內心的娜歐蜜・坎貝兒（Naomi Campbell）魂上身，優雅地在庭院裡大步走過，偷偷瞥了皮爾一眼，鮮紅嘴唇緊緊地對他擠出一個媚笑。當我走到門口時，我撫摸著門把手，眼睛慢慢地與他對視，最後消失在門後面。

「卡！」製作人喊道。「蜜兒，你真是太棒了！但我想要更多。」

他轉過身，對著身後的製作人們低聲說話，然後他們朝著不同的方向散去。我好奇他到底說了什麼，但我們還要再拍幾次，於是我回到原位。五次之後，我們終於休息吃午餐，太棒了！我的腳痛得要命，極需立刻脫掉這雙高跟鞋。

就在我和其他工作人員要一起去吃午餐時，一名助理把我拉到一邊，告訴我有位客人在我的拖車裡等我，還遞給我一雙蓬鬆的拖鞋，讓我可以快速跑到我的拖車。

躺在沙發上的那個人讓我震驚，他把這裡當成在自家一樣自在。

「尼克？」

「嗨，寶貝。我想給你驚喜。」

咖啡桌上有一大束紅玫瑰，這似乎是他表示歉意的慣用招數，但我已不在乎；相反的，我希望能像成年人一樣面對我們的問題，否則我無法繼續這段感情。

我盯著他看了一會兒，試圖找到合適的話語，以免引發爭吵。「我被網路霸凌了幾個月，而你卻在某個島上過著無憂無慮的生活。」

「寶貝，我本來想告訴媒體真相，但我的公關說這對形象不好。」

「你至少可以多關心關心我，尼克。我一直都沒有收到你的消息。」

他的眉頭瞬間皺成「V」字形。「你說你受夠了。」

我真不敢相信，他竟然回了這句我之前說的話，而他還在這裡！「那你為什麼還在這裡？我以為我們已經分手了。」

「你和我都知道那只是一場愚蠢的爭吵。」

經過這幾個月的磨難，他竟以「那只是一場愚蠢的爭吵」作結。我對他失去耐心，但同時內心深處卻也不否認我很高興他來了。

我的腳因為剛剛的奔跑而痛得要命，不過我不能讓他看出我的不適，於是我坐在沙發的另一邊，雙腳輕輕交疊。我有如《伯捷頓家族》（*Bridgerton*）裡的角色那樣，感覺到心在腳上舞動著，臉部表情卻依舊維持著尊嚴。尼克的目光立刻移到我腿上，他試圖靠近，我伸出手臂把他擋在一邊，這次我真的想好好談談，而不是漠視問題。

「我們能好好聊聊嗎？」我問。

他翻了白眼，手抓了抓頭髮。「蜜兒，我不是來支持你嗎？」

我瞠目結舌。「你在開玩笑嗎？你真的以為這樣能彌補你在這幾個月裡讓我獨自面對你瘋狂粉絲的事嗎？我甚至都不能出門！」

「這就是為什麼我希望你辭職，讓我來照顧你。」他反駁道。

「如果你連告訴媒體我們在一起的事都做不到，我怎麼相信你能照顧我？」

「沒人知道也行啊，你可以在我的房子裡過著安靜的生活。」

我閉上眼睛，努力保持冷靜。他說什麼？讓我住在他的房子裡？我的天，他到底把自己當成誰呀？皇帝？現在可不是古時候！爭論總是在這地方結束。尼克的事業是他現在最重要的事，非常謹慎地保持良好聲譽。他擔心如果外界知道他和一個無名小演員交往，新聞媒體會下什麼標題？他希望我當個沒有「妻子」頭銜的家庭主婦，他可以完全控制的「某人」，或者應該說是「某物」。

「我已經說過，我不會放棄我的夢想。」我平靜地說。

他手拍了拍大腿，這是他隱忍著憤怒的信號。「你為什麼不能相信我？」

我知道尼克想控制我，我可不是昨天才剛出生的嬰兒。我感覺到另一場爭吵即將爆發，但我現在不能讓情緒受影響，我只是搖搖頭地告訴他：「先回家吧，你一定很累。我等會兒打電話給你，好嗎？」

尼克無法忍受我不同意他，於是繼續和我爭辯，逼我答應才肯罷手。我們完全沒意識到時間消逝得飛快，整個午休時間結束了都還在吵，直到有人輕輕敲門。真火大，我還沒吃東西呢！

我準備回到工作現場，於是告訴他「我們等會再談」，接著走出拖車。

我環顧四周，手在顫抖，希望沒人在拍照。我因為尼克而遭到敵視讓我覺得自己愚蠢，直覺告訴我這段感情不會有結果，但每當他出現在我面前，我的心總是出賣我，我會變得軟弱。我想讓自己相信他是好人，縱然他的行為與「好人」離得太遠。

回到拍攝現場後，我露出假笑，不想讓這件事影響現場的好氣氛。我們這次要在一個更像迷宮的花園裡拍攝。皮爾要追著我穿過迷宮，然後抓住我。

「皮爾，你的鼻子要慢慢沿著她脖子滑過。」導演告訴我們倆。「然後你們要熱情地接吻。我們已經打電話給你們的經紀人，他們說只要你們同意就可以。」

皮爾點點頭，走到定位處；我則是對於接下來的舉動有點吃驚。我知道如果拒絕，會讓人留下不好的印象。這工作是我自願參加，我得全力以赴。再說了，何況，皮爾和我之間也沒有任何感情，畢竟只是表演，沒必要為此而冒著失去工作的風險。

「開始！」皮爾在花園裡追著我跑，最後在空地上抓住我。他用有力的手臂緊緊抱住我的腰，小心翼翼地讓我後仰。我意識到我的內衣露出，因此當皮爾的嘴唇碰到我的時候，我將這種緊張情緒轉化為激情。

「卡！你們兩人都太性感了！」導演站在攝影機後面高興得拍手。「讓我們再做一次。給我更性感一些！」

皮爾讓我站直，然後回到起點。我環顧著四周每個快樂的臉龐，為自己演得如此出色而自豪，直到我看到唯一一雙冰冷的眼睛死死盯著我……是尼克。

一些工作人員指著他竊竊私語，可能都很驚訝竟然有電影明星出現在拍攝現場。我知道他對那個吻很生氣，但我事先並不知情，我現在也無法想那麼多，得先專心完成工作。

經過十幾次拍攝，導演終於滿意地完成影像。其實我們每次都表演得很完美，導演卻一直讓我們重新來過。我覺得我們好像在滿足他的某種幻想。這也是好萊塢娛樂圈奇怪的地方之一。倘若你被聘用去做某件事，只管去做好，不要問任何問題，還要做到每個人都聽過你名字這種程度。

我回到拖車，換上日常服裝。這個拖車讓我覺得自己是個大人物，但想到再過幾天這裡就屬於別人了，我有點傷感。我從一位化妝師那裡得知，導演花了幾週才選定合適的女孩，而我就像天使一樣地突然出現在他面前，因此才讓我擁有最好的拖車。

這可是化妝師說的而不是我說的。

★

尼克在停車場等我。我以為他在第一次拍攝後就離開了，沒想到他看了整個拍攝過程。我好累好累，只想睡覺，從車裡的負面能量來看，我又要面對一場爭吵。

「感覺如何？」尼克在我還沒繫好安全帶前就問了。

「什麼？」

「親他……感覺好嗎？」

我瞪大眼睛地看著他，「你開什麼玩笑？你知道我只是在工作。」

尼克嗤之以鼻，「依我看來，你似乎喜歡吻他。」

這感覺彷彿似曾相識。

「你在電影裡也親演員啊！」我回敬他，「這就是我們工作的本質。」

「不，蜜兒，這是我的工作性質。我已經演過很多大角色，知道如何保持專業。」

夠了！我受夠被一個應該關心我的男人侮辱。不想讓我親另一個演員是一回事，但是看不起我和侮辱我？這太過分了！這次就算有再多玫瑰花都無法挽回。

「停車，」我命令道。

「別小題大作——」

「我說停車！」我大喊。他停下車後我立刻跳下。我透過敞開的車門盯著他。「你真是個偽君子。」

「上車，蜜兒。如果我被開罰單，幾小時後我的臉就會出現在所有八卦部落格上。」

我再次失望地搖搖頭，真是不可救藥！但更糟的是，儘管如此，我還是捨不得放棄他。某種程度上，他讓我想起麥可。我多麼希望他能把我的需求放在第一，至少一次就好。可是，他總是以自己為中心，忽視我的需求；即使他事後溫柔的安慰我，但無論時間經過多久，或是做了多少妥協，我們總是又回到爭吵的原點。我已厭倦一再忍讓，更不想當他的附屬品。這些男人老是看不起我，認為他們比我成功就能把我當物品對待。休想！

「我不知道為什麼還要跟你溝通。」我邊說邊往後退一步，感受著憤怒再次在我體內升起。「你永遠不會改變，尼克。」

我的袋子很重，卻還是將它甩到肩上，砰地關上他的車門。「你真是個混蛋！」我說，然後走進漆黑的夜晚。

我害怕嗎？絕對害怕。尼克在意嗎？他當然不在意，還果決地加速駛離去。我再次發現自己正在傳訊息給好友；我的車還留在環球影城裡，要請他們其中一人來接我。

為什麼我總是和這些白癡交往啊？

第六章

斜槓編劇

31. 劇本寫作課

有時真的無法完全相信「運氣」這東西！你才剛站在世界的巔峰，卻在轉眼間一切土崩瓦解，這就是所謂「試鏡乾旱期」的感覺。每個演員都會經歷這個階段，這期間不論再怎麼努力，都無法獲得試鏡機會。雖然這種情況只是偶爾會出現，但當它真的發生時，有如世界末日。

就在試鏡乾旱期，因為和尼克的事，我被網路霸凌。整整一個月，我把自己關在世界之外，只是吃、睡和哭泣。第二個月情況好轉，只是我仍然害怕那些瘋狂的粉絲，不敢公開露面。到了第三、四個月，生活才總算恢復正常。現在我走出感情陰影，準備重新開始試鏡，但幾個月來都沒有收到試鏡通知。

為了讓自己有事做，我報名了貝茲老師的電影劇本寫作課程。我一直對寫作很感興趣，已經寫了幾個短篇故事，但我知道，我的作品還不成熟，最好的辦法就是跟專業的老師學習。

我的第一個作業是寫一個短劇。貝茲老師認為，初學者最好寫一些基於自己生活經歷的劇本，這樣才能較快進入角色，與觀眾產生共鳴。我希望透過學習劇本寫作讓自己更能理解角色的心理過程。假使我能自己寫劇本，不但能增進表演的技巧，說不定還能為自己開闢另一條演藝道路。

在洛杉磯這麼久，我已了解想在短期內出名、或在抖音和 Instagram 上擁有數百萬粉絲實在不現實，那都是我的童年幻想。我必須將目標縮小，變得較具體一些，每天以實現這小目標而努力。在這個充滿拒絕的城市裡，我得建立自己的平台，敞開自己的大門創造機會，寫出想和世界分享的故事。

劇本寫作課上，每個人的指尖都輕快地敲打鍵盤，教室裡一片叮叮噠噠的聲音，這是個不一樣的世界。

這是我第一次上寫作課，一開始有些緊張，畢竟英語不是我的母語。我花了好幾年時間才弄明白如何使用複數、名詞和過去式。到底是加 s，還是不加？該加 ed，還是不用？這些語法規則搞得我每天都很累。

我原本以為劇本寫作課會像 ESL（English as a Second Language）課程結束後才上的 1A 英語課一樣困難，但事實並非如此。教室裡瀰漫著指尖輕敲鍵盤的美妙聲響，以及貝茲老師悅耳的聲音。「隨便寫，初稿不需要完美。目標是盡快把你的想法寫在紙上。」她說。

作為浪漫喜劇的忠實粉絲，我選擇這類型作為第一個挑戰。我很好奇其他學員選了哪些類型；人類的創造力會讓人著迷，即使經歷相同的事情，每個人對於所經歷的事情都有不同表現。

「記住，你的角色在每一頁面上都需要有小或大的掙扎。」貝茲老師瞥了一眼另一名學生的作品，提醒著我們。

「明白了！」我大聲回答，眼睛緊盯著螢幕。

突然，教室裡一片寂靜。我聽不到敲打聲，也聽不到貝茲老師的聲音。我抬起頭，好幾對眼睛正盯著我看。

我不好意思地笑了笑：「抱歉。」

★

我到家時，腦中滿是靈感，迫不及待地想回到房間繼續寫。我快步走過阿俊身旁，他剛在車庫工作室拍完照，正在收拾昂貴相機、燈光設備和背景板。

「呃，嗨？」阿俊戲劇性地揮手。

「嘿，抱歉，我剛上了一堂寫作課，現在靈感充沛，得趕快寫下來。」

「故事是關於什麼？」他問。

「一個從台灣搬到紐奧良的女孩，她愛上一名爵士樂手。」

阿俊狡黠地笑了起來：「哦，聽起來很性感。誰會飾演那個帥哥爵士樂手？」

「還不知道，但如果我現在沒有立刻寫下來，我會失去這股靈感。」我告訴阿俊，跑開前還送給他一個飛吻。

就在我即將進入房間時，海蒂突然出現，把她的 iPad 遞到我面前。

「你看過這個嗎？」海蒂問。

我問她「這是什麼？」，然後就看到標題和影片。

執行製作人兼名人經紀人因迷藥侵犯八名女性而被捕。#METOO

「是放映會上遇到的那名經紀人，對吧？那個侵犯過你的人？」海蒂問。

我點頭，看著他在豪華辦公室外被逮捕的影片。我以為他會逍遙法外，有點無法相信所看到的，但現在他被兩名員警押著，手上戴著手銬。

「他被抓了。」

32. 認識丹特

我坐在房間裡，打開筆電繼續寫劇本，然而那個經紀人被逮捕的新聞卻讓我無法專心。是的，某部分我感到釋懷，也很感激所有站出來聲援的偉大女性，那名在好萊塢利用自己影響力來剝削年輕藝術家的壞人終於被逮捕了。但他只是其中一個惡劣的傢伙，這個行業裡還有很多人繼續這樣做。我想知道，倘若是像我這樣默默無名的亞裔小女演員站出來揭露他的所作所為，會發生什麼事？會有人聲援我並採取行動嗎？還是壓制我的發言？這一連串想法給了我靈感，我立刻刪掉之前寫的內容，轉而開始撰寫這個剛浮現在腦海的新點子。現在，我有機會為好萊塢女性面臨的不公發聲，而這一次我將為自己發聲。

★

幾天後，我在課堂上向貝茲老師提案。她用懷疑的眼神看著我，手中的筆反覆敲擊木桌。從敲擊聲和動作中，我無法判斷她是在對我的劇本進行評判，還是單純地覺得劇情很無聊；說不定以上都只是我胡思亂想，我覺得我的恐慌症快要發作了！

「故事發生在新奧爾良，一個女孩在全國知名連鎖活動公司擔任助理，期許自己日後成為主要幹部。某天下班後，她目睹一位高層在騷擾一名實習生。高層給了她一個千載難逢的機會，要她假裝什麼都沒看到。與此同時，她的爵士樂手男友被診斷出罹患癌症，必須與他一起應對困難，她需要那份工作。她得決定是否接受夢寐以求的機會，還是說出真相。」我在報告時聲音顫抖。

「聽起來很吸引人。」貝茲老師說，「很多掙扎，我喜歡。」

「真的嗎？」

「你完成初稿了嗎？」她問。

「是的，我完成了。」

「你會傳給我嗎？我今天看一下。」貝茲老師說完後便將注意力轉往下一人。

午餐時，我坐在一張美麗的花園長椅上吃夏威夷生魚飯[6]。樹葉剛轉黃，四周空氣瀰漫著秋天的氣息。海苔的口感與蟹肉的濃郁風味在我嘴裡迸發。我不確定今天的好心情是因為這碗飯，還是貝茲老師的回饋。

「打擾一下，你是這裡的學生嗎？」一個男人的聲音將我從白日夢中拉回現實。我轉身，只見一名身高約一百八十五公分、年紀約三十五歲左右的男子，他身穿V領白T，戴著波士頓塞爾提克（Boston Celtics）隊帽，背著側背包。

「嗯？」

「你知道貝茲老師什麼時候回來？」他問。

「應該很快。現在是午餐休息時間。」

「了解。你介意我坐在這裡等她嗎？」

「當然可以。」我告訴他，並且移動身體以騰出位置。

他坐下來，從側背包裡拿出筆電，放在膝上並打開它，看得出螢幕被反覆清潔且沒有指紋。

我再次望去，看著他在鍵盤上打字，停頓一會兒，然後陷入沉思。
「你是作家嗎？」我問他。
「是的，我正在寫我的第一本小說。」
我不知為何自己對此感到興奮。「太棒了，我也是第一次寫作，嗯，至少是正式的寫作。我之前寫過一個短片。」
他伸出手與我握手。「順便說一下，我叫丹特。」
「很高興認識你，我是蜜兒。」
回到課堂後，我和丹特沒有其他互動。只見他把一本貼著各種顏色便利貼的精裝書交給貝茲老師。
「蜜兒，我能跟你談談嗎？」貝茲老師拉著我問。「我讀了你的初稿，很好。它準確地描述當前文化正在發生的事。然而劇情進展有些問題，我希望你能想想辦法修正一下。」
「像編輯嗎？」
貝茲老師要我大幅修改，她還說：「我想看看你修改過的內容。放心大膽的寫，這不容易，一個好劇本要經過無數次的修改，這是作家面臨的主要挑戰之一。」
貝茲老師的話讓我非常驚訝，有種感覺命運將被改變的機會即將來臨。

6 Poki bowl，結合了夏威夷文「Poke」與英文「Bowl」的詞彙，指以削或切的方式處理魚類料理，並搭配主食、大量蔬菜與醬料裝在一大碗裡，因顏色鮮豔，以及營養均衡，因此廣受健康飲食、健身、美食部落客們歡迎，迅速在 Instagram 竄紅，成為一股飲食潮流。

33. 另一種身分重啟

外景—蛋糕店—下午

這是蜜兒幾個月以來第一次吃蛋糕，她幾乎無法控制興奮感。畢竟女演員總是在節食以保持美好身材。

她要去最喜歡的烘焙店買個美味的香草蛋糕，與兩位好友們一起在餐廳享用。她覺得在辛勤工作後，應該吃塊蛋糕，好好犒賞自己一下。

我在萬特樂大道上一家小蛋糕店裡挑選海蒂的生日蛋糕。香草、焦糖和甜椰絲完美混合的香氣瀰漫在空氣中，我趴在玻璃櫃檯上，垂涎三尺。

我滿臉戲劇性地盯著待會要購買的蛋糕，店員可能察覺到我的怪異表情，疑惑地看著我，等我從幻想回到現實，真想找個地洞鑽進去。

自從貝茲老師給了我的作品好評，並將我介紹給好萊塢正紅的專業劇作家後，我每去一個地方就情不自禁的把它想成一個場景，添油加醋，把它轉化為劇本的一部分。

「你好，想要什麼？」店員問。

「一個香草蛋糕，謝謝。」我回答。

「想要哪個香草蛋糕？」店員問。

「我可以要那個嗎？」我指著上面鋪滿新鮮草莓和白色奶油的香草蛋糕。

「有沒有想寫些什麼在上面？」

「哦，對！寫『生日快樂，海蒂』。」

烘焙師拿著蛋糕走開，幾分鐘後帶著我要求的完美書法字樣回來。

「我們也有數字蠟燭。要加進您的訂單嗎？」他問。

「呃，嗯，你們有普通蠟燭嗎？就是那種不透露年齡的。」

「抱歉，只有這些。」

無法避免了。「那麼，給我一個二和一個六吧。」

幸好烘焙師不知道海蒂已在二十六歲這年紀停留了將近十年。

★

在 Studio City 裡有家古色古香、名叫「螢火蟲」的小餐廳，裡面有個舒適的酒吧區，書架上擺滿了書，還有幾張小桌子，每張桌子正中間都放著昏暗的短蠟燭。我繼續往內走，便來到另一個世界，這裡是開放式用餐區，每張桌子上都覆蓋著紅色桌布。

阿俊全身 Dior 穿搭，也穿著同款狗裝的鬆餅坐在他膝上；他的旁邊坐著海蒂。海蒂身穿露背黑色亮片連身裙，緊緊貼合著身體曲線。下課時間不夠讓我來得及回家換裝，穿著背心和牛仔褲的我，顯得有些隨意。

我露出歉意的笑容坐下：「抱歉，我遲到了，而且穿得不夠正式。」

「你還是很可愛的，親愛的。有種〇七年小甜甜布蘭妮（Britney Spears）的感覺。」海蒂說。

我們只有三人，知道她真實年齡的也只有我們。海蒂美麗又年輕，卻具有隨著年齡和經歷而來的優雅和成熟。

「我有好消息。」海蒂說，激動得幾乎無法抑制自己。

海蒂出示手機上的數字合約時，連鬆餅都坐直身體，緊盯著。我幾乎沒有多想就抓過她手機，臉緊貼著手機看合約。

「你要幫 Lil Cats 寫歌?!」我嚇呆了。

「對啊。」海蒂對著我燦笑。「她還說她願意讓我在其中一首歌中掛名，讓我以饒舌歌手身分出道。」

「你真棒，女王！」阿俊邊歡呼邊彈指。

「我們為你感到驕傲。」我告訴她。

她這些年來所有徹夜無眠、所有的努力辛酸，終於有了回報。這對後輩將是多大的鼓勵啊！我想像著，說不定有一天會有年輕的亞洲女性饒舌歌手視海蒂為偶像。

晚餐後，服務生走到桌旁，手裡拿著海蒂的生日蛋糕，點燃二和六的數字蠟燭，然後我們一起開始唱著生日快樂歌。

「祝你生日快樂……」

海蒂突然打斷我們。她吹熄蠟燭，把它們從蛋糕上拿開，從包包裡拿出另外兩個數字蠟燭，小心翼翼地把三和五的數字蠟燭放在蛋糕上，然後服務生點亮這個表示三十五歲的數字。

我和阿俊非常驚訝，一句話也不說地看著她。

「我想，我之所以對我的年齡太過在意，可能是因為演藝圈似乎對藝術家們，特別是女性，設有年齡限制。可能這種壓力也來自整體社會。在和 Lil Cats 聊過後，我的觀念有些改變。她讓我明白，真正重要的是才華，而不是年齡！」海蒂笑咪咪地告訴我們。「我的才華從何而來呢？因為我從不放棄。我勤奮努力，持續成長，每年都持續進修並全力以赴地提升自己。我不應該對年齡感到恐懼。相反的，我應該為我花在磨練技能上的這些年感到驕傲。畢竟，這些年分我可是用汗水和辛勞賺取！」

我們回以微笑，繼續為她唱生日歌，繞著她跳舞。

回到家後，海蒂用筆電打開她過去幾年建立的每個選角頁面，並且一一刪除——

陳海蒂，一百六十三公分，五十四公斤，一九九一年三月四日出生

陳海蒂，一百六十三公分，四十九公斤，一九九二年三月四日出生

陳海蒂，一百六十三公分，四十九公斤，一九九三年三月四日出生

陳海蒂，一百六十三公分，五十公斤，一九九四年三月四日出生

陳海蒂，一百六十三公分，五十一公斤，一九九五年三月四日出生

陳海蒂，一百六十三公分，五十公斤，一九九六年三月四日出生

陳海蒂，一百六十三公分，五十二公斤，一九九七年三月四日出生

終於，年齡這個章節可以結束了！跟這些年來假裝的自己相較下，這個全新又自信的海蒂更棒，她自豪地重新面對自己真實的身分。

而房間另一頭的阿俊也有了決定。回家後他就不停地在紙上亂寫。每次他看完最後的定稿，

就會哭著把紙扔到一旁，再重新寫過。在他默許下，我撿起其中一張皺巴巴的紙並開始閱讀：

親愛的媽媽爸爸：

這些年來，我一直希望您們為我感到驕傲，讓您們快樂，但我意識到我的幸福也很重要，我想為自己而活。我是同志。請不要驚訝，更不要生氣。我不會因為同志身分就表示將永遠離開您們。無論如何，我就是我，永遠都是您們的兒子。我知道您們會拒絕聽到這個事實，也可能會感到內疚，但請相信我，這不是您們的錯，也不是我的錯，沒有人有錯。希望您們在接受我性取向的過程中，仍然愛著我。

愛你們的，阿俊

阿俊需要獨自完成這件事，雖然我心疼他，這次卻不安慰他，我能為他做的就是在背後默默陪伴。

至於我，有點糾結要不要把修改後的劇本傳給貝茲老師。肖娜和布萊恩的背叛，讓我害怕與別人共享我的世界。不過，我學聰明了，我的劇本已在WAG美國編劇工會（Writers Guild of America）註冊了！

我走回房間，坐在床上打開筆電。手指在傳送鍵上徘徊；最後，按下了傳送鍵。

無論會發生什麼事，讓它發生吧。

34. 菜鳥編劇上路

清晨六點，我正為一個HBO節目拍攝夜店場景。造型師無法決定我該穿哪件衣服，已經換了十次了，我的身上有好多細小的刮痕，都是被服裝上的亮片刮傷的。

我腳踩二十五公分高的紅色高跟鞋，站在連接著夜店天花板的一個小舞籠裡。由於很難從梯子上爬下去休息，我決定休息時間也坐在這個小舞籠裡……五個小時。真的超級煩人！

「給夜店多加點煙霧！」導演大喊，助理們加入更多乾冰。

我累得半死，導演終於喊「卡！」後，我便連忙收拾東西，拖著疲累的身體回家。走過假的艾菲爾鐵塔和自由女神像。派拉蒙影城（Paramount Studios）像一座小城市，有建築和街道；整個大型建築群有世界各地的著名城市和住宅區，還有沙漠和別具特色的地方建築，每個場景都極度真實。走進埃及主題場景，沙漠和金字塔，還有空氣中的氛圍，在在都讓人感到身臨其境。巴黎、紐約、埃及、中國——這些著名城市的距離都在步行範疇內。

這裡最讓人印象深刻的是到處都是大牌明星，他們開著高爾夫球車穿梭，進出化妝間，或與工作人員聊天，彷彿這就是名人的家園。

整個場地有如夢境，不論什麼場景，這裡都可以搭建出來，包括編劇們夢寐以求的虛擬世界。我想像著編劇們看到夢幻成真時的感受。

「嘿，我記得你。」突然一個熟悉的男聲吸引了我。抬頭一看，哦，是我在貝茲老師課堂外遇到的那個男生，丹特！

「嘿！丹特，對吧？」

「對，蜜兒。你知道夜店似乎八小時前就關門了吧？」他看著手錶，再次打量了我的裝扮。

「噢，對。我只是想在派拉蒙進行『恥辱行走』[7]。」我咯咯地笑著說，「你怎麼會在這裡？」

「我要去作家小屋。我正在為一個節目撰寫劇本。」他回答。

「太棒了！我以為你跟我一樣是新手作家。」我笑著，有點不好意思。

「其實我已經寫劇本一段時間了，只是對小說創作比較陌生。你的劇本進展如何？」

「嗯，正在改寫。這真的好難，我已經改寫好多次了，我不知道你是怎麼做到的。」我尷尬地笑著說。

「你需要放手一搏，拋開自我才能盡情寫作。」

這段對話讓我感受到，無論在哪種行業，都需要保持著一顆謙虛與好奇的心，不必想太多太多，大膽地把自己的想法表現出來，然後不斷學習。這樣的心態才能讓人在這個充滿夢想與奇蹟的世界裡，創造出屬於自己的精采故事。

★

那晚，我嘗試丹特的建議，修改了劇本，第二天一早便把劇本給了貝茲老師。誰能料想到寫作竟然如此辛苦！我想知道她對這個版本的看法，靜靜的站在她的桌子前面，盡量不催她。

她看完後說：「還需要再修改。」

我的笑容瞬間凝結。接下來該怎麼辦？我從未經歷寫作這行，不知他們的評判標準，也不知道劇本哪裡有問題，又該如何修正。

貝茲老師似乎看穿我的思緒，她說：「你做得還不錯，但我看得出來你需要幫助，我會把你介紹給我以前的學生……」

彷彿排練過一樣，丹特恰巧此時走進教室。原來就是他！他和我總是在不同的地方不期而遇，這有點搞笑。我也很感激他在百忙之中願意抽空幫助我。

就在丹特告訴我何時能與我一起改進劇本時，我的經紀人傳來一封email。我很震驚，我以為她已經放棄我了。

> 親愛的蜜兒，
>
> 選角部門邀請你試鏡電影《哥吉拉》（Godzilla）的主角，附上試鏡稿。祝你好運！

迅速與丹特交換聯繫方式後，我興奮得立刻開車回家。我的朋友們一定要聽聽這個消息！可是當我到家後，只見阿俊正坐在沙發上，一堆用過的紙巾散落在沙發和地板。

他一看到我就說：「我做不到。」

「沒關係，你能嘗試就很了不起了。」

7 walk of shame，為一夜情所發展出來的詞彙，指經過昨夜瘋狂後，醒來時發現衣衫不整的從陌生的一夜情對象家走回自己家的狼狽模樣。

阿俊握住我的手，「謝謝你一直在我身邊。」
「阿俊，我以你為榮。」

35. 幸運之神對我招手

「嗨！我是蜜兒，身高一百五十八公分，來自超炫的洛杉磯……」

我做了鬼臉後暫停錄音。為了拍出最完美的片段，我瘋狂地做發聲練習，兩個小時後，除了聲音聽起來有點怪，眼睛也因一百六十五公分高的環型補光燈亮度而有點受不了。於是做了幾個超療癒的伸展動作，再次振作精神，繼續拍攝。今天一定得完成這項任務！

「嘿，我是蜜兒，身高一百六十公分，來自洛杉磯——喔，該死的……」

幾秒後海蒂探出頭來：「你還好吧，親愛的？」

我揮了揮手，「還好啦，只是有點受不了這一切。為什麼我老是弄不好？我又不是第一次拍試鏡帶。」

海蒂端著咖啡，坐在我的相機和補光燈後面。她喝下一大口咖啡後對我露出一個深知我內心掙扎的微笑。「其實一開始就拍得很好了，聽起來很自然，你知道嗎？導演們喜歡自然的感覺。」

我關掉燈，開始收東西。「你說得對，我會上傳第一次的拍攝。」

她狐疑地看了我一眼，然後說：「你還好嗎？」

我要不要向好友傾訴我對事業的擔憂？告訴她我想嘗試幕後製作？除此之外，還有別的憂慮：萬一朋友們也受夠我了呢？他們會不會對我的感情和工作瑣事感到厭倦呢？

周遭朋友們不斷往前走，而我卻停滯不前，這個感覺困擾著我。我打從內心深處為朋友們的成功高興，同時卻又覺得自己很失敗。這不是嫉妒，只是希望自己也有值得慶祝的事，不然會認為自己被拋在後面。

就在我陷入多重煩惱的同時，海蒂好奇地盯著我看。她現在很忙，卻還是有耐心地等我分享我的困擾，我因為這些想法而內疚著。

「對不起，」我告訴她，「我想我最近對自己太嚴厲了。」

像往常一樣，她歪頭，知道我沒有說實話，卻也沒有逼我說。相反的，她說：「蜜兒，你有權改變你的想法。這是你的人生。試試新事物，去看看新地方，去做所有你覺得對的事。無論如何，我們都會支持你。」

「你怎麼知道？」

她對我眨了眨眼，跳起來離開座位。「記得嗎？我是你最好的朋友，知道這些可是我的天職！」

海蒂去錄音室見 Lil Cats 和她的團隊，她離開我房間時，答應晚點會傳訊息給我，這讓我迫不及待地想聽聽她們正在創作的歌曲。

★

我現在獨自在家，重新觀看第一個錄影。海蒂說得對，它真的不錯；這也讓我了解到自己的自信心已跌入谷底。我無法確定是從何時開始，但在某個時間點，我停止相信自己，即使我已經有了不錯的實績。

「這個就很好。」我邊看錄影邊悲傷地笑了笑。

我上傳影片並發送給這部電影的選角指導。即使最後沒有得到這個角色，我也很高興能有機會試鏡。

說真的，我從小就對日本電影《哥吉拉對摩斯拉》著迷，至今不變。演戲對我來說就是天性。小時候每當要午睡時，我會緊閉眼睛地躺在小毯子下，直到保姆相信我睡著。等到她也睡著後，我便悄悄走過她身邊來到電視機前，把毯子拉過頭，想看卻又害怕地觀看《哥吉拉對摩斯拉》。

每週帶玩具去學校的那天，女孩們都帶著漂亮的芭比娃娃，男孩子帶著玩具卡車或者超級英雄模型，而小蜜兒則帶著哥吉拉玩具。那是我最好的朋友和搭檔，我帶著它玩遊戲、洗澡和吃飯，睡覺時也把它放在身邊，跟它一起做的事情可說是無所不包。

現在回想起來，這大概就是為什麼我幼兒園時期沒什麼朋友的原因。但你知道嗎？我一點都不後悔。我和我的哥吉拉共同經歷了許多驚奇的冒險，芭比可無法在冒險中存活。

嗡嗡嗡。

我看了手機，是我媽。好幾天沒跟她聯絡，還沒告訴她我在寫劇本的事。倘若跟她說的話，她會非常興奮，然後就會在一小時內傳遍千里，不論是美國甚至是台灣的親戚全都會知道。沒錯！我媽的傳播力比八卦新聞還強！

但我討厭讓我媽失望，因此我不想告訴她，我學會了在事情還沒定案前要保持低調，否則，要是最後什麼都沒發生的話，我還得向我媽去電的對象們一一解釋。

做好心理建設後，往右滑動螢幕來接通電話。「嗨，媽媽！」

「蜜兒，你在幹麼？你好幾天都沒打電話給我！」
「沒做什麼，就是在工作。」我必須小心翼翼。
「好吧。我剛傳了幾張照片給你，能幫我修圖嗎？把我修瘦點。儘快，我需要這些照片。」
「媽，對不起，我這星期很忙。」
「忙什麼？你剛剛才說你沒事。」
哦，不，我掉進陷阱了！我現在不能撒謊，我媽會不停提問，直到弄清楚為止。
「我有個會議要開。」我啟動B計畫，盡量說得接近事實，但不透露任何資訊。她知道這行一直有很多會議，現在肯定會放棄繼續問下去。
「和誰開會？」她追問。
「就是一些工作會議啦。」
「是，但和誰啊？」
哦，天哪，今天我逃不掉了！我猜她需要我修圖的照片很重要，所以不相信我很忙。算了，就告訴她吧，這樣她才會放我一馬。
「我寫了劇本。要跟製作人開會啦。」
啊……我媽尖叫著，我皺眉地讓手機遠離耳朵。她開始用中文唱歌，笑著唱完整整四十七秒的歌曲後才冷靜下來問問題。我媽很絕，她說話的聲音會隨著興奮程度而飆高，我現在幾乎聽不清楚她在說什麼。
「天啊，我太開心了！你寫了電影劇本？我都不知道你會寫劇本！」她興奮得尖叫。
「媽，拜託，千萬別說出去。我不知道事情是否會有進展。」

「別擔心，我知道如何保守祕密。我真以你為榮！」

她掛斷電話，連「再見」都沒說。我敢打賭，她已經在傳播了，首先是電話給我兩個阿姨，然後就是她的好友，還會叮囑他們記得保密。我以為我會生氣，但其實覺得很好笑。我想像著我媽打電話給大家，告訴他們這是祕密時，我的心情立刻好轉。我很感激她現在這麼支持我，倘若不是她的支持，我真不知如何找到追夢的力量。

★

隔天，我坐在製作人伊恩辦公室的皮沙發上，說真的，這沙發肯定比我的年紀還大，是我坐過最破舊、最鬆軟、最凹凸不平的沙發。

我沒想到能和伊恩面對面地討論我的劇本，他是貝茲老師的朋友。他的辦公室讓人感覺沉悶，堆滿了劇本、檔案和文件，牆上的電影海報是這裡唯一色彩繽紛的裝飾。我不太在意辦公室景象，但伊恩坐在高椅上翻閱我的劇本，整個上半身足足高了我約二十五公分，如果他是想威嚇我，那麼他已成功達到目的。

伊恩很懂得隱藏情緒，我無法從他翻閱的眼神中判斷他在想什麼。最後，他把劇本扔到玻璃茶几上的一堆文件上面，摸著下巴，期待地看著我。這種場合通常如何進行？我現在是否應該說些什麼？

「我真的很喜歡這個故事。」他微笑著說，「但寫作能力需要再加強。」

果真如我所預期的，畢竟我是初次寫作。「我該怎麼做才能讓它變得更好？」我問。

「先從開場白改起。角色還需要加入更多讓人產生共鳴的情感。」

「我可以做到。」我說，心裡盤算著等會兒再問問丹特該如何修改。貝茲老師把我推薦給製作人，這意味著我也許有寫作潛力，這次的會談讓我肯定自己，我迫不急待地想趕快回家開始修改劇本。

步出辦公大樓後，我坐在車裡盯著大樓好一會兒，想像著也許未來會時常進出那棟大樓，說不定那時已是資深編劇了。我一直以為自己只想出現在鏡頭前，直到現在，夢想的視野擴大，而一旦擴大後，無數的機會就會出現了。

以往工作之餘，我選擇上課來保持忙碌狀態，現在則想進一步成為編劇、製作人、導演，或是其他幕後人員。無止盡的可能性讓我興奮得在座位上蹦跳。我翻找包包尋找手機，接著滑到丹特的名字，按下通話鍵，祈禱他接聽，希望他願意教我如何根據製作人的意見修改劇本。

「嘿，蜜兒。最近怎麼樣？」

「嗨！」

嗯，我聲音太活潑了，再來一次！我清清嗓後說：「嗨，丹特。希望我沒打擾到你。」

「沒事，我正好在博物館裡尋找劇本靈感。有什麼事嗎？」

「我剛和製作人見面，他給了一些修改的建議，但我不知道該從哪開始動手。如果你空的話，我想請你幫忙，就算只有幾分鐘也行。」

「當然可以！這讓我有藉口休息。要一起吃午餐嗎？」

「天啊，太好了！非常謝謝你。」

「市中心有個很棒的地方寫作，我常去那裡，我把地址傳給你。」

通話結束後，我打開收音機，以最大音量高歌，開車前往丹特傳來的地址。好運意外降臨，讓我對生活和寫作這行業有了全新的看法。短短的二十四小時內，我參加了改變我人生的試鏡，著名製作人讀了我的劇本，一切看起來都充滿希望，幸運之神對我招手了。從今以後，沒有什麼能讓我失望。

36. 與編劇高手腦力激盪

等待回應這期間真讓人緊張。我的手不安地輕敲手機，在客廳裡來回踱步。劇本已經反覆修改了好幾次，伊恩此刻應該回覆我他對最新版本的看法，他每次都有不喜歡的地方，我耐心的一次次修改，不知道他還想要什麼。

在這過程中，我很感謝新朋友丹特的幫忙。在我倆無數次的午餐會談中，他透露了自己其實在編劇方面已有相當作品。

我喜歡丹特的思考方式，他不認為困難需要被解決，或是需要避開，而是把它當成發展新故事的機會。他總是鼓勵我不要放棄看似不可能的目標，這樣的智慧和見解是我在課堂上學不到的。

和丹特相遇也讓我了解好萊塢師徒制所帶來的力量，明白這對編劇新手的重要性。若沒有人指點和帶領，很難在這行脫穎而出。丹特教我的東西根本無法從課本裡學到，唯有和業內人士建立聯繫才能領略其中關鍵。

我習慣讀劇本，看編劇如何用文字表達情感和行動。作為演員時，我總想讓角色變得生動，會不知所措地反覆讀劇本，試圖從中挖到一些線索。現在反而不像當演員時那樣，得轉換思維，以編劇的角度去思考劇情、創造角色與角色的背景和觀點，才能寫出自己獨有的角色、世界和故事。說真的，從表演轉到編劇這過程還蠻有趣的，不僅是項挑戰，也很有意義。

每當有人閱讀劇本，編劇會根據讀者的理解力，或對行業的專業知識而進行改進修正，或添加劇情。即使你覺得自己已經做得很完美，總還有進步空間。和其他行業一樣，這行還有許多尚未嶄露頭角的編劇，娛樂圈也需要更多的寫作者，否則戲劇類型無法有所突破。

另外還有一件事可以肯定，無論你的劇本多好，或者有多少編劇經驗，除非有人讀，還要喜歡到想看到你更多的創作內容，否則一切都是枉然。

我還在學習編劇這項專業，之前一直以為只要寫好劇本，就會有人接手後續的工作，但其實不是這麼單純。我不得不說，從內部了解這行業挺酷的。在寫作過程中，我學到很多演藝界被忽略的一面。

我在等待著伊恩的電話或電子郵件，已經過了好幾小時，連個訊息也沒有。第一次見面他還算熱情，但之後就變冷淡了，不是告訴我他很忙，就是已讀不回。

我還在客廳裡走來走去時，阿俊回到家。他疲憊地倒在沙發上，看起來筋疲力竭，同時又帶了點欣慰感。我立刻忘了伊恩，坐在他身旁。

「你看起來像見到鬼。」我戲弄他，「還好嗎？」

他轉頭看我，我看到他眼中的淚水，臉上的笑容卻讓人困惑。現在換我擔心了。阿俊是快樂小精靈，當你需要一劑好心情來調劑時，他可是大夥兒的頭號人選。看到他如此虛弱且安靜，讓我想緊緊擁抱他。

「阿俊，來吧，說。」我輕輕搖晃他的肩膀。

一滴眼淚滾落他臉頰。「我終於告訴他們了……我終於向父母出櫃了！」

我擁抱著他，用力擁抱。「天啊，太棒了！我真為你開心。他們接受了嗎？」

阿俊挺直地坐好，用袖子擦了擦臉——這可是他從未做過的舉動。

「他們一直都知道。你能相信嗎？我花了這麼多年假裝成另一個人，但其實他們一直都知道，而且接受我。」他說。

「我知道會有好結果的。誰能不愛你呢？」

我們笑了。

阿俊和新朋友見面時，第一句話總是「我很可愛哦！」，在我們看來，這很搞笑。開玩笑歸開玩笑，但誰能不愛阿俊？撇開他那誇張的表現，他是心地善良且愛心滿滿的美男子。

就在和阿俊談論他現在可以大大方方穿那些酷炫衣服時，我放在桌上的手機震動了。是經紀人傳來的郵件，恭喜我入選《哥吉拉》二次試鏡。

「看，這可是值得慶祝的事。」阿俊說著，拿起一瓶香檳和兩個酒杯。

海蒂在阿俊打開瓶子的時候走了進來，立刻跑到廚房拿酒杯，「我們為了慶祝什麼而乾杯？」

「為活出精采真我，以及獲取成功乾杯！」阿俊說。

我點頭舉起酒杯：「乾杯！」

我們熬夜慶祝生活中美好事物的降臨，喝著並舞動著，享受當下。

最棒的一點就是擁有能一起分享各種經驗的好朋友，有人了解你的處境，願意幫助你。無論狀況是好是壞，不必獨自承受。

還有一件讓人欣慰的事，就是除了家人和伴侶外，你身邊還有人真心誠意希望你成功幸福，而且，任何時候都願做你的依靠。

「來喝點紅酒吧！」海蒂說著，拿出一瓶紅酒，「我帶了這個，我們可以一起慶祝！」

我笑著舉起酒杯：「為新的開始！」

大夥相互輕碰酒杯來回應我的話。

「等等，等等，等等，」海蒂說，搖搖晃晃地走客廳中央，「這感覺好像似曾相識。」

「你太醉了！」阿俊笑著說。

看到自己喝得茫茫的，我們大笑了起來。已經很久沒有喝到肝快掛了，都忘記這有多好玩！喝到第五瓶酒時，海蒂啟動智慧音箱，播放我們最喜歡的歌曲。阿俊跳到桌子上，手舞足蹈地跳了起來。我站在沙發上，將空瓶當成麥克風，用盡全力唱歌。

最後，海蒂的圍巾綁在我頭上，我的運動鞋在她手裡，而阿俊的襯衫不見了……我們三人猶如瘋狗般地在客廳睡著。

★

就算昨晚熬夜狂歡，我還是提前一小時抵達華納兄弟片場（Warner Bros. Studios）參加試鏡。沒錯！我在華納兄弟片場參加《哥吉拉》第二階段試鏡！《歡樂滿屋》（*Full House*）、《宅男行不行》（*The Big Bang Theory*）和《六人行》（*Friends*）等經典影集都是在這個拍攝現場拍攝，除了這些影集，還有《哈利波特》（*Harry Potter*）和DC等電影。

我穿過其中一座片場，特別是叢林區，幾個工作人員正推著一個巨大的恐龍頭。不管見證過片場裡多少次從無到有的建築物，它創造出的奇蹟依然讓人讚嘆，觀察這些辛勤工作的製作人員，他們將不可能的事物變成現實，同時也鼓舞著我。

雖然我第一次來這裡參加第二輪試鏡，但不知為何，我覺得這不會是最後一次。我確定過往的拒絕將我引領來此，而我將能在此實現目標和夢想。我更加肯定，自己正朝著正確的方向邁進。

我第一個到達現場，選擇坐在角落的座位再次查看台詞。房間裡很快坐滿滿懷希望的演員。看著周遭，我察覺到我們當中只有一人最終能實現目標。

「真巧，在這裡遇到你。」突然一個聲音說道，嚇了我一跳。

「你嚇到我了！」我說，玩味地推了推丹特。

「恭喜你可以參加第二輪試鏡！」他說。

「謝謝！不過我有點緊張，擔心台詞說得不理想。」

他從我手中抽出紙張，快速地讀了一遍台詞。「嗯，我明白了。你要我幫你順一下台詞嗎？台詞中有些編劇希望演員能注意到的細節，你沒有注意到。」

「真的？你願意嗎？」

「當然！」

我們立刻展開練習，他告訴我哪些地方的動作需要細微地表達出來，讓我對劇本有了更深的體認。我們就這樣練習了一小時，直到開始逐一唱名。丹特非常忙，但每次見面，他總是毫不猶豫地為我騰出時間。

「我該怎麼謝你？」我知道就快要輪到自己了，趕忙開口問他。

他露出燦爛的笑容。「我以為你永遠不會問呢。」

「好吧，現在我有點害怕了。」我咯咯地笑。

「我想跟你約會。」他自信地說。

我的笑容有些僵硬。自從被尼克的粉絲網路霸凌後，我發誓要專注事業，暫時停止約會。回顧過去的戀情，充滿激烈的情緒和衝動的決定，我總是百分百地投入，然後毫不意外的，每次都回到原點。

但丹特似乎不太一樣。他無私地幫助我，真誠地為我加油，不期望得到任何回報。他是好人，從未有任何男性讓我有如此強烈的平靜感，我喜歡和他在一起。老實說，我想和他約會，希望關係能更進一步，不再是朋友，但是我害怕，我不想再度搞砸。

「只是吃晚飯？」我問他。

他搖了搖頭。「不止。」

選角助理從房間裡走出來喊道：「蜜兒！」

「好的，等會兒再傳訊息吧，」我對丹特說，站起來跟著助理進入房間。

多虧丹特的建議，我的試鏡進行得非常順利。選角指導只要求我表演了兩次，可見我對角色的詮釋讓他印象深刻，這也意味著我進入製作人的試鏡機會很高，但我告訴自己，別抱持太高的希望，希望越高，失望就越大。相反的，我打算繼續寫劇本並試圖聯繫伊恩，讓事情有些進展，當然這一切得在和丹特的約會後。

37. 約會池裡的好魚

我與丹特手牽手走進格里菲斯天文台（Griffith Observatory），天文台裡有好幾個展覽廳，包括播放天文學知識的塞繆爾歐斯欽天文館（Samuel Oschin Planetarium），裡頭可以容納三百人。

這次的約會路線完全不似以往，我倆對彼此一無所知，透過閒聊，我原先的擔憂全都消失。漫步在博物館的黑暗走廊裡，我超級後悔沒穿上舒適的鞋子。

丹特對天文學可謂瞭若指掌，他指著星座中的特定星星，解釋它們的意義。每個走廊轉角都有說明標誌，標示以肉眼觀看夜空能看到什麼，使用望遠鏡的話又能看到什麼。

我們接著來到正在播放宇宙奇觀的天文劇場。就在解說員講解恆星的形成，距離遙遠到需耗費十億年才能回到地球時，丹特對我笑了笑，我倆手指緊緊交握。

這感覺太對了！有點瘋狂吧？與他在一起，一切都變得那麼輕鬆愜意，我完全忘了約會前的恐懼。在他面前，我不需要壓抑自己，他喜歡真實的我。

看完節目後，我們去了披薩店，坐在角落的桌子，談論著幾年後的生活與對事物的熱情，甚至最荒唐的夢想。

「我得承認，我過得很開心。這真是美妙的一晚。」我說著，拿起一片披薩。

「你願意再跟我約會嗎？我很想再見到你。」

「如果美好得有今天的一半強，那我就願意。」

丹特假裝地咳了一下說：「其實啊，下次約會會更升級。之後有場電影試映會，我希望你和我一起去。」

「聽起來太棒了！你怎麼弄到票的？」

他眼神閃躲，摸了摸耳垂說：「在這行混，總能認識一些人。」

回到家後，我先搜索了即將觀看的電影資訊。身為女演員兼菜鳥編劇，我喜歡了解參與電影製作幕後的人，說不定以後與他們可能會有合作機會。當我看到演職員名單時，眼睛瞪得老大。

「丹特竟然是這部電影的編劇?!」我看著他的名字和照片，驚訝不已。

我立刻拿起手機發簡訊給他：

蜜兒：你寫的劇本?!為什麼不告訴我？

丹特：哦！你發現了！哈哈。

蜜兒：太酷了！

丹特：哈哈，你該睡覺了。

蜜兒：好吧好吧。恭喜你！這可是大事哦！

丹特：謝謝:)

這可是大新聞！他居然如此低調。但這也說明他的個性。他腳踏實地，不為好萊塢的浮華所動；他熱情，有幹勁，熱愛自己的事業；原本他就很有魅力了，再加上這些，讓他變得更加迷人。

那晚我帶著笑容入睡。與丹特的約會非常愉快。他和我在洛杉磯遇到的所有其他男人不同；老實說，他讓我對男性重新燃起信心。別誤會，洛杉磯的約會池水依舊混濁，但至少我現在知道，裡頭還是有幾條好魚，請原諒我之前的論調。

★

隔天早上，我坐在椅子上打轉，期待伊恩會接起電話。他不可能永遠不理我吧？嗯，理論上他可以，但希望他不會。幸運的是，幾聲響鈴後，他接了。

「嗨，蜜兒。」他嘆了口氣說。

有點奇怪。我才見他幾次，但為什麼感覺他好像對我已經無法忍受呢？他不是認為我的劇本有潛力搬上大銀幕嗎？無論我怎麼努力猜想，依舊無法理解他為何突然心態轉變。

「嘿，伊恩！」

「我們能快點嗎？我五分鐘後要開會。」

「喔，對，抱歉！我只是打來問問你對最新版的看法。」

伊恩明顯地嘆了口氣。我感受到電話另一端的惱怒。「天哪！」他開始說，「我以為你已經明白了。」

我皺著眉頭，「什麼意思？」

「親愛的，沒人想碰你的劇本，你不是明星演員，也不是資深編劇。在這行，你根本就是無名小卒，作品吸引不了投資者。抱歉。」

我還在試圖理解他的話時，他說他要離開並立刻掛上電話。我嘴巴大張地盯著手機。手中的時尚手機因悲劇性的消息變得無比沉重。

「如果沒人給我機會，我怎麼能讓自己出名？」我喃喃自語。

說真的，撰寫一部好的劇本是段漫長又孤獨的旅程，初稿得經過一次又一次的修改，不只是劇情，還有文字、氣氛、上下文的邏輯……直到劇情能整合為止，投入的時間和精力，遠超過潤飾的草稿頁數。過程雖然辛苦，但寫作的確讓我感到成長，這使我再次充滿活力。

然而，比起寫作，劇本能被劇組相中的機率更小、更困難。就算劇本已經修改了十幾遍，要製片人或投資人接受又是另一項挑戰，每次經過一番努力後又回到原點，真的很累人。我感覺離目標還差得遠，但此刻我只想讓我的劇本面世，希望看到它躍上大螢幕，但我該如何找到願意與我合作的資深編劇呢？

這就是無名編劇的現實。除非我的作品被大牌製作人、知名導演或大咖明星演員認證，這些人在業內有影響力，對投資者有吸引力，否則沒有人會碰它。那麼，沒有任何背景與資源的編劇又該如何進入這行業呢？很難。除非有一份完整的經歷，並且認識某些關鍵人士，否則永遠無法接觸到這些人……真是太讓人無言了。

我真希望伊恩在第一次見面時就告訴我這些，這樣我就不會浪費時間試圖打動他，甚至還有了悲觀的想法——我都這麼努力了，成果竟還化為灰燼，是不是永遠不夠格進入這行業，註定一輩子要當臨時演員。

負面情緒蔓延，我開始質疑一切。我質疑身為演員與作家的自己，甚至質疑身為蜜兒這個人的身分。所有可怕想法充斥腦海，讓我幾乎要放棄。

不知為何，我想起多年前和媽媽一起看我第一部廣告時，她臉上驕傲的表情。我趕緊放下負面想法，去閱讀一些編劇相關文章，希望給自己添加點知識。忽然 *Deadline Hollywood* 網站一則報導跳了出來，是《哥吉拉》演員陣容的公告，我很自然地點擊觀看。

才看了幾句文字，我便已大致知道這部電影的後續。演員陣容都很棒，但我只關心女主角是誰。我腳輕踩著地毯，手滑到文章底部……女主角是一位知名女演員。

我真的以為自己有很大機會得到這個角色，畢竟在試鏡時，我與這個角色非常契合。從獲得試鏡機會到在進入華納兄弟電影公司的再次試鏡，讓我有種宇宙在為我鋪路的感覺；在華納兄弟電影公司時，我充滿熱情與動力，相信自己屬於那裡，能夠按照他們的期望詮釋好這個角色。

雖然我既不是編劇，也不是製作人或導演，不知道他們在現實生活中設想的角色究竟如何，但我對這個角色很有共鳴。我努力工作，做了所有應該做的事，而現在一切都結束了。

為什麼我還是抓不住機會呢？

38. 好萊塢裡的歧視

穿著十五公分高跟鞋的我汗流浹背。這次是在好萊塢杜比劇院（Dolby Theatre，舊名柯達劇院）舉辦的大型電影首映，和之前跟尼克一起參加的私人放映不同，這裡到處都是身穿華服的一線明星、長長的紅毯、閃光燈閃個不停。更不用說，還有一群尖叫並瘋狂想一睹心儀明星風采的粉絲們。

深呼吸後，我跨出車子。溫暖的空氣撫慰著我的肌膚。丹特的手輕掠過我手背，帶領我穿越人群走向劇院入口。

他上下打量著我，目光在我臀部曲線和連衣裙領口停留片刻。

「你看起來美極了。」他輕聲說，我臉紅了。

「謝謝。」我說。我明白他只是想分散我的注意力，避免我在眾人面前崩潰。他繼續讚美我讓我緊張的情緒暫時淡去。他剛說的話讓我對身上這件翡翠綠裙更有信心，這股感覺在內心擴散，片刻後我才想起自己身在何處。

我提醒自己，今晚在這裡是為了支持丹特，不要再想著要逃回租來的禮車裡，於是強顏歡笑地站在他旁邊，忍受相機刺眼的閃光燈。

走過紅毯，終於可以鬆一口氣；但沒過多久，一頭深褐髮色的知名美女走向丹特，並緊緊擁抱他。我此時還勾著丹特的手臂，便立刻放手，尷尬地站在他們旁邊。

一如往常，不安感繚繞心頭。我不屬於這裡！在這裡的每個人，幾乎是每一個，都是電影行業的佼佼者，就連我身邊的這名男士丹特，他也是知名編劇。只有我，什麼都不是。

「天啊，你相信今天終於來了嗎？我好想看這部電影哦。」她對著丹特說，完全把我當成空氣。

和尼克在一起時，我經歷過類似的狀況，甚至還遭到網路霸凌；我不想再待在這裡了，我再也不願和不尊重我的男人在一起。就在我要轉身離去時，丹特的手臂環繞著我的腰間，將我拉得離他更近一些。「蜜兒，這是我的朋友，凱特。」他看著我，然後轉向她。「凱特，這是我女友，劉蜜兒。」

凱特露出被人揭穿壞行為時才會有的表情，強顏歡笑地對我展現過度的熱情。「哦天啊！我剛才沒看到你。你的裙子真好看。」

「謝謝，」我說，彬彬有禮地笑著。「你也很美。」

她低頭看著自己閃亮的金色裙子。「哦，這個？謝謝。那麼，米婭——」

「是蜜兒，」我糾正她。「劉蜜兒。」

「哦天啊，我好喜歡這個名字！你是不是和劉玉玲有親戚關係？你真的很像她！」

凱特做了幾個奇怪的功夫動作，邊做邊咯咯地笑，彷彿裝可愛就能把動作做得不帶任何種族歧視般。

「凱特……別這樣。」丹特說。

「我做了什麼？對了，昨晚我看了《尚氣與十環傳奇》。」凱特繼續，「哦……我的……天啊，劉思慕是不是你哥哥，或是表親之類的？」

「凱特……」丹特尷尬地試圖讓她停下來。

「繼續、繼續。」我告訴凱特，雙臂交叉胸前。

這女豬頭難道真的以為所有亞洲人都長得一樣嗎？我盡量不讓自己露出不悅的表情，想看看她到底還要說些什麼。

「不是的。」我聳肩，笑嘻嘻地說，「不過我知道你為什麼會這麼想。」

凱特錯過我的諷刺意味，反而更堅定地說：「對吧？就像你們都有相同的姓氏。」

「劉在台灣和中國是很常見的姓氏，有點像史密斯或強生。」我向她解釋。

「我真的覺得你們是親戚。」

「不是的，我們唯一的共同點就只是亞洲人。」

她仰著頭大笑起來。「哦天啊，米婭，你真的好搞笑。」

我名字的發音她已聽到很多次，應該知道怎麼念；就算話講得再直接，再糾正她也是浪費口舌。好萊塢有很多人假惺惺，很顯然，豬頭女凱特也是其中之一。我禮貌性地笑著應付，畢竟我可能再也不會見到她。

丹特在我臉上親了一下，然後驕傲地點點頭。「你真的是給她好看。」

凱特胡言亂語一番後便走開了。有些人就是喜歡成為注意焦點，看到她去找下一個亞洲人時，我搖搖頭嘆了口氣，和丹特對此一笑置之後，他便四處招呼朋友和同事，向他們介紹我。

直到坐在劇院裡的位置上，我們才有短暫的獨處時間；趁著身邊沒有其他旁人時我轉向他問：「所以，女朋友，嗯？」

「對不起。」他不好意思地說。「我原本想說『朋友』，但不知怎麼地脫口而出……也許是因為我真的想和你在一起。」

我能看到他眼裡的真誠，心裡一陣緊張。和丹特在一起的感覺很不一樣。他是如此真摯且持續地支持和鼓勵我，即使在今天，也以兩性平等的態度對待我。他的坦誠，讓我懷疑自己是否不值得擁有。

劇院燈光漸暗，電影即將開始。我不加思索地輕輕將他頭轉向我，就算此時此地不適合親吻，我卻不在乎地吻了他一下。他整晚都未離開我身邊，確保我感到舒適。遇到他以來，他對我的好總是超出我所期望。

雖然這才第二次正式約會，我已確定自己想和他在一起。他緊握我手，雙雙靠在一起觀看電影，臉上露出開心的笑容。

從那天起，我每天早晨醒來，臉上都帶著笑容。在短短幾天的相處中，丹特證明自己比我所有前男友都成熟。在充滿陷阱的好萊塢裡，我終於找到值得信賴的伴侶。我們的感情越來越深，同時我也知道，無論未來遇到什麼困難，丹特都會在我身邊。

39. 拍片現場的驚喜

知道嗎？當朋友一直談論某個男孩有多棒，不停地誇獎這個人時，你會非常想要見到他本人。

好吧，我和丹特就是以上這情況。自從認識他以來，甚至在關係變成正式情侶前，我便一直對他讚不絕口，海蒂和阿俊已厭倦每天聽我說他有多棒，所以強迫我安排一起午餐。我非常興奮，終於能將丹特正式介紹給他們，他們一定會像我一樣喜歡他。

丹特最近忙著一部熱門電視劇，他是編劇，也是執行製作，非常忙碌，他邀請我們三人到他正在工作的劇組裡一起午餐。除了藉機讓他見見我的朋友們外，我也絕對不會放過參觀劇組的機會。無論去過多少次劇組，我都驚嘆於想像力實現的各種過程。

幾個穿著中世紀服裝的演員帶著巨大的劍走過我們身邊，他們可能以為我們是贏得某種比賽而得到免費通行證來參觀劇組的粉絲，熱情的向我們揮手，讓從未來過劇組的阿俊看得目瞪口呆。

海蒂雖然有 MV 拍攝經驗，但這次經歷截然不同。沒錯，我們相識於拉斯維加斯拍攝電影時，但那次並不像眼前這樣的大型製作。那些有趣的服裝和佈景讓她看得入迷。

丹特坐在導演身後，手裡拿著劇本，耳朵後面夾著一支筆，整個人看起來像是浪漫喜劇中的帥哥。

他看到我們，立刻跳了起來擁抱我。我們小心翼翼地走到一旁，以免打擾其他人。「嘿，你們好，」丹特擁抱著阿俊和海蒂說，「蜜兒經常提到你們，我們終於見面了！」

丹特帶著我們來到臨時自助餐廳，告訴我們可以隨意挑選餐點，接著為我拉開空桌旁的椅子，然後脫掉外套，把它扔在椅子背上，坐在我旁邊。這些舉動都讓我朋友們印象深刻。

周圍的桌子坐滿演員、製作人和導演，海蒂看得入迷，「我真的不敢相信這一切都是真的！」

阿俊突然瞪大眼睛驚呼：「天哪！那是哈利・史戴爾斯（Harry Styles）嗎？」

海蒂立刻跳起來，趕緊捂住他嘴巴，以免他再大聲說出來。當阿俊興奮起來時，他的聲音總是提高幾個音調。丹特順著她的目光看過去，聳聳肩，嘴角泛起笑意。

「以一到十分來評判一下……向正在吃沙拉的哈利・史戴爾斯自我介紹會讓你有多尷尬？」阿俊邊整理頭髮邊問道。

「你看起來不像容易尷尬的人。」丹特插嘴道。

這讓阿俊像柴郡貓一樣瞪大眼睛，露出得意的笑容。「這麼明顯嗎？」

海蒂笑著對丹特豎起大拇指，「天啊，我有了阿俊過度自信的最佳笑話。」

我們開始講述一些自己遇到的尷尬情況，其中一些我從未聽過。

丹特和海蒂、阿俊就像已認識多年的朋友那樣有說有笑，我察覺了自己對他的感情。我指的不是年輕人的那種戀情，青澀或愚蠢得猶如毒品般讓你自我感覺良好，一旦不再有趣時就可以分手；而是那種只要一見到他，你就會心跳加速卻又感到平靜和安全的那種感情。

我們才交往不久，這樣是不是進展得太快了？之前，我交男友進展得太快，而我總是受到傷害，在確定這是真愛之前，我應該隱藏自己的情感。

阿俊清了清嗓，試圖露出一本正經的表情。「那麼，丹特，你對我的朋友抱持著什麼想法？」

我捂著臉，笑得顫抖。「你們都瘋了。」

海蒂咧嘴一笑。「我們得讓他在見你家人前做好心理準備。」

「我覺得他認識你們之後，就會被嚇跑了啦。」我面無表情地說。

「太晚了，沒有什麼能把我從你身邊趕走。」丹特摟著我的肩膀。

我笑著看著阿俊，他看起來激動得快要跳起來了。「你們好浪漫哦！」

「哦，我的天哪。」我嘆了口氣。

坐在對面的海蒂舉起一杯水，「為丹特和蜜兒乾杯，」她開心地說。

我看著朋友們，他們真的很三八！「你們！這可不是婚宴。」

丹特從善如流地與他們碰杯。我瞪大眼睛，不敢置信。他們才剛剛認識，卻已聯手捉弄我了。我假裝生氣了幾秒，然後忍不住笑出聲，也一起舉杯。

他們三人相處得融洽讓我鬆了一口氣。對我來說，海蒂和阿俊是非常重要的人，他們的判斷力很好。如果丹特在偽裝，他們一定會知道，甚至可能揭穿他。

「嘿，蜜兒告訴我們，你最近在參觀博物館和畫廊，找尋靈感。」阿俊對丹特說。「下次我的展覽你一定要來哦！」

「哦，是嗎？謝謝！」丹特笑得合不攏嘴。

他們開始討論各種視覺藝術媒介，以及其中的創意。丹特還跟我們說了一些他親眼見到的迷人故事。

★

午餐後，丹特邀請我們留下來觀看之後的幾個場景，我們都熱烈贊成。我原擔心他們會覺得無聊，沒想到片場的一切讓他們都很著迷，想要更加了解。我們最後在片場待了一整個下午。

最後一個場景開拍前有五分鐘休息時間，丹特過來找我們。

「嘿，朋友們，今晚在其中一位演員的家裡有場派對……我先不說是誰。」他對阿俊使了一個眼色。

阿俊甚至連問都沒有問我們就立刻回答：「別說了，我去！」

「是個怎樣的派對？」海蒂問。

「嗯，通常一開始氣氛都很冷，然後變得有點瘋狂。」丹特告訴她。

阿俊站起來，對我們搖晃著車鑰匙，「來吧，美女們，我們去逛街。」

「我稍後會傳訊息告訴你細節。真想快點見到你。」丹特俯身在我耳邊低語，飛快地在我的臉頰上親了一下後便回到導演後面的座位。他們即將開始拍攝下一個場景，於是我們趕緊離開以免造成干擾。

第七章

另一個夢想旅程

40. 人生沒有捷徑

幾個月後的某天，我坐在海灘旁的咖啡館裡，正努力完成一個電影劇本。這次課程是撰寫電影劇本，劇本要包含對話設定、一堆蒙太奇和倒敘。這項作業很有挑戰性，我不確定該如何完成。

就在我煩惱時，丹特拉開我對面的椅子坐下。他笑著問我：「在想什麼？」

「搞不定這東西。」我對他露出疲憊的微笑。

他坐到我身邊，先是看看我在做什麼，接著指著螢幕上的功能說：「看這裡，Final Draft 12有雙向對話功能。」

我看著他，點了點頭，不知道該怎麼回答。

「就像這樣。」他接著說，「你寫下對話，然後點擊這個小圖標，軟體會自動將其格式化成兩列，讓你看到哪個角色在說話。甚至會幫你加上角色名字。」

Final Draft 是好萊塢業界公認的標準編劇軟體。儘管我已使用一段時間，仍有些不知道的功能，例如對話設置。丹特仔細告訴我該如何操作。

過了一小時後，我猛然闔上筆電，頭靠在冰冷的桌子上。作業終於完成了！煩惱的事消失！

這時，一個絕妙點子突然浮現腦海。我辛苦了這麼久，沒想到答案就在眼前。我耐心等待丹特完成工作，好跟他分享我的想法。

我一直不喜歡利用人脈關係來獲取成功，但如果人脈意味著不會再被拒絕，我願意嘗試。是時候讓我的生活充滿好消息，這或許也是個機會。

他一闔上筆電，我立刻碰了碰他的手臂，燦爛地微笑。這肯定引起他的注意。

「我想說……」我慢慢地試探著說，「如果你能和我一起完成之前的劇本……」

「蜜兒……」

「等等，先聽我說完。我知道這會非常成功。」

「蜜兒，親愛的，我做不到。對不起。」

我茫然地看著他，試圖消化他剛才說的話。這比我被電影公司拒絕、作品被前男友們看不起還糟糕，不，是更糟糕。我試圖提醒自己丹特不一樣，卻無法擺脫那些湧上心頭的回憶。

「你這話是什麼意思？」我問。

「不是我不想幫你。寶貝，我不是史蒂芬．史匹柏，或是詹姆斯．卡麥隆（James Cameron），我無法提拔一個新手編劇。這是行規。」

「你從不相信我，對吧？」

我的指責讓丹特看起來很困惑。算了，無論他用什麼藉口都無所謂了。他不願意和我合作，表示在他眼裡，我就是個失敗者。

「你是不是第一次讀到我的劇本時就覺得我一無是處？你根本不知道寫作對我而言有多難！你是這麼想的，對吧？你從來就不相信我，對吧？」我含著淚看著丹特。

「我對你充滿信心。只是我現階段無法做到。你知道我願意幫你，但不是用這種方式。」

他的話對我來說毫無意義。曾經有男人聲稱相信我，只是為了說服我放棄夢想，而我以為丹特不同。

我發誓再也不讓男人踩在我頭上！我將筆電塞進包包，邊聽他求我別走邊怒氣沖沖地離開。我需要空間好好思考自己真正想要的。我不會因為喜歡他而再次忽略所有警告信號。

★

我冷靜下來，不再猛踩油門地開車回家。這感覺除了比試鏡被拒絕糟糕外，現在再加上我真的蠢到竟對丹特投入得太深。對某人在意意味著他有能力徹底摧毀你的世界，而丹特剛剛的說法就是摧毀了我的世界。我厭惡這種感覺。

回到家後，我氣沖沖地走進房間，拿出劇本漫無目的地翻閱。雖然很生氣，心裡卻逐漸認同丹特的觀點，這讓我更火大，覺得自己很愚蠢。

「他說得沒錯。」我翻閱著頁面嘆息。

在好萊塢業界這幾年，我知道新手如有知名人士的大力支持，他的路會便捷許多。丹特雖然已有些成績，但還沒站穩腳跟，現在和新手合作可能會損害他的事業。

愛情真是讓人難以捉摸。一不小心，情感往往凌駕理智。我為我早已了然於胸的事情生氣，在情緒激動下，甚至沒有看清丹特說的才是對的。

大約二十分鐘後，阿俊闖進門，然後縮頭說：「你說對了。她在這裡！」

幾分鐘後，海蒂走了進來。

「歡迎回家，陌生人。我們看到你的車停在車道上。」

最近我和丹特在一起的時間很多，他們總是等我回家。

「哈哈，真好笑。」我乾笑著。「酒在哪？」

「哦哦，天堂出狀況了？」海蒂眉毛上揚地說。

我想把一切告訴他們，但不知何故，我非常保護這段關係。人生金句是怎麼說的？「當和伴侶吵架時，不要告訴家人或朋友，因為你會原諒伴侶，但家人和朋友不會！」

他們很喜歡丹特，我不想破壞他們對他的印象，特別是在我還有點生氣時，我無法準確地描述我們的爭吵，也還沒有準備好該怎麼說，但我也不想對他們撒謊。

「哦，等等！我們得留點酒看《龍族前傳》（*House of the Dragon*）大結局。」我試著轉移話題。

「我回來途中買了兩瓶酒。」

海蒂露出燦爛的笑容，跑下樓去拿酒，阿俊則戲劇性地暈倒在我床上。

我成功地分散他們的注意力。

41. 歸零，重新出發

之前拍攝的香水廣告大獲成功，客戶要求再拍兩部廣告，與第一部成為系列廣告。這可是好消息，表示新的工作已被預訂。

我受邀參加廣告慶功派對，還可以攜伴。我邀丹特一起去，沒想到他立刻就答應了。慶功宴的地點離丹特的公寓很近，我和丹特決定在那裡換裝。經過這場本就不該發生的爭執，我需要修復彼此的關係。即便分開的時間短暫，但我想念他，希望我們之間能夠恢復如常。

我們的相處模式打從一開始就充滿和平與舒適。在他面前，我可以做自己，與其他人在一起時感覺截然不同。一切是這麼的理所當然，讓我對他和彼此間的關係充滿信心。

過往的男人總是傷害我，即使我沒有做錯，卻都是我在道歉，並為此感到愧疚。然而這次不同，我搞砸了，以質疑的方式想搞清楚他的想法。我得承擔後果，只因我在乎丹特。

我坐在車裡，想著等會兒該對他說些什麼才對。我決定先問問海蒂的意見。她也在這行業，也很了解我，我希望她能幫助我釐清情況。

海蒂在鈴聲第二次聲響時就接起電話。「美女。我好想你。」

「對不起，我知道我太專注在劇本和談戀愛上，我保證我們很快就會一起出去玩。」

「親愛的，你不用道歉啦。我知道你現在很忙。一切都還好吧？」

「嗯，一般般啦。」我嘆了口氣。「我只是對劇本的事有些疑慮。」

「什麼問題？」她問我。

「記不記得我跟你提過我去參加的編劇課程嗎？指導老師很喜歡我的故事，說這會吸引一些電影高階主管注意。問題是我最近發現，如果不和一位經驗豐富的編劇合作，沒有人會注意這部作品，但是丹特拒絕和我一起寫。」

「結果？」她疑惑地問。

「我對他大發雷霆。我知道這是情緒投射……我太擔心劇本吸引不了人。」

海蒂非常冷靜且客觀，向來很會提出建議。每當我面臨愛情困境時，我知道可以依靠她幫助我從另一角度看待事情，找到正確的解決方案。

「我明白，」她說。「你知道我對你一向只說實話吧？」

「當然。」

「說句公道話，你已經知道丹特是嶄露頭角的編劇，基本上和新手執行提案等於是一起毀了他和你的事業。這根本不值得一試。」

「我肯定是反應過度，對吧？」我問，心裡有底。

「是，親愛的。我明白為什麼這讓你這麼難過。你全心全意投入劇本，卻諸事不順，你絕望地向丹特求助，即使你早已知道他不會答應。你的情緒完全可以理解。」

我把頭靠在方向盤上。「你是對的。天哪……」

「換個角度想，丹特一直支持著你，教你寫作技巧，線上寫作課程收費可是數千美元！」

我現在意識到自己對丹特的態度實在是太糟了。「你是對的。他真的很棒。」

「親愛的，他很愛你的。所以快點下車，去和他和好吧。」

「你怎麼知道我在車裡？」

她咯咯笑。「每次你對情感有所疑慮時，都會在車裡打電話給我。」

我和她一起笑了起來。事實上，我的車就像是個錨。我記得當初把所有東西打包好到車上後便離家搬來這裡；記得滿心期望的開車去參加每一個試鏡，還有每次失望或被拒絕後坐在車裡哭泣的時光。

「去找他。」海蒂又說。「我現在要去吃蛋糕了。愛你，拜！」

她知道如果繼續聊天，我就會猶豫拖延，因此突然掛了電話。

我想到自己害怕過去不愉快的遭遇再次發生，便自行破壞這段關係，在一切進展得順利時，丹特一句看似負面的話，讓我把防護牆架高，然後逃走，只為了讓自己的心不再受傷。

我鼓起勇氣走出車子，進入他的公寓。我想要這段感情能夠開花結果，我得開誠布公。我想告訴他一切，包括我對彼此關係的疑惑和憂心，他對我的意義，以及過去幾天我其實不該對他發火。

過去的感情創傷造成我用錯誤的方式對待丹特。我不該這麼自私，應該更努力支持他的事業，就像他支持我的事業一樣。

我突然回想著和尼克那段有毒的情感，意識到自己為什麼需要花這麼久的時間療傷。因為尼克不僅傷了我的心，還傷了我的靈魂。

★

來到丹特公寓門前，深呼吸後輕輕敲門三下。我以為他會生我的氣，但和我預期的完全不同，他看起來反而是鬆了一口氣。我放棄原本準備長篇大論的計畫，轉而緊緊擁抱著他，他也緊緊抱著我。

回憶很痛苦，但我需要讓他明白。我們坐在沙發上後，我訴說和尼克的過往，以及我的反應為何會如此。

「他會不斷貶低我，對我施行ＰＵＡ（Pick Up Artist）心理操縱。」我解釋道。「在他身邊，我感覺自己一無是處，尤其是他希望我放棄我的事業。」

丹特耐心聽著並撫摸著我的背，然後告訴我他和一個朋友的經歷。他們一起合作完成劇本，但朋友卻攬走了所有的功勞，甚至還在他不知情的情況下賣掉劇本。

在分享的過程中，我明白了自己很珍惜這段感情，想永遠保護著它，同時也覺得我們都有嚴重的創傷後壓力症候（PTSD），需要更常相互溝通。

「對不起，」我最後終於說出口，「我應該理解你的說法是對的，不該讓你置於事業可能會毀掉的困局裡。」

丹特笑了，緊緊地擁抱我。「我知道你害怕，也知道你有多渴望成功。寶貝，我會一直在你身邊。我也希望你成功。」

「我知道，對不起。」

「你不用道歉。我只是很高興我們又和好了。」

我再次擁抱他，感激自己遇到這麼一個好男人。我終於確認這場戀愛關係很健康，我要珍惜這美好的伴侶關係，停止去思考「他會讓我傷心」這種負面想法。

跨族群戀愛確實有些挑戰，但我們尊重彼此。丹特來自巴貝多斯（Barbados），成長於波士頓，而我來自台灣，在舊金山灣區長大。我們努力學習對方的文化，我們已經多次討論種族如何影響生活和情感，也清楚在跨族群戀愛中多多少少會接觸到一些不熟悉或不習慣的事物，彼此都必須抱持開放心態，一起嘗試新事物。我們雙方都願意傾聽和互相學習，才能針對這些問題來進行對話。

★

和丹特和好後，我對自己正在撰寫的劇本有了比較清楚的想法。這個劇本的製作預算需要幾百萬美金，我的職業生涯還沒有達到讓人願意投資這麼多錢，我已為它竭盡所能，現在我必須暫停，轉而把精力集中在自己能掌控的範圍內。

那些期望著伊恩來電討論的期待和焦慮，一次又一次的修改劇本……最後全部落空，當時覺得很挫折，現在都變得毫無意義。我決心全數歸零，回到原點，重新出發。

我拿出手機傳簡訊給我妹妹寶兒——

蜜兒：我暫時擱置這項提案，請告訴媽媽別再跟家人和朋友們說起我的劇本。啊！太尷尬了！

寶兒：也許你可以拍成半自傳或紀錄片！如果你想維持低成本，最好的故事就是你自己的故事。

寶兒說得對。是時候停止像之前那樣在好萊塢橫衝亂闖，我必須認知到自己身為創作者的能力和資源，適時放手那些超出能力範疇的事。歷經所有「拒絕」後，從現在起，我要為自己創造「可以」。

我擦掉煙燻眼妝時，忍不住笑出聲，自己的眼睛看起來很可怕，烏漆麻黑的眼睛讓我想起小時候與寶兒和童年朋友一起在營地時，一件毛骨悚然卻有趣的事情。

那時我們在一間小木屋玩「血腥瑪麗」（Bloody Mary）遊戲，據說那個遊戲能招出邪靈，我們不知天高地厚，根本沒想過遊戲的後果。結果，我們居然喚醒了某種邪惡力量，還有人被邪靈附身，我們教會為此成立一個調查委員會，專門調查這件事；灣區好幾個教會的牧師被召集起來合力驅魔，甚至連當地的警察局也來詢問我們這件事。

蜜兒：哦天啊！別說了！我剛想到一個點子！謝謝！

42. 幸福的滋味

幾個星期後，我整理好恐怖劇的提案，準備和丹特分享。

丹特慵懶地躺在沙發上，靜靜看著我在客廳裡來回踱步。我最近似乎總在來回漫步，但感覺很好。我終於要採取行動了！於是大聲地對自己信心喊話：「我要開始行動！我不要等待別人投資我，我要自己來。」

四十分鐘過後，丹特張開手臂說：「過來吧。」

「別讓我分心。」我抗議道。

他歪著頭拍拍腿。我有些不大情願地走到他身邊，靠在他懷裡，內心暗自高興。瞬間，我又平靜了下來。

他一邊輕輕撫摸我的頭髮一邊問道：「你現在最熱衷什麼？」

現在我放鬆了，思緒也清晰起來。「我在思索一個關於超自然的提案。」

「再多說一點。」

「好吧。我小時候曾和寶兒一起參加教會營隊。在那個營隊裡，我們玩了一個叫『血腥瑪麗』（Bloody Mary）的遊戲，結果教會的彈奏者真的被附身，整個灣區的神父不得不一起合力驅魔。我想以這個故事為藍本寫劇本。」

「聽起來很有趣，我會想看的。」

我抬起頭，與他四目相對。

「真的嗎？你不會是因為是我男友才這麼說的吧？」

「寶貝，我真的覺得這是個很棒的點子。繼續做吧。」

我從他腿上跳下，再次踱步。我想像著用這創意去做了不起的事情，腎上腺素在體內翻騰，腦海裡也突然冒出一些點子。

「我可以做類似《厄夜叢林》（*Blair Witch*）那樣的影片。」我告訴丹特。

我在 **TikTok**、**Instagram** 和 **Snapchat** 上為這部即將到來的電影創立帳號，一邊向樂在其中的丹特解釋步驟。我的目標是在這些帳號上發布與我想法相符的短片，引起觀眾的興趣和認同。

丹特拿起放在旁邊桌上的筆電。「既然我們在腦力激盪，我這裡也有一些問題，你能幫我想個點子嗎？我有點卡住了。」

我的雙眼猶如國慶日煙火那樣閃閃發光。丹特曾多次徵求我的意見，每次都讓我覺得很特別。他一直在證明自己多麼尊重和珍惜我的想法。在我過往的關係裡，我只是一張有著漂亮臉孔的花瓶，但在丹特眼裡卻不是。

「一群人被困在火圈裡，需要被救出來，救援隊最合理的解決方法是利用直升機來救人，但感覺太普通。」丹特解釋道。

他說得對。動作片裡有太多直升機救援，有如每個家庭裡的基本家具配備，以至於現在的電影若沒了這些配備，會有種不完整的感覺。這正是劇情不好的原因，因為太過容易。

「要怎麼加入震撼感？嗯……例如讓原先以為已經死了的主要角色回來拯救這些人？」

「我喜歡你的想法，但觀眾可能也會猜到這點。」

我微笑著，輕輕吻了他鼻子一下。「這就是為什麼這角色在拯救那些人之後，也同樣死於……銀幕裡的火災中。」

丹特把我拉回他懷裡，在我臉頰上輕吻一下。在這個充滿慾望的致命舞蹈中，房間變得模糊不清。我們雖然才交往幾個月，但感覺已像愛情長跑多年的情侶。每當他用閃閃發光的棕色眼睛向我微笑時，我的心都會融化。從他看著我彷彿是世上唯一的女人，到無限支持我的夢想，這些都是我在伴侶關係中所渴望的。

我推開他，走到窗前，俯瞰底下的街道。「我猜現在是冬天了吧。」我尷尬地傻笑。

就在這一刻，我察覺到我已深深愛上丹特！這怎麼發生得這麼快？我對他的感情如此顯露，這讓我害怕，不知該如何面對他。

他走到我背後，雙手環繞我的腰，把我拉回他懷裡。「怎麼了？」他輕聲問，我脖子感受到一股炙熱，背脊顫抖。

我轉過身面對他，雙手放在他胸口。他低下頭，嘴唇輕輕觸碰到我嘴唇，這個溫柔的吻讓我全身發麻，在他懷裡感到安全和溫暖。我不假思索地環繞著他的脖子將他拉近，加深彼此的吻。我們就這樣維持了好幾分鐘，最後才喘氣的分開，臉上滿是慾望。

「我愛你。」丹特凝視著我眼睛低語。

聽到他說這句話，我不禁屏住呼吸。如果這是一場夢，我希望永遠不要醒來。

「我也愛你，寶貝。」

蘋果手機的通用鈴聲突然打破我們之間的寂靜。丹特哼了一聲，頭靠我肩上。「我得走了。」他說。

告白優先，工作不是我倆現在在乎的事，但我知道丹特今天跟一位大明星有約，我必須讓他離開，於是趕他出門。他在門口悶悶不樂地站著，我遞給他他的筆電、手機和鑰匙。

「寶貝，我可以改時間。」他撅著嘴巴說。

我不想離開他，但我們都必須工作，身為成熟的大人真的很兩難。

「等你回來，我還會在這裡。」我說。

他臉上綻放著我熟悉的笑容。「你說的喔。」他倒退著走。

我玩味地翻了個白眼。「是我說的。」

★

看著丹特開車離去後，我關上門。我知道我應該認真工作，卻無法不去想這一刻有多美好。他愛我……丹特真的愛我。

環顧他的公寓，地板光潔的發亮，還有不少我的東西。我經常來這裡，丹特希望能讓我覺得像自己的家，於是帶我去購物，為他的家添置一些「女性化的裝飾」。客廳裡有條跟我家枕頭顏色相配的紫色毯子；一個花瓶，裡頭的紅玫瑰是他在片場給我的驚喜，壁爐架上有著許多我們和朋友們的合照。

我穿過客廳走進他的臥室。床頭櫃上有張表框起來的照片，照片裡的我那在沙灘前笑得合不攏嘴，雙臂環著他脖子。這是我們剛交往不久拍的，也是我最喜歡的一張。

回到客廳，從茶几上拿起我的筆電，坐在沙發上，開始為我的恐怖片專案敲打場景。丹特在傍晚時從前門走進來，雙手提著滿是食物的袋子。

「嘿，寶貝，」他邊放下袋子邊在我臉上親了一下，「你清單上的東西我都買到了。」

「謝謝！」我笑著說，「你真是太棒了。」

我跟著他到廚房整理食物。他專心地把需要放在冰箱裡的食物放好，而我則將櫥櫃裡的東西整理好。我喜歡我們依據自己擅長的部分來分工，即使在最微不足道的事情上也是如此。

「會議進行得如何？」我問他。

他關上冰箱，轉身後雙臂交叉地靠著檯面。「那個大人物耍了我。」

「你在開玩笑吧！」

「說真的，起初一切都很順利。那傢伙幾乎點了菜單上所有的東西，滿滿一大桌，他吃得很樂，我們也聊得很好。結帳時，他忽然說要去打個電話，然後人就不見了。」

「什麼？告訴我他至少回來跟你說再見了吧？」

丹特搖搖頭：「我被迫付了六百美元的帳單。」

我大吃一驚。這傢伙是著名電影系列的大明星。幾星期前，他的經紀人聯繫丹特，說他的客戶，也就是那位大明星，希望丹特為他寫一個劇本。

「真是小氣鬼！」我嘀咕道，「下次要見面的話，帶他們去路邊餐車。」

丹特突然笑得眼淚都快飆出，我則是火冒三丈。我的意思是，丹特應該在便宜的餐廳和這些人碰面。人們可能以為這種事情很奇怪，其實在好萊塢影視這個行業裡並不稀奇。很多名人仗著自己是超級明星，覺得別人應該替他們付帳。

我男友的笑容讓我平靜下來。「好吧，也許不是路邊餐車，不然你們得坐哪？」

「所以，星巴克還是賽百味（Subway）？」

我揶揄他，將烤箱手套扔向他。他接住手套，伸手拉住我的手。

「我不想讓你走。」他突然變得嚴肅起來。

「海蒂和阿俊若是再沒見到我，他們會找上門來。」我開玩笑地說。這有點誇張。當然，我這星期已經和我最好的朋友們碰面了。最近我確實和他們碰面的次數變少，這也可以歸因於我們的生活和工作變得越來越忙。這就是成長的悲哀——生活不斷變化，但我們仍然盡可能支持彼此，對此我心存感激。

「我是認真的。」他說，「沒有你在這裡，這裡就不是家……蜜兒，我想讓你搬來和我一起住。」

我的嘴唇顫抖著，臉埋在他的胸膛裡。我如此愛他，希望每天都能在早上醒來時就看到他。

「沒有什麼比這更讓我開心了。」我抬頭看著他，撫摸他的臉頰。「另外，寶貝，你需要洗個澡。」

他咧嘴一笑，摸了摸脖子後面，「無可否認，我剛去健身房消磨了一下時間。」

丹特去洗澡了，而我則繼續整理食物。是的，我自有一套整理邏輯。

丹特在我上床前就已經熟睡。儘管他在笑，我還是能看到他眼中的疲憊和沮喪。

我也快速地洗澡，換上睡衣，刷牙。上床後，我關掉床頭櫃上的燈，然後躺在被子裡與丹特溫暖的身體依偎在一起。他稍微動了一下，但沒有醒來，我頭靠在他的胸口，用手臂環抱著他，緩緩入睡。

43. 拍攝錄像恐怖片

我走進廚房，從冰箱裡拿出一瓶水後回到客廳，把筆電放在電視前的咖啡桌上，接著拿起皮包和車鑰匙。

丹特正在寫劇本，每隔幾秒就瞄一眼電視，觀看塞爾提克隊的比賽。當他陷入寫作狀態時，我得做一些事讓他轉移焦點，他才會一起去做其他事情。他對待寫作的認真態度讓人覺得很可愛。

「記得吃點東西。」我說，親了親他的臉頰。

一旦丹特全心全意投入寫作時，常常會忘了吃飯。隨著時間流逝，他的手指依然滿不在乎地敲打著鍵盤。有時候我會跟他 FaceTime，逼他起身去做三明治之類的。沒有我，他怎麼生活？

我開車去我以前的家接阿俊。我們已經有一個多星期沒見面了，然後一起去洛杉磯市中心和海蒂午餐。她正和 Lil Cats 拍攝一部 MV，這可是大事。

我們一到達，眼前的景象讓我們目瞪口呆。整個拍攝現場看起來像未來式賭場，到處都是霓虹燈和老虎機。辣模穿著如鋁箔般的緊身泳衣在現場閒逛。

「哇，這裡好多翹屁股，」阿俊說，做著誇張的搧風動作。

我輕輕地推了推他：「但不是你喜歡的那種，對吧？」

他伸出手來擊掌，我們忍不住大笑了起來。他已經出櫃，雖然我想知道他和王子的事，只是這仍是敏感話題，他不提我就不問。

我們站在角落，小心地不要妨礙到他人。音樂再次響起，海蒂和 Lil Cats 從一個紅色幕後走出來，有如在走伸展台一樣地穿過賭場。那些站在兩邊的辣模突然跳下，接著在地板上劈腿，開始扭動屁股。

導演大喊「卡！」，然後拍了拍手。這位導演很時髦，穿著一條緊身牛仔褲，緊到你可以看到他的臀部輪廓，身上那件白色T恤上方有著紅色斑點設計，看起來就像血跡。這給了我拍恐怖片的靈感，我立刻拿出筆記，記下這個點子。

「大家辛苦了。」導演對著鏡頭前的所有女性微笑著說，「休息五分鐘。」

導演轉向阿俊和我詢問：「你們是誰？一定是 Lil Cats 的粉絲吧。」

雖然他對著我們兩人說話，卻公然打量著阿俊。導演長得挺帥，可和王子比起來還有距離，我想阿俊也是這麼認為。

「其實，我們是來找海蒂的。」阿俊說，眨著眼睛。

導演向阿俊靠近一步，舔舔嘴唇：「你看起來像我應該認識的人。」

「你當然應該認識。」阿俊笑著。

身穿運動褲的海蒂走到我身旁，朝他倆微微點頭。我對她聳聳肩，一起觀察他們的交流。在彼此交換電話號碼後，阿俊無趣地走回我們身邊。

「沒興趣？」海蒂問他。

阿俊噗哧一笑：「親愛的，他根本不是我的菜。」

「說到菜，」我插嘴，「我餓死了，我們快走吧。」

海蒂拍完她的鏡頭後，導演允許她和我們一起去吃午餐，但她必須手機待機；我們去了一家位於拍攝地轉角的餐廳，方便她隨時趕回現場。

★

午餐後，我去了咖啡館，開始著手撰寫我的「錄像恐怖片」[8]腳本。我想讓這部影片非常真實，因此沒有替演員寫出台詞，只寫了場景，讓演員在整個拍攝過程中自由發揮、即興演出。

晚上，我獨自觀看 Netflix 播放的《靈動：鬼影實錄》（*Paranormal Activity*）和台灣恐怖片《咒》，把自己嚇得半死。丹特還在工作室，我將全部的燈開啟，依然在想像中的陰影裡看到一些可怕東西。我不想自己嚇自己，決定去富蘭克林大道上的正直公民大隊劇院（Upright Citizen Brigade）觀看一場晚間即興表演，紓解緊張情緒。

我一直都是即興喜劇的粉絲，看過很多場表演，多虧晚上獨自冒險的決定，這場表演全由亞洲演員演出，讓我非常震撼。

哇，我們真的做到了！

這場表演真的非常精采，演員們完全沉浸在自己的角色中。當中有位女演員長得有點像寶兒，很有親切感，我想邀請她參加我的影片。表演結束後，我到後台想找她介紹自己。

「小姐，你不能待在這裡。」一位男演員說。

「我只是想和朋友打招呼。」我撒了個謊，「我會很快的。」

他看起來有點生氣，但還是讓我進去了。那位長得像寶兒的演員就像我想像中的那樣敏捷、熱情且友好。我盡可能快速地向她介紹我的想法，詢問她是否願意合作。

「好啊！」她聽完我的想法後說，「聽起來很棒。」

這讓我開心到爆！現在我只需要找到規模不大的攝影組。

★

幾天後的一個多霧午後，我坐在已連續來了一星期的咖啡館裡，品嘗著茶拿鐵，聽著滴落在屋頂上的雨聲。

原來洛杉磯並非永遠陽光普照啊！

我忽然想到台灣最近地震頻繁，決定上臉書看看台灣的朋友，了解他們的近況。

我搜尋臉書時，無意間看到一個亞太裔美國電影製作人群組，以及一則正在尋找工作機會的化妝師的貼文。我點開化妝師的頁面觀看其作品，作品很出色，我當下決定傳送訊息給她，她也立刻回覆，說自己剛從化妝學校畢業，正在建立作品集，並且願意以每天五十美元的收費，當作支付她化妝的工作費。

我還透過臉書群組，收到一個叫做「亞洲電影製作網路」活動的邀請。基本上，這是場聚會，大家談論自己的計畫，互相幫助。在這個活動上，有位攝影師聽到我的想法，說他很喜歡這個點子，想要一起幫忙。他還介紹他從事音效的朋友，以及其他一些有表演背景的製作人，我最

8 錄像恐怖片，found footage horror film，是指以模擬事實呈現的影片，效果更佳逼真和恐怖。

後也聘請了他們。
能夠和其他了解我的來歷、有類似成長過程的亞裔移民們一起工作，真的很酷！
短短幾週內，我就找齊整個演員陣容和攝影團隊。真不敢相信，一切竟然進展得如此迅速！
我曾想過拍攝長片，但我還沒有這個條件，只能從最簡易的做起。這幾個月我一直拚命賺錢，加上我媽、阿姨、寶兒和朋友的贊助，現在我已經為我的錄像恐怖片積攢了兩萬美元。
如你所想，拍攝的資金並不多，在不影響品質的狀態下，需要發揮創意，尋找節省成本的方法。首先，我需要兩間位在加州大熊湖畔的小木屋。幸運的是，我有個朋友有間小木屋，願意免費讓我使用。另一間小木屋需要花費五百美元租金，但它值得。
確定拍攝地點後，我開始在跳蚤市場和車庫拍賣中尋找道具。我在一家古物店找到一面古董鏡子、一些舊衣物和破舊的家具，這些在電影中會讓人覺得很到味。接著，我去派對城大賣場購買假血供化妝師使用。阿俊借給我兩盞備用燈，所以我有了專業的燈光，但我還是買了一盞特別的燈，以便營造出想像的視覺效果。最後，我計畫用 iPhone 來拍攝整部電影。
場景是在詭異的樹林裡一棟被遺棄的小木屋。即使場景是我們自己搭建的，但是破舊小木屋的惡臭還是讓我毛骨悚然，即使夜裡有 LED 燈打光，還是讓人不寒而慄。震耳欲聾的蟬鳴聲成為恐怖的自然配樂。
小木屋看起來跟劇本描述的一模一樣：破舊且歪斜，窗戶上長滿苔蘚，牆壁油漆剝落，地板嘎吱作響。我盡我所能地讓一切逼近真實，營造出自己正被監視著的感覺。
我的計畫是先在社群媒體上為我的電影引爆話題，所以我要扮演一位紀錄片主持人，尋找靈異現象。我的兩位助手也是表演系學生，他們分別拿著 iPhone，在我建立的頁面上進行直播。

劇本要求其他演員和我四處探索這些小木屋，所以我就這麼做了。首先，有扇破門在鉸鏈上來回擺動地發出吱吱聲響。屋裡的地板上有張發霉的舊床墊，上面是條破舊的毯子，旁邊有個裝滿舊玩具的盒子，裡頭有泰迪熊、缺了眼睛和四肢的洋娃娃、生鏽的金屬火車組，塗有原色的木塊等。還有一個寫著「樟腦丸」的空玻璃罐。

我撿起其中一個躺在搖籃裡的塑料嬰兒洋娃娃，捏了捏它，它沒有發出任何聲音，我鬆開手，看它是否會倒下，它沒有。相反的，它靜靜坐著，等待著什麼事情發生。

飾演我妹妹一角的是那位演出即興喜劇的女演員。「我們找到鏡子了！」她激動地說。鏡頭轉向靠牆歪斜的那面古董鏡子。

我睜大眼睛看著鏡頭，「十五年前，我和我妹妹站在這面鏡子前。真不敢相信它還在這裡……」

小木屋外的風狂嘯著，樹木像熱舞探戈的戀人狂舞般搖擺著。一根樹枝劃過孤獨的窗戶，我們驚慌失措地尖叫著。

此時，我看到社群媒體頁面上的讚和愛心數在增加。我踮著腳，小心翼翼地走過吱吱作響的地板，突然，正如我所計畫的，天花板上的一塊板子塌落，一名助手按照事先安排好的跌倒在地，假裝手機掉了。他重新拾起手機，穩住手。

「我們得趕緊離開這裡。」我對工作人員說，「這個小木屋裡有邪惡的東西。如果我們今晚嘗試進行儀式，我們可能會死在這裡。」

拍攝所有片段大約花了一星期，社群媒體上的反應非常熱烈，吸引了大量追蹤者，他們都想看更多。甚至有人告訴我其他曾出現靈異現象的地點和故事。

★

為了吸引觀眾，我們策畫了一個名為「鬼屋派對」的活動，把一個大型倉庫裝飾成影片中的鬼木屋。參加者要扮成他們最喜歡的恐怖電影角色，門票要價十美元。我還邀請了一些網紅，透過錄製影片或者直播的方式參加派對，這可是最佳的免費宣傳！

現場的人們享受音樂、啤酒和「鬼怪」美食後，終於到了欣賞電影的時刻。我站在房間後面，看著觀眾全神貫注地觀看影片，心中充滿笑意。

社群媒體上的影片只是其中一小部分。我真正的目標是把所有的影片剪輯成一部八十分鐘的完整電影，當然，我們還需補拍一些鏡頭。電影開始時，一座鬼屋出現在畫面上，旁白講述多年來流傳在舊金山東灣各教堂間的靈異故事。

二〇〇八年，兩姊妹走進教堂的洗手間，玩起名為「血腥瑪麗」的遊戲。遊戲規則是關掉洗手間內的所有燈光，盯著鏡子喊三次「血腥瑪麗」。傳說，做這件事會讓一個邪惡靈體出現在你身後。

幾天後，一名教堂女性工作人員在打掃洗手間時突然被邪靈附身，原本瘦小的她忽然變得力大如牛，說話粗魯，還夾雜著日本口音。教堂得知此事後，不得不召集所有幹部，調查此事。最後決定召集附近城市的神父們為她進行驅邪。

時至今日，距離那次事件已經過去了十五年。當年的兩姊妹如今都已成年，成為電影系學生。她們決定拍攝一部關於那晚的紀錄片，因此回到那座已被改建成露營木屋的教堂。她們做出當年同樣的儀式，希望能在社交媒體上吸引更多關注。然而，事情的發展出乎他們的規劃，攝製組成員一個接一個出現異狀，像中邪一樣，有的突然變了性格，有的像發瘋一樣吼叫，還有一位女生竟然發出男人的聲音。

當片尾字幕開始滾動時，觀眾瘋狂歡呼、吹口哨和鼓掌。幾乎在同一時間，關於下一部電影和放映活動的社群媒體評論訊息塞爆我的手機。

海蒂找到我，緊緊擁抱著我。「恭喜！你真是個天才，親愛的！」

「你喜歡嗎？」

她將手臂伸到我的面前。

「超激動！」

我還沒看見阿俊就聽到他的尖叫聲。他和海蒂一樣，緊緊擁抱著我，然後向我展示他手臂上的雞皮疙瘩。

丹特從我身後走來，親吻我臉頰。「這太棒了，寶貝。我覺得這將大受歡迎。」

「真的？」

他點點頭，把我轉向他面前。「這是你的時刻。享受每一秒。之前所有的拒絕都是為此刻鋪路。」

他說得對。如果不是因為被拒絕那麼多次，我可能永遠不會知道我可以做演戲以外的事，我也不會學會如何寫劇本，如何為電影制定預算，如何應對前後期製作，以及其中所有環節。正是因為有人對我說「不」，我才會加倍努力、另尋出路，才能獲得這些新的技能和機會。這一刻，我對「拒絕」感激不已。

44. 亞洲魅力襲捲而來

幾星期前我搬離阿俊和海蒂的公寓，利用今天的休假去拿一些還留在那裡的東西。抵達公寓時，門前停著兩輛黑色 Range Rover，一名身穿黑色高爾夫衫和牛仔褲的高大男子悶悶不樂地站在門口看守。我把車停在對街，疲憊地走向他。他伸出手臂擋住我。

「這個拍攝現場沒對外開放，女士。」他說。

我晃了晃鑰匙，「嗯，雖然我不知道你是誰，但這是我家。」

這不是謊言。為了不給好友添麻煩，我還繼續支付了兩個月房租，直到他們找到新室友，所以，現在這裡仍是我家。保安朝著耳機說話，我聽到有人慌張得告訴他讓我進去。

「對不起，女士。」他說，然後讓開。

我沒有直接進屋，而是去了阿俊的工作室，想弄清楚發生什麼事。這些人是誰？他們在這裡幹麼？

當我看到那名站在門口的人時，不禁停下腳步。

「王子？你為什麼會在這裡？」

他尷尬地抱了我一下，羞澀地笑著。「阿俊和我復合了。」

我非常震驚。什麼時候的事?!最重要的是，為什麼阿俊沒有告訴我？我替他們高興，但我肯定需要知道所有細節。

站在王子旁邊的是阿俊的父母。他們張望著工作室，臉上的笑容無法掩飾。我很訝異他們也在這裡，禮貌地向他們打招呼。

「在裡面的人是誰？」我問阿俊的媽媽。

「一位來自正義聯盟的演員。」她說，「你認識他嗎？我們的兒子和大明星一起工作，真是不敢相信。」

「他真的是我們的驕傲。」阿俊爸爸在一旁補充道。

誰能想到會有這麼一天！阿俊的父母站在這裡支持他的夢想，接受他真正的模樣。

我轉身再度擁抱王子並低語：「我替你們倆感到高興。」

「謝謝，蜜兒。我很高興一切都解決了。」

他那如百萬瓦特的笑容下是多麼快樂啊！即使我認識他不深，但王子看起來能與阿俊共患難，我希望他也能給阿俊這種感覺。我非常高興。

我聽到相機快門聲和我好朋友的興奮聲：「太好了！太好了！展示肌肉！你真帥！」

這時，我悄悄走進阿俊的工作室。在離我幾公尺處，我最喜歡的電影明星正光著上身在擺姿勢。我不知阿俊如何在如此散發魅力的人面前保持專業，不過知阿俊者我也，我們之後肯定會尖叫地討論。

有誰能想到，阿俊簡陋的車庫照相館裡，會迎來一位知名明星？又或者，身為MV模特兒的海蒂，會有機會和超級巨星合作饒舌歌曲？我的朋友們可作為努力在好萊塢奮鬥的典範。這條路並不像想像的那樣一帆風順，但無論需要多久時間，只要勇往直前，時機終會來臨。

經過多年的雙面人生，渴望得到父母認可的阿俊終於實現他最大的夢想！而我也非常幸運的，坐在第一排見證這一刻。

★

當天晚上，海蒂回家，阿俊和我正收看著 YouTube TV 播放的奧斯卡頒獎典禮，她興奮地跑過來。

「他們就要公布最佳女主角了！」我拉著海蒂告訴她，讓她坐到沙發上。

我緊緊抓住海蒂和阿俊的手，期待的情緒在我們熱切等待獲獎者時逐漸升溫。房裡充滿新鮮爆米花的香氣和壓低的耳語聲，兩位美麗又深受喜愛的女演員和主持人——荷莉．貝瑞（Halle Berry）和潔西卡．雀絲坦（Jessica Chastain）走上台，打開奧斯卡信封。她們即將宣布最佳女演員獲獎者名字，我們的心砰砰跳動，屏住呼吸等待著。

「奧斯卡獎得獎的是……楊紫瓊。」

海蒂和我像小孩跳彈簧床般地跳了起來，尖叫著，而阿俊像瘋子般地在沙發上蹦跳。這能怪我們嗎？畢竟不是每天都能見證歷史。我想起二〇〇一年那晚和家人一起看奧斯卡的時刻。當楊紫瓊和《臥虎藏龍》的演員陣容出現在紅毯上時，我被迷住了。

現在，楊紫瓊成為第一位贏得最佳女主角獎的亞洲女演員，我內心滿是自豪和鼓舞。

在那一刻，我認知到代表性真的很重要。看到一個和我一樣膚色，經歷過類似掙扎和艱辛的人取得如此重大的成就，我心中燃起更多火花，讓我對追求夢想充滿希望和力量，無論它們看起來有多麼不可能。

儘管我會遇到障礙和懷疑，但我會想起楊紫瓊的堅韌和決心，永不放棄。她的成功不僅僅是她自己的，也為那些正在自己的戰鬥中努力奮鬥的無數人照亮前路。

我們為亞洲代表在奧斯卡有著歷史性的突破而尖叫興奮，感受著頒獎典禮的熱情後，我們重新坐回沙發，我決定和朋友們分享一個好消息，微笑地轉向朋友。

「我的電影參加了影展。」我驕傲地說。

阿俊驚訝地看著我。「哇！在哪裡？」

「舊金山。」我笑著回答。這是美好的一刻。

「太棒了！」海蒂說。「你何時出發？」

「再過幾天。」

阿俊挑著眉。「這似乎是個完美的度假機會。」

「嗯，我和丹特會在舊金山見面。他從加拿大飛過來。」

海蒂帶著調皮的眼神看著我。「我們要送你去機場。」

我翻了個好笑的白眼，知道當海蒂下定決心的時候，根本無法改變她的計畫。

「看來我沒什麼選擇。」我嘆了口氣，只得接受他們的好意，大擺陣勢讓他們護送我前往機場了。

★

幾天後，阿俊、海蒂和我去機場途中。我的電影入圍舊金山影展最佳影片之一；我們在車上等待著收音機播放海蒂和 Lil Cats 的單曲。

對海蒂而言，她的歌第一次在收音機上播放可是件大事，我們不僅興奮，也迫不及待，阿俊和我還分別到自己的社群頁面大力宣傳，提醒大家幾分鐘後要收聽她的歌。

「我不敢相信！」阿俊大喊。「海蒂的歌曲會在收音機播放！」他看著她笑了笑。

「對啊，」我笑著說。「你知道表示什麼？我們需要慶祝一下！」

他們都知道我指的是什麼。按照規定，每當生活中發生好事時，我們必須去洛杉磯某個高級地方慶祝，這絕對是特別的時刻。

「對啊！」他興奮地說。「我們還得慶祝你的電影入圍大型影展，這整個週末都要慶祝！」

「我好緊張！」海蒂說，她把手機貼在耳邊。她正在打電話給家人和其他朋友，叫他們收聽。

「你知道你的音樂很好。」阿俊笑著說，「它會震撼世界。」

「謝謝。」她對著他說，然後又看了看手機。

海蒂的歌終於播出了！我們三人變得瘋狂。歌曲播放時，車子開始晃動。海蒂用最大的聲音唱著，我們為她加油，為此感到驕傲。

海蒂開心地舞動著，跟著 Lil Cats 歌詞一起唱。她此刻就像一位女神——只需要一頂皇冠和一根權杖，就可以統治所有人。

記得我們第一次見面時，她還是位試圖打入市場的亞洲女性，現在她擁有這一刻，這一切彷彿是為了她而存在。

身為永遠的氣氛熱炒王，阿俊開始在座位上瘋狂扭動，像沒有明天般地向前扭動。鬆餅吠叫著並擺動尾巴，彷彿也要加入主人的扭動大賽。

我之前就聽過整首歌，於是從皮包裡拿出一瓶水，當作麥克風唱著。

等到歌曲結束時，我們累得喘不過氣來，擦掉額頭上的汗珠，休息一下。我很驚訝我們在歌曲播放時沒有把阿俊的車子弄壞，我看著好友們比以往任何時候都閃耀，突然覺得自己也能征服世界。

45. 在電影節發光

還記得當年我夢想著成為演員而迫不及待地離開舊金山；雖然追夢過程有些曲折，但如今我已躋身於獨立電影製作人、編劇和初出茅廬的行銷之中，拍攝的電影還入圍了舊金山電影節！我敢說，我在好萊塢的闖蕩還算有點成績。

好萊塢的生活讓我知道要堅持向上是多麼困難。每年有成千上萬的新演員試圖出人頭地，但只有極少數人能成功。剛搬到那裡時，我打過好幾份工，在餐廳當服務生、在私人派對裡當侍應、洗車賺外快，還開過 Uber。

我也很快意識到，自己不屬於那一舉成名的百分之一幸運兒。相反的，我從臨時演員做起，和那些成功人士待在同一空間，但從未引起關注。對演員來說，最糟糕的事就是藏在別人的陰影下。可是，就像種子生長，牙根從土裡冒出並漸漸長成大樹一樣，這些挫折激發了我的潛能，讓我走到今天。來到舊金山電影節，感覺這是我生命中另一個新的開始，而這一切都因我決心踏入好萊塢追夢而展開。

舊金山電影節真令人驚嘆。這是場電影慶典，來自世界各地最有才華的演員和製作人、包括熱愛電影的人，齊聚一堂，展示各自的心血結晶，全力以赴地一起完成長達一週的各項活動。

會場很熱鬧，有身穿華服的名人，有初露頭角的年輕電影人，還有不少電影系的學生；他們相互交談，開心大笑，空氣中彷彿充滿奢華和昂貴的香水味，首次參加的我有些不知所措。置身於如此盛大的文化饗宴，我們這些未成名的電影創作者帶著一股強烈的熱情，感到特別刺激振奮。

我的電影會在電影節期間放映，並和一些知名人士的大型預算作品競爭。雖然有機會贏得大獎，但我不確定是否真的有人想看我的電影，畢竟我只是個初出茅廬、不知名的獨立電影製作人，憑著一股熱情，以極有限的預算，克難的拍出第一部影片。

拍電影耗費了我好幾個月的時間，從開始準備劇本、存錢，尋找合作者，到確保場地和搭建布景，我身兼編劇和導演兩職，剛開始拍攝時，也不知道能不能拍得好，可是當完成後和觀眾一起在鬼屋派對上首次觀看最終剪輯版時，我知道我們創造出了特別的作品。

我在影藝界已待了將近七年，知道要讓一部電影迅速起飛非常困難。此外，有才華的人那麼多，要在這麼多電影人的大海中脫穎而出又是另一個難關。幸運的話，終於獲得與其他電影一起競爭的機會，還得贏得關注和讚譽，更是難上加難。

信不信由你，要在電影節放映自己的電影，必須滿足很多要求。來到這裡之前，我就開始準備之後的電影播映，不但要確保所有的技術要求，讓電影能夠在螢幕上看起來很棒，還得確保有足夠的觀眾，並受到觀眾的喜歡。

「看起來應該還不錯吧！」我心想。我不停看著手錶，下意識地摸了摸頭髮，試圖分散緊張情緒。為了一部沒有多少預算的電影而大費周章，看起來有些不值，但這可不是普通電影，這是我的作品，這可是我多年來一直期待的重大突破。好幾百位觀眾即將觀看我的電影，其中許多是業界專業人士，他們可以為我下一份工作助攻，倘若還建立起關係，我便可以參加更多電影節活動，談論發行事宜。

開幕式讓人對整晚的活動有了期待，隨後是來自好萊塢和全球大型電影業界的重要人物的演講，現場除了音樂表演，還有大量點心、香檳。我朝大舞台走去，打算先觀看一下。

現在，距離看到我的作品在觀眾中的反應只剩幾小時。我不確定接下來會發生什麼，也很難描述此刻的感受，整個心懸的很高，就像正在落下的雲霄飛車那般，明知即將經歷夢寐以求的試煉，充滿期待和興奮，但胃還是忍不住翻攪著。我的心跳加速，掌心滿是汗水。

幾場電影放映同時進行，我的電影在第三影廳播放。其他電影看起來很不錯，因此一開始我擔心觀眾不會買票來我們這裡，也擔心著如果觀眾的反應不好怎麼辦？影評對我們會客氣嗎？媒體或觀眾會對我的電影提出嚴厲的問題嗎？我要是緊張的結巴怎麼辦？……

然而，當我看到觀眾席爆滿，簡直高興的呆住了，一直懸著老高的心這才放了下來。觀眾的反應相當熱烈，電影應結束時，大家起立鼓掌，我媽、寶兒更是笑的合不攏嘴，丹特則點頭讚許。

★

放映結束後，我被引導到一張擺滿麥克風的長桌前，準備進行媒體及觀眾提問。

「嗨，我叫坎蒂絲，我非常喜歡您的電影。看得我坐立難安。」最先開口的是一位記者。

「謝謝！」我帶著微笑回答。

「我很好奇，影片資料顯示，您的預算非常有限，我想知道您用哪種設備拍攝？」

「感謝您的提問，坎蒂絲。我是用兩支 iPhone 拍的。」

觀眾席上傳來驚訝的喘息聲，我聽到人們低聲私語，在議論這部作品如何完成。我媽和寶兒也坐在觀眾席，每當我朝她們方向看，她們都會向我豎起大拇指。

「嗨，蜜兒。是什麼激發你創作這部電影？」另一位觀眾站起來提問。

「我喜歡各種類型電影，但我特別喜歡這種還原實境的錄像恐怖片。」我回答，「它們講述的是真實人物的真實故事，無需華麗背景或鋪張，只需真實和坦誠，就已令人驚嘆。這是我在電影中試圖處理的。我想將我童年時的真實故事呈現給觀眾，和大家分享我曾經遇到過的那個恐怖又玄妙的世界。哦，還有，我在好萊塢追夢的旅程中，遇過許多挑戰和拒絕，我想為自己創造一些肯定。」

問題一個接著一個，這真的是超乎我的預期。看到人們對我的作品反應如此熱烈，心情真是太好了！

好萊塢不會給你肯定，這可是我歷經一番辛苦才明白的。即使是成功的演員，他（她）的演技和影片也是遭到不斷的檢視和批評。市場和觀眾是嚴厲、不留情的，真正的關懷和肯定來自內心，以及那些在現實生活中與你共度人生旅程的人。我媽媽、妹妹、丹特、海蒂和阿俊，無論我在順境還是逆境，他們都毫不保留的支持我。如果沒有他們的鼓勵和支持，我也不可能坐在這裡，與眾多電影人一起展示我的作品。

★

訪問結束後，評審們需要一些時間進行討論。我回到家人身邊和他們一起等待結果。寶兒走過來擁抱我，轉過頭看著媽媽。

「看吧！媽，我跟你說過，她會沒事的。」她說。

我媽瞪了寶兒一眼，目光立刻轉為柔和地看著我說：「我真以你為傲。」

她們對我的愛讓我忍不住地哭了起來。「媽媽，這對我來說意義重大。」

我們每隔幾秒就看一次時間，急切地想知道結果。從我收到的許多好評來看，我覺得自己很有可能贏得大獎。提問時間裡，向我提問的觀眾最多，這似乎是項很好的指標，說明我的電影受到喜愛。

當頒獎典禮開始時，丹特緊握著我的手。我的心跳得如此劇烈，彷彿隨時會從胸口蹦出。我覺得自己有點貪心，一開始只是想把影片做出來，後來又期盼參加電影展，現在，來到這裡了，但我還不滿足，想著自己可以贏。終於輪到我的電影類別，我緊閉雙眼，默默禱告，期待著聽到自己名字。

有人拿著信封走上舞台。

「得獎者是……《血玫瑰》，導演為李朱蒂！」

朱蒂走上舞台接受獎項，歡呼聲響起，我臉帶微笑地鼓掌，心中卻痛苦不已。

所有獎項頒發完畢，還沒聽到我的名字。我藉口去化妝室，把自己關在廁所裡，一直壓抑的眼淚靜靜的流出來。這一年過的多麼辛苦，我多麼期待能得獎，可等來的卻是失望，忽然覺得自己生命中每個轉角都是挫折。

嗨！我是打不倒的蜜兒！我已經做得不錯了，不必這麼沮喪，我要站起來繼續努力。

我先深呼吸，腦海中重新播放了一遍電影場景，直到思緒轉換成讓人可以平靜下來的配樂。

過了一會兒，我的眼淚終於流乾。我用冷水潑臉，盡可能修復妝容，再返回現場和親人共度餘下的夜晚。

走出化妝室時，我撞到一堵軟牆……這沒有道理。我抬起頭，只見一位中年女士。

「嘿，我認得你！」她說，「你就是用 iPhone 拍攝那部恐怖電影的導演，對吧？」

我不認識她，禮貌性地笑了笑。「是的。」

「我喜歡你的電影還有你在提問時的回答。看到你屢戰屢敗卻拒絕放棄，很受鼓舞。」

「謝謝。聽到有人這麼說對我而言意義重大。」

她從皮包裡掏出一張名片遞給我。「回到洛杉磯後，我們可以見面。請聯絡我。」

我低頭看她的名片，天哪！她竟然是獅門娛樂（Lionsgate）的發行商！是我一直想認識卻不得其門而入的發行商！世界真奇妙，我若得獎，她不一定會找到我；正因為我沒得獎，躲到化妝室哭泣，這才有機會遇到她。我不禁安慰自己：也許我需要輸掉比賽，才能讓這行業中有影響力的人真的認識我。

★

電影節結束後，丹特和我要回飯店，但我媽堅持讓我們回家。如果你有亞洲父母，你會知道這可是件大事；不過，我也不覺得奇怪，畢竟我媽第一次見到丹特就喜歡上他。

我從沒隨便帶男生回家，當我告訴我媽，想介紹丹特讓她們認識時，她非常興奮。我媽很會看人，她可以從我給她看的照片就知道這個人是否適合我，就像她看了麥可的照片那樣。我帶丹特回家，不僅是讓他見我的家人，也表明我對他是認真的。我要讓他知道，我的家人也都喜歡他、信任他、重視他。

寶兒和丹特聊得很高興，他們喜歡讀同一本書，看同樣的電影；我媽拚命拿食物給丹特，她一直在笑，眼裡充滿慈愛，我知道，她認同我的選擇。看著丹特和我的家人打成一片，一起說笑話，談論電影海報，我深吸一口氣，所有的付出都是值得的，我暗暗感激過往的挫折，讓我一路走到此時此地。

那天晚上，我躺在床上無法入睡，盯著無聊的白色天花板，隨著那令人討厭的滴答聲眨眼。

滴答……滴答……滴答……

這聲音怎麼那麼熟悉？我坐起來，看到丹特坐在床邊看他最喜歡的醫療劇。我看著他，回想起我們初次見面的種種、我們一起歷經的成長過程，覺得上帝對我還不錯。

突然，他回過頭來對我微笑。他關上筆電，爬上床靠近我。我依偎在他懷裡，沉浸在他散發出的溫暖中。我的生活從未像此刻這般平靜，他的聲音迴盪，我在安靜中閉眼入睡。

★

我愛現在的生活。

我還記得當初抱著那麼大的勇氣離開溫暖的家鄉到洛杉磯闖蕩，家人怕我在洛杉磯吃苦，怕我遇到壞人，怕我禁不住好萊塢情色財富的誘惑，學壞了，他們現在他們可以放心了，我沒有迷失自己，更沒有放棄。

我們都有過夢想，但也都有很多現實的限制。不過，真心覺得，去試一試又何妨？或許需要一些冒險，需要一些勇氣，也需要一些運氣。人生中撥出一點時間去嘗試一些不同的事情，即使聽起來瘋狂或可怕，又有什麼關係？至少我們嘗試過了，何況，說不定我們就成功了呢！

在追求夢想的過程裡，一定會遇到各種失望和拒絕，讓人失魂落魄，但我學到無論如何都不要停止前進的步伐，「堅持」一定會有回報。我知道這聽起來有些陳腔濫調，但就是這個力量支撐著我走到今天。在追夢的過程中，不一定要快跑，有時可以放慢步伐，以我們自己的速度爬行、行走、奔跑或飛翔，只是不要輕言放棄，把所有拒絕轉化成靈感和動力，總會有結果的。

說到底，每人每天都有 86,400 秒，每個月有 2,628,288 秒，每年有 31,536,000 秒去追求自己的目標和夢想。時間很多，但也太少，不能浪費在那些不值得的事物上。我們得抓住寶貴的時間，抬頭挺胸，迎接一切挑戰，勇往直前。

尾聲

飛機降落在洛杉磯，我甚至還來不及拍掉鞋子上的塵土，便撥了電話給在電影節化妝室遇見的那名女士。她那能幹的助理迅速為我們安排了一場會議。

碰面那天，我緊張得胃裡有如汽水一樣翻騰，各種情緒混雜。但多虧在瘋狂娛樂圈經歷過的雲霄飛車旅程，我知道如何保持冷靜。在這行業，命運之風隨時會吹向你，但也可能會在瞬間改變方向。

走進那間超酷的辦公室，我的眼睛被那些大片的電影海報吸引住。牆上以九個高大字母拼出的電影魔法名——LIONSGATE，朝著我眨眼。

……我真的在這裡！

在豪華大廳等了一會兒後，助理帶我上樓來到會議室。我滿是緊張、興奮、恐懼和困惑，笑容卻像一塊頑固的泡泡糖黏在臉上。

助理推開會議室的門，然後——哇！驚喜！眼前不僅只有之前那名女士，還有幾位電影人。

「大家好。」我設法發出聲音。

眾多臉孔中，我認得其中兩人。除了在電影節遇到的那名女士外，另一位……等等！那是……從椅子上站起來的人，竟是無人不知無人不曉的大明星！我說的是基努·李維（Keanu Reeves）這樣等級的明星。

這位明星帶著迷人的笑容走過來，伸出手來。握手的那刻，我感覺就像贏得奧斯卡獎。

「很高興見到你，蜜兒，我們剛剛在談論你。」他對我說，聲音很溫柔。

「很榮幸認識你，我昨天才剛看了你的電影！」我結結巴巴地說出，笑容倍加努力，以掩飾對他的迷戀。

「謝謝，快坐下吧。」

我搖搖晃晃地走到唯一空著的椅子，坐在明星和一群業界人士之間。原以為是來討論我的獨立電影，現在腦袋正翻筋斗呢！

「我們想請你為我下一部電影撰寫劇本。」大明星說。

捏我一下，我一定是在做夢！

★

我開著那輛二〇一二年本田雅歌，駛向灑滿陽光的聖塔莫尼卡街頭，洛杉磯典型的微風吹拂著我的頭髮。我的腦海裡迴盪著一件令人難以置信的事情——我簽下電影合約啦！

這整個旋風般的經歷有如夢境，我不知何故的就這樣月球漫步般的進入夢中。

洛杉磯的風繼續撩撥頭髮，車裡響起 Spotify 上一首排行榜冠軍歌曲，我的思緒飄回到這場瘋狂的雲霄飛車之旅。

曾幾何時，我只是剛從台灣移民美國的小女孩，緊緊抓著妹妹的手，對英語一無所知。學校是殘酷的戰場，那些無情的孩子們取笑我們的破英語、指手畫腳批評我們與眾不同的外表，說我們穿得奇怪，午餐也不和我們同桌。

我經常想念台灣的食物、音樂、還有小S的節目；蔡依林和李玟的歌曲是我熟悉的旋律，最愛的是桃源街牛肉麵、鹽酥雞，還有珍珠奶茶。我不明白為什麼會困在這個沒有人與我相似的地方。

我以為自己當電影明星的夢想已經破滅。我的避難所是美國電視和迪士尼頻道。看到宋布蘭（Brenda Song）的身影，我燃起了一絲火花；接著《臥虎藏龍》獲得奧斯卡獎，火花躍然變成充滿活力的夢想。

我的夢想是座堡壘，承受了殘酷的笑話、粗魯的評論，甚至家人的懷疑和擔憂。「你又胖、又矮、又黑」、「長得一點也不像美國電影明星」、「好萊塢是白人的世界」、「成熟一點，別再做夢了，找份真正的工作吧！」他們如此嘲笑我，但我知道，那些是他們的恐懼，不是我的。我絕不會讓他們的恐懼束縛我。

經過曾經打工的餐廳時，我想起之前那段辛苦的過程，包括成為Uber Eats的送餐員，當過無數次臨時演員，數不清多少次的試鏡，還有那一波又一波的糟糕感情。

突然間，我明白了。真正值得感謝的人是——我自己。跌倒時，我總是獨力站起，把每次失誤當作教訓。在困難面前持續堅持，在失敗中找到力量，無論多麼艱難，我依然不低頭，努力證明自己可以應對，自己揣開機會的大門。

演戲帶給我許多樂趣，即使是臨時演員，我也很開心。幸運的是，藉著寫作，我為自己打開另一扇門，開啟了另一個充滿挑戰和刺激的旅程。這個嘗試帶給我意外的喜悅和收穫。不過，儘管熱愛寫作，也有了一些成績，但我內心深處那股強烈的火焰並未減弱——那就是演戲。我還是熱愛演戲，電影和電視拍攝現場的魅力、扮演角色的興奮感，仍然擄獲我的心。我清楚知道，我不會放棄演戲，演戲和寫作都是我的熱情所在。

車子駛過沃利斯安妮柏格展演中心（Wallis Annenberg Center），《浮華世界》（*Vogue*）每年都會在這裡舉辦奧斯卡會後派對，一股激動的期待感從我指尖傳來。我相信自己，總有一天，我會紅！以成功的演員身分走進那個派對。

後記

我在二〇二〇年開始寫這本書。疫情就像鬼魅般地讓全世界變得無比安靜，洛杉磯熱鬧的街道和五光十色的好萊塢都黯淡下來。彷彿被按了暫停鍵，電影拍攝停擺，試鏡消失，迪士尼和環球影城都暫停營業，美容院打烊，餐廳關門，我們都被困在家裡，無法出逃。

對亞裔美國人來說，疫情還帶給我們更深沉的壓力。原本潛伏的種族歧視猶如潮水般湧現出來，我們成了「外來」病毒的替罪羔羊，受到歧視和威脅。

「把你的功夫流感帶回你的國家！」、「亞洲佬，滾回你的國家！」這類惡劣的言行經常出現，讓我們心生恐怖。

這讓我開始思考「為什麼」？多年來，亞裔經常被簡化為：膽小怕事、書呆子、傳統守舊、性格不吸引人這類刻板印象。其實，亞裔擁有豐富多彩的文化歷史，許多個人早已在各行各業脫穎而出，對美國社會有著卓越的貢獻，但在主流美國媒體中，卻仍然會被邊緣化。

我不想被刻板化，我要改變這種看法。因此，我寫出自己的故事，和大家分享我遇到的人與事，沒有高調，只想告訴大家：我們可不都是功夫大師或學術機器人哦。

藉著這本小書，我想打破西方對亞裔的刻板印象，還想揭露亞裔演員在娛樂圈中面臨的艱難。來好萊塢追夢的人一波又一波，這條道路充滿著各種障礙，但還是有人克服了，在這裡找到自己的角色。

我更想強調，好萊塢的閃閃光芒很容易讓人迷失，誤以為就該過這種醇酒美人、光鮮燦爛的日子。其實不是的。絕大多數的成功都是一點一滴努力得到的，許多生活在好萊塢的人過的是簡單自在的生活，他們靠著自己的意志，拒絕誘惑。我們要讓自己冷靜，保護自己，絕不做傷害自己的事。

生命短暫，勇敢追夢吧！

給讀者們

「愛，其實是種感覺。」我親愛的祖母在她過世前寫給我的最後一封電子郵件這麼說。她知道我會有戀愛腦的毛病（對啦，我祖母八十多歲還學會寫電子郵件耶！超厲害的！），我想要把這寶貴訊息和你們分享。那時的我年紀太輕，無法理解她的深意，但現在我明白了。

在投入其他人的懷抱前，先跟自己建立起健康的關係。愛自己，尊重自己，並且，一旦感覺不對，要有勇氣從壞情況和不良關係中抽身。

重要的是，學會識別警訊，聆聽你的直覺。注意哦，我說的是「直覺」，不是「心情」。心情容易讓你衝動，會帶你進入瘋狂的冒險；但直覺和理智卻能察覺到那些不對勁的地方。所以當感到事情不對勁時，勇敢的懸崖勒馬，趕緊走開吧！當然，處理一段不正常的關係，還是需要一些技巧和智慧，以免傷到自己。

虐待有很多種形式，不一定是身體上的。明知故犯，明知有問題，還要走下去，那就是對自己的虐待，身體和心理的虐待。永遠要知道，萬一陷入不的好情況、或是發現自己身入不良關係時，必須能從內心找到力量和智慧，安全地走出來。

愛情很美好，但單身也很棒！如果實在找不到好伴侶，保持單身或許是更好的選擇。你可以專注在自己身上，嘗試新事物，追求自己的夢想。單身也意味著自由，可以按照自己的節奏生活，不用去配合別人。

最重要的是，做個聰明的人，先照顧好自己，這樣才能更好地與他人相處。尊重自己，他人才會尊重我們。

別再嘗試修補破碎的關係，別再給他（她）機會，別再找藉口繼續停留。別再相信那些謊言，知道嗎？他（她）騙你一次，就會有第二次、第三次。

如果一塊玻璃在地板上破碎，你會用你的手去一片一片地撿起來嗎？你不會為了修復而讓自己受傷吧？

如果你無法改變他（她）的行為或觀點、或是為他（她）的生活增加價值，那就保持距離，靜靜欣賞，別打擾他（她）。

就這樣，讓智慧與你同行。

愛你們的
蜜兒

SMART 36

我會紅！勇闖好萊塢

Am I Famous Yet？

作　　者　蜜　兒
總 編 輯　初安民
責任編輯　宋敏菁
美術編輯　陳淑美
校　　對　孫家琦　郭岱君　蜜　兒　宋敏菁

發 行 人　張書銘
出　　版　INK 印刻文學生活雜誌出版股份有限公司
新北市中和區建一路249號8樓
電話：02-22281626
傳真：02-22281598
e-mail：ink.book@msa.hinet.net
網　　址　舒讀網www.inksudu.com.tw

法律顧問　巨鼎博達法律事務所
施竣中律師
總 代 理　成陽出版股份有限公司
電話：03-3589000（代表號）
傳真：03-3556521
郵政劃撥　19785090　印刻文學生活雜誌出版股份有限公司
印　　刷　海王印刷事業股份有限公司

港澳總經銷　泛華發行代理有限公司
地　　址　香港新界將軍澳工業邨駿昌街7號2樓
電　　話　852-2798-2220
傳　　真　852-2796-5471
網　　址　www.gccd.com.hk

出版日期　2024年 1月 1日　初版
ISBN　978-986-387-704-2
定價　380元

國家圖書館出版品預行編目(CIP)資料

我會紅！勇闖好萊塢／蜜兒 作.
--初版. --新北市中和區：INK印刻文學，2024. 01
面；14.8 × 21公分. --（smart；36）
ISBN 978-986-387-704-2 (平裝)

863.57　　112020925

舒讀網